KUWEI
酷威文化
图书 影视

行迟 著

江苏凤凰文艺出版社
JIANGSU PHOENIX LITERATURE AND
ART PUBLISHING

Contents

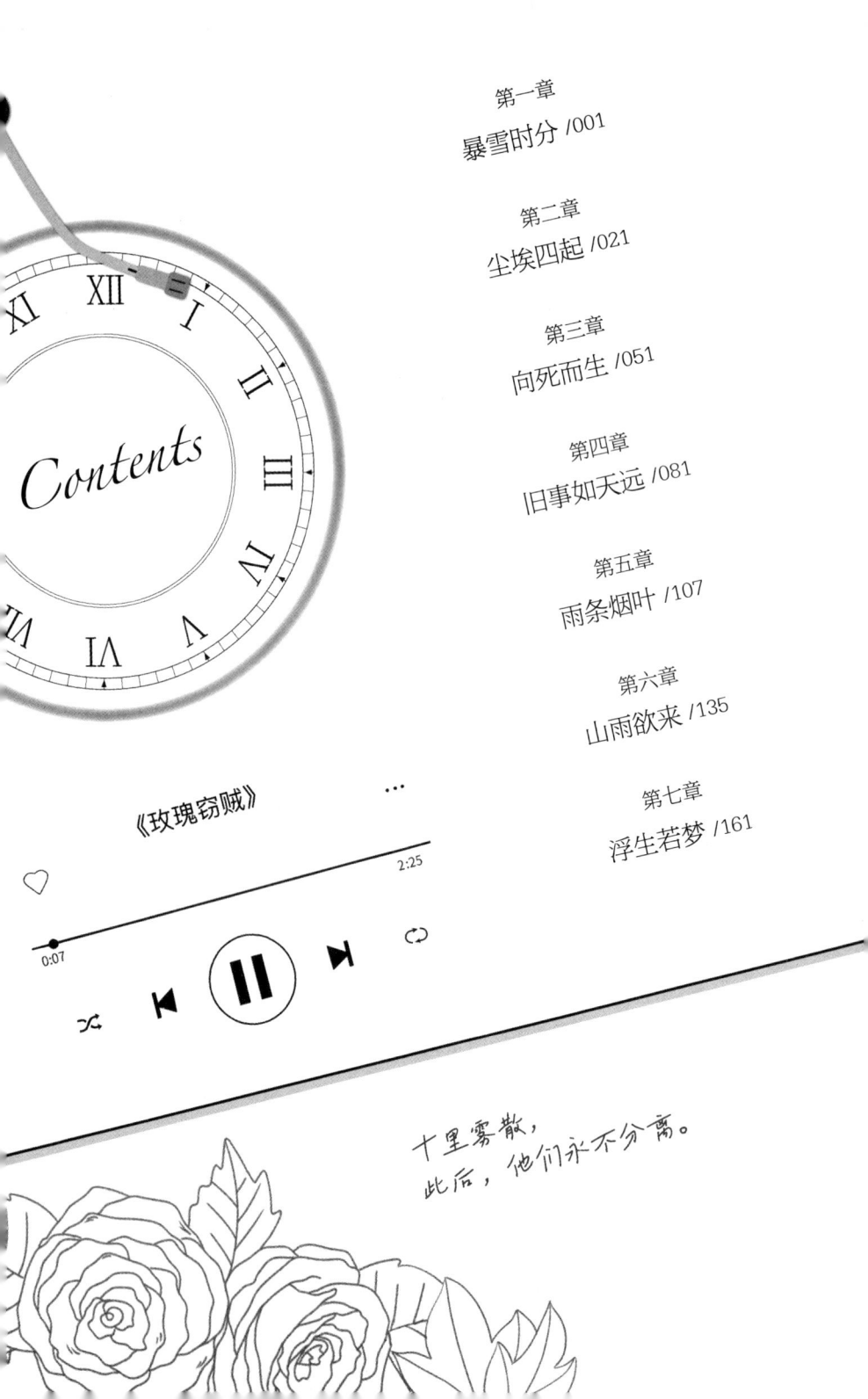

第一章
暴雪时分 /001

第二章
尘埃四起 /021

第三章
向死而生 /051

第四章
旧事如天远 /081

第五章
雨条烟叶 /107

第六章
山雨欲来 /135

第七章
浮生若梦 /161

《玫瑰窃贼》

十里雾散，
此后，他们永不分离。

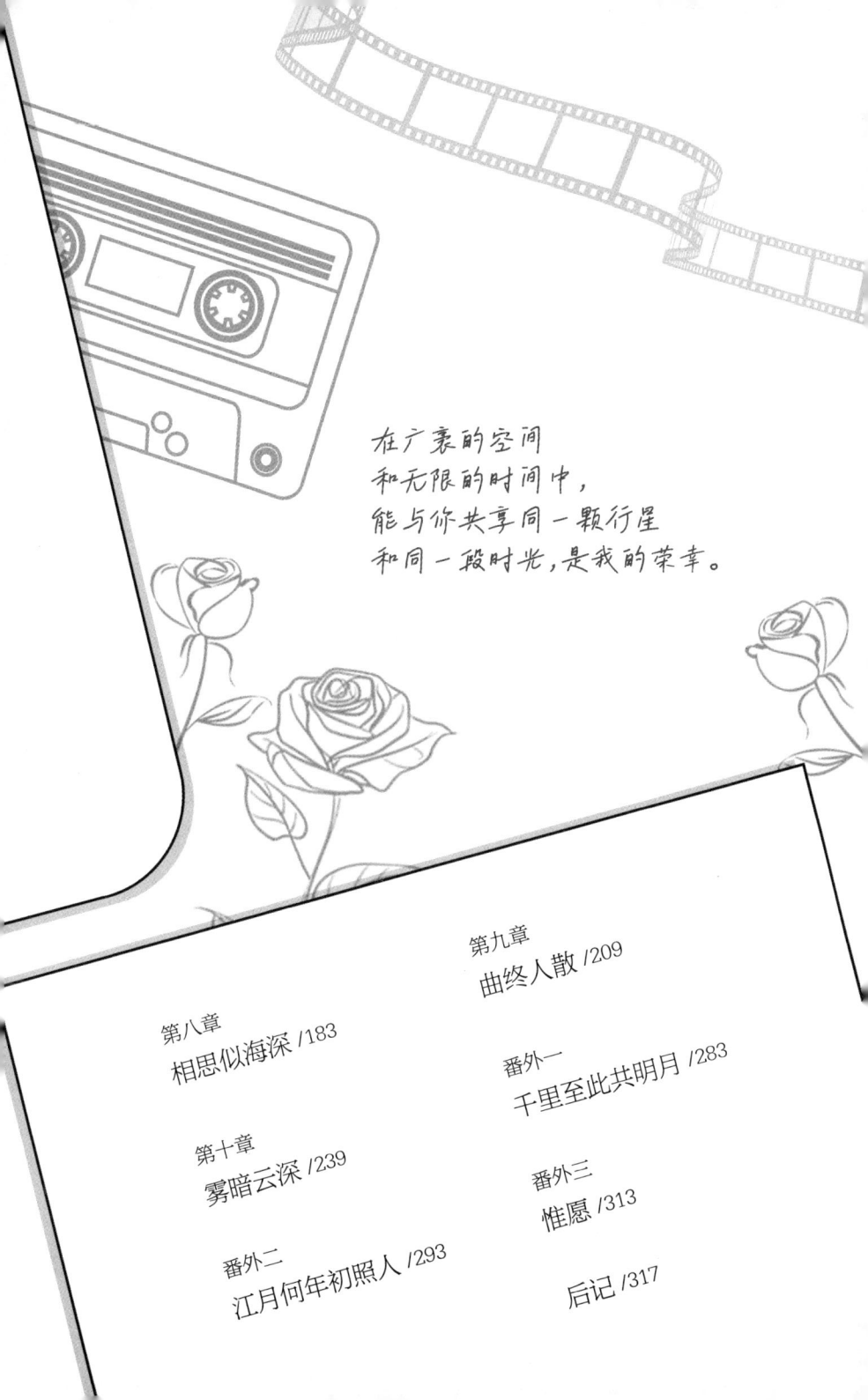

在广袤的空间
和无限的时间中,
能与你共享同一颗行星
和同一段时光,是我的荣幸。

第八章
相思似海深 /183

第九章
曲终人散 /209

第十章
雾暗云深 /239

番外一
千里至此共明月 /283

番外二
江月何年初照人 /293

番外三
惟愿 /313

后记 /317

季镜再一次想起赵遥，是在冬日的暴雪时分。

彼时她正坐在办公室内备课，归有光的《项脊轩志》在她读尽千百遍后，依旧让她泪目。

她心念着：瞻顾遗迹，如在昨日，令人长号不自禁。

她甫一抬头，就看见了窗外纷纷扬扬的暴雪，仿佛要掩盖掉一切的痕迹，让一切都回到从来没有发生过那样。

季镜看着窗外满地的洁白，怔怔地出神，突然就想起那一年的冬天。

天气预报中的五十年难遇的暴雪说下就下，大雪淹没了整个北城。

季镜生在北方，却从未见过那么大的雪。

她从教学楼上完课后来不及去想别的，急匆匆收拾东西赶往图书馆，想在天黑之前找完最后一点资料，给自己的研究收个尾。

这个研究已经做了许久，付诸了她这些时日以来近乎全部的精力。

季镜刚踏出教学楼的大门，就看见那个人身形笔直地站在教学楼的门口，没有来回踱步，没有不耐烦，就在那里安安静静地看雪，身姿如松，他就那样立在树旁，全心全意地等他在等的人。

季镜站在那里，漫天纷扬的大雪，他对着她露出一个能融化周遭冰雪的笑。

如果非要形容那个笑的话，就像是，春天提前来了。

季镜看得愣住，下一秒，就看见他眼里似有星光一闪，大步向自己走来。他的嘴角噙着淡淡的笑意，声音比冰雪还要清冷上几分："季镜。"

他一步一个脚印向她靠近，走得很平稳，在雪地上留下自己的痕迹。

直到停住，他再次出声："季镜。"

季镜紧了紧自己手中的书包，看着他，不知道他意欲何为，她在一片寂静中默不作声。

他停在季镜面前，稍微弯着身子，目光和她平视，语气淡淡的，没什么明显的波澜，但是季镜就是知道他此刻心情极好。

"下雪了。

"天气预报中说，这是五十年难得一见的暴雪。

"我们去故宫看雪吧。"他带着一个掩盖不住的笑看向季镜，而后直起身，动作轻慢地揉了揉她的头，说，"红墙白雪，秾丽至极，我觉得你一定会很喜欢的。"

他似乎爱极了北城的雪，看着季镜的眼睛再次开口说："在暴雪之下，你会不由自主地喜欢上北城，喜欢北城的雪，喜欢北城的高墙，喜欢北城的寒风。"

季镜转头看着他，眼里慢慢溢出掩盖不住的笑意，一瞬间，她周遭的冰雪全部因此消融，她轻声应和："好啊。"

那天他们不顾暴雪低温预警，跑去看雪，在大雪中踱步，牵手白头。

季镜看着他在雪中回首，突然就不想继续往前走了。

今朝若是同淋雪，此生也算共白头。

季镜心想，如果时间能够停在此刻，那该多好。

高墙白雪，后来季镜在各大平台上见过许多次，可是她这辈子都忘不掉那年冬天，有人在雪地里等她出来，淡笑着叫她的名字，对她说：我们去故宫看雪吧。

季镜看着窗外的大雪心想，天气预报果然是骗人的。

今年的雪，丝毫不逊于当年。

"季老师？季老师！"

季镜突然被一阵声音打断，回过神来，转头看向旁边叫她的人。

来人是季镜班里的男生，成绩出色，人也谦逊有礼，高高瘦瘦的，很帅，是小女生会喜欢的类型。

季镜没想到是他，略微有些惊讶："江景星？"

江景星不卑不亢地点头："季老师。"

江景星看着季镜，道明自己的来意："我来找您是有些事情想请问一下您，可能要耽误您一些时间。请问您现在忙吗？"

季镜看着他这般有礼貌，以为他是碰到了什么棘手的难题，飞快地接话道："不忙，有什么事情你说就可以。"

江景星点了点头，紧接着眉心皱了一下，试探道："季老师，您觉得我将来考北城大学怎么样？"

"我知道这不简单……"他停顿了一下，看着季镜有些羞怯地说，"但我觉得好像考北城大学的意义就在这里。"

季镜看着江景星有一瞬间的恍惚。

"北城大学。"她无意识地低声重复道。

江景星点了点头："嗯，北城大学。"

季镜看着他诚挚的目光，不由得有些许感慨，少年人谈及梦想时，总是意气风发。

"我觉得很好啊！"她盯着江景星的眼睛柔声道。

"江景星，"季镜叫了他一声，缓缓地问，"你为什么想去北城大学呢？"

江景星看着季镜脸上露出的好奇，解释道："季老师，今天的雪让我想起了北城的雪，我很喜欢北城。"

季镜示意他继续："还有呢？"

江景星想起自己的动力，不由自主地笑了："季老师，北城有中国的最高学府,我小叔叔就是那里毕业的,我不想输给他!"

季镜看着江景星认真的模样,也下意识地为他感到开心。

有目标就很好。

季镜对他道:"你很优秀,有目标是一件非常好的事情,比起他人的迷茫,最起码你有自己想要去的地方,这就很好。北城……也是一个很好的地方,那里有许许多多优秀的人。"

季镜肯定地说,但是下一秒,她话音一转:"但是以你目前的水平,与北城大学还是有一定差距的。你可一定要努力了!"

江景星略微俯身,倾耳听着季镜讲话:"我知道的老师,我知道自己目前还差很多。"

季镜看着少年人谦虚的模样,鼓励道:"景星,努力追寻自己的梦想,朝着梦想的学府永不止步,这些都不是难以逾越的鸿沟。"

江景星听到这,面上露出一个粲然的笑:"季老师,我会加油的!从小到大,上天总是眷顾我多一些。我相信这次也一样。"

季镜在他的笑容感染之下也露出些许笑意,只不过,她很快想起上次家长会江景星家长缺席的事。

她最近太忙,差点把这件事抛之脑后。

"江景星同学,上次家长会你的家长缺席,我可以理解,毕竟大人总有事情要忙。但我希望我们可以另约一个时间,好好和你家长聊一下你的未来,可以吗?"

江景星淡笑着,点头答应:"可以的,季老师。"

"好,那你回去问一下,家里什么时候有时间。如果父母实在没空的话,爷爷奶奶也是可以的。"季镜话音刚落,上课铃就响了,悠扬的曲子回荡在校园里,给这漫天的大雪增加了一些浪漫的氛围。

季镜伸手将桌上的课本合上:"先去上课吧,有什么问题,随时过来问我。"

江景星点头道谢,说了声"好",率先离开了办公室。

季镜抱着教案起身,在离开之前转头看了看窗外——雪依旧飘着，纷纷扬扬的，似乎要覆盖掉整个世界。她垂眸不再看雪，也不再停留，径直转身离开。

这节课是十七班的语文课。

季镜教语文，她研究生读的就是现当代文学，只是连季镜自己也没想到会跑来母校教书。她以为自己会像老师一样，终生投身于研究，可是最后并没有。

她在去年来到洛水一中，任教十七班的语文老师，这已经是她教书的第二年。除了年龄有所增加，小县城的生活一直是平平淡淡，没有什么变化。

高二（17）班在走廊的尽头，季镜去上课，需要跨越一整条走廊。

窗外风雪交加，偶尔刮进来的寒风冰冷刺骨。有那么一瞬间，季镜觉得像回到了那一年。她一步步走在长廊上，走得很稳，可回头望，长廊的地砖似雪，她在上面没有留下任何痕迹。

十七班很吵，大家都在悄声说话，一见她进来，声音反而放开了，这群小孩从来不会掩饰对她的喜爱：

"季老师——"

"下雪了季老师——"

"季老师——我们去打雪仗好不好！！！"

"季老师——好大的雪啊，我们是不是要放假啦——"

他们总有很有活力，叽叽喳喳，一点都不觉得累。

季镜看着他们吵闹，非但没有不耐烦，反而很开心。

她是打心底喜欢这帮小孩。

她敲了敲桌子："各位，适可而止哦！"

讲台下的人渐渐消停了，却还是有一两个调皮鬼在和她互动："季老师，这个天不适合上课！"

季镜直觉不好，低声制止："张硕！"

另一个调皮的男生也接话，将气氛推向另一个高潮："季老师，张硕的意思是，这个天适合约会啊！"

台下顿时一片起哄声。

张硕在这个氛围下更加来劲了："老师，您放学要去和男朋友约会吗？"

季镜看着他们起哄，不由得好笑，但是她在讲台上就要承担起一个教师的责任，她压下嘴角那点笑意，假装面色冷淡地说："拿出课本，开始上课。"

她听见了张硕说的话，但是她没有回答。

季镜就站在讲台上，转头看着窗外的暴雪，又看了看教室的人。坐在后排的江景星觉得她似乎想说什么，可是他见她犹豫许久，最后却什么也没有说。

那天的课讲得很顺利，唯独张硕问起她要不要约会，季镜的眼眶忍不住地泛酸。

她低眉，看着自己教案上的字：瞻顾遗迹，如在昨日，令人长号不自禁。

回想起过去发生的事情，就好像发生在昨天一样，真让人忍不住放声大哭啊。

赵遥。

季镜和赵遥相识的过程堪称狗血，一点也不浪漫。

季镜十七岁那年，学业压力过大，加上家庭原因，每每午夜梦回总是被噩梦惊醒。连日的噩梦让她喘不过气来，她甚至很难睡个好觉。

十七岁的季镜，人如其名，寂静。

她没有向任何人讲述自己的压力，就这样自己承担着高考带来的一切。

季镜以为自己不讲，就没人知道，可是在她最好的朋友周念面前，她什么都瞒不过。周念太过于了解她了，一个眼神就知道季镜在想什么，更何况季镜脸上写满了憔悴。

周念大她一岁，当时在北城的大学念书，大学放假时间总是比高中早一些。周念回到洛水之后，第一时间跑去了洛水一中找季镜，迫不及待地要和季镜分享在北城的生活。

周念见到季镜的第一眼就知道，季镜已经失眠好一阵子了，毕竟周念也有过相同的时光，所以她一眼就看出了季镜的不对劲。

她看着季镜轻叹了口气，什么也没说。

安慰的话语总是显得苍白无力，周念不喜欢这样，明明什么问题都没能解决掉，却总是给人一切问题都能解决的错觉。

中午，季镜从学校出来找周念。身处水深火热的高三阶段，她只有一个中午的时间。周念虽然觉得短，但也没有任何办法，高三的关键时刻容不得丝毫分心。

相聚的时间总是过得格外快，刚一眨眼，她们就要分开了。

季镜回学校前，周念叫住她："我在北城大学有一个朋友，你不是一心想考北城大学吗？或许你们可以交流一下。"

季镜摇头，脸上写满了冷淡，拒绝说："不用了。去哪里都是天意，上天自有衡量的。"

周念笑骂道："亏你还自诩共产主义的接班人呢。"

季镜笑着挥手："走了。"

说完头也不回地进了洛水一中。

周念目送她离开。

洛水一中的路长得不像话，季镜一次也没有回头。

但赵遥这个好友她还是加上了。

季镜没办法拒绝周念。

季镜周末回家，打开自己的账号就发现联系人上方有个标红的点，她心下有数，跑过去问周念是什么情况。

周念笑着打哈哈说："季镜，我都已经和他打好招呼了，你不同意人多没面子啊，对吧对吧。"后面跟着一个委屈流泪的表情。

季镜叹了口气，十分无奈地接受了这个安排。她明白自己的这位至交的好意，这个女孩总是一心为自己着想。

可她不善言辞，即使加上好友也不知道该说什么，这种情况下对方也不好发挥，到最后竟是连自我介绍都没有。

许多年后，季镜回望过去才发现，或许就是在当时的契机下，命运的齿轮开始无声转动，将他们一步步地推向最终结局。

那个时候，季镜不知道他叫赵遥，也不会知道，自己往后的爱恨，居然都与他相关。

但这并不是他们故事的开端。

季镜和赵遥真正有交集，是在季镜大二那年。

高考结束，季镜正常发挥，分数超过了北城大学的自主划线，可是等录取通知书下来，季镜的母亲原清才发现她擅自改掉了自己的志愿，竟然填了南城大学。

那年的夏天真的很热，季镜挨了一个耳光，躲回自己的卧室，听着客厅里原清摔东西怒骂的声音，却露出了一个久违的笑容。

终于解脱了，她心想。

季镜两年没有回过家。第一年的寒假，周念从北城来看望她，五个小时的车程，见到季镜后，她却不知道说什么。

周念沉默了许久，眼眶里的泪水憋回去数次，最终只是说："这样也好。"

季镜带她逛了南城，带她看南城著名的风景，带她去南城的小巷。夜晚两人住在一块儿，南城下起了小雨，窗外偶尔有风经过。

周念忽然从床上爬起来，慢慢地靠到她身边，一只手揽着她的肩："镜儿……"

那一瞬间，她只觉得季镜因为消瘦而突出的肩胛骨如她整个人般坚硬。

周念在北城待得太久了，声音不自觉带着轻微的北城口音，两年下来，她早已习惯了北城的语言。

"嗯？"

周念听她轻声地回应，却有些不知道该如何开口。思量许久，周念却问了她一个让人摸不着头脑的问题："你现在快乐吗？"

季镜心里清楚她那些因为犹豫没有说出口的话，知道周念真正想说什么。

周念想问，她放弃了梦想选择南城，在这里得到她想要的快乐了吗？

季镜淡笑着反问："为什么不快乐？"声音轻柔得如同窗外拂过的晚风。

周念说："这哪里来的为什么？不快乐的人如果知道自己到底为什么不快乐，这世界上就不存在不快乐了。"

"真的很绕。"季镜悄声吐槽，但她还是认真思量许久，说，"那我应该是快乐的吧。"

周念听到这个回答也在意料之中。

这就是季镜，将所有的心事都深埋于心底，一切的痛苦只有她独自承担。

话既然说到这，周念也不欲深究，开口换了话题："还会头痛吗？"

季镜摇摇头，看着床头昏黄的灯光，小小的灯泡映照出一片温暖，她在这片澄澈之中似乎收起了身上所有的棱角，变得平和许多："已经好了。"

周念才不信她的鬼话，撇了撇嘴，伸手点点她的头。

她们阔别许久，有好多话要说。那天没有月亮，但是周念睡觉前看了看时间，想着今天或许会有星星出现。

周念回洛水的那天下了小雨，季镜去车站送她。

周念看着季镜帮她取票拿东西，又从自己的包里拿出一把伞递给她，叮嘱她注意安全。

在她没能参与到的时光中，季镜变成了一个很好的大人。

她看着季镜偏冷的面容中不自觉地透出的柔软，忽然一瞬间就舍

第一章　暴雪时分

不得离开这个地方了。

周念知道眼前人也不喜欢分别，只是任何人都不能一直在一起，她们都有各自的生活。

周念虽然清醒地知道这一点，可依旧不想这么快和她分开。

周念看着季镜不舍的低语，似乎要哭出来一般："季镜，明年别忘记去北城看我。"

南城应景地吹来了一股冷风，为她们的分开再添一层萧瑟之意。

季镜站到了周念身旁，替她挡住吹来的风，淡笑着说："好，明年换我去北城。"

刮风也去，下雪也去，暴雨也去，一约即定，万山难阻。

南城站广播提醒乘客，开往洛水的列车已经做好发车准备，检票即将截止，她不得不离开。

周念看着季镜挺直的脊背，仿佛回到了她十七岁那一年，那个天空阴沉、闷热、压得人喘不过气来的午后，她莫名地眼眶湿润，一转眼，时间已经过去好多年。

她在离别时一步三回头："镜儿，照顾好自己。"

季镜点头，挥手和她告别，示意她不要担心。

周念在进站的那一刻回头，看见季镜伫立在风雨中，脊背挺直，笑着和自己挥手告别。

那一天，季镜看着列车开远之后才转身离开。

季镜在南城的日子过得很忙碌，一边兼顾课业，一边兼职赚取自己的学费和生活费，时间过得匆忙，眨眼间就到了第二年的寒假。

她一如既往地优秀，获得了国家奖学金，再加上她平时赚的钱，足够她去北城了。

季镜数着周念恰好放假的时间，悄无声息地坐上了开往北城的列车，在周念考完最后一科的时候，准时出现在了清大的校门口。

等到真正和周念四目相对的那一刻，不淡定的反而是周念。

季镜拉着小型行李箱在校门口笑，看着周念飞奔过来抱住自己，眼里泪水一直在打转，心里软得一塌糊涂。

周念缓过来之后在旁边叽叽喳喳的，一直说个不停，仿佛要把分开的时间没机会说的话全都补上："不报北城大学我可以理解，你报清大啊，和我一个学校，我们俩天天腻在一块儿，结果你倒好，非要报南城，害我白高兴一场……"

季镜已经习惯了她碎碎念式的唠叨，每次见面都得有这么五分钟的开场白。

她没接周念的话，转头环视着拥有多年历史的清大，不由得就感觉到了一股历史的厚重感。

没想到周念话题一转，紧接着问："你和赵遥聊得还行吗？"

季镜沉浸在校园的氛围之中，乍一听见这个名字还没反应过来，她难得地愣了一下："谁？"

"赵遥啊。"周念神采飞扬地说。

"赵遥，你忘啦？高考前加你的那个北城大学的学长，赵遥。"周念在一旁手舞足蹈地比画着。

季镜的脑子飞速旋转，依稀记起来好像是有这么一个人："啊……"

周念看她的反应就知道不对劲："你们没交流过啊？"

"没时间。后来就忘了。"

"果然是我想多了。"说完，她叹了一口气，"算了，不认识就不认识吧。"

季镜看她的反应像是关羽大意失荆州一样万般无奈，不由得好笑道："不至于吧，姐姐？"

不就是一个男人？她心想道。

周念恨铁不成钢道："姐，北城大学顶尖的男人，你说至于不至于？"

季镜："……"

她难得理亏地说不出话。

这样来看，她确实辜负了周念的一番心意。

季镜迅速地转移了话题："今天还早呢，我们去逛逛清大？带我感受一下清大的食堂？你平常不经常和我说好吃吗？"

周念很快被转移了注意力："姐不是吹，我们食堂全亚洲闻名好不好？想吃什么？一定管够。"

季镜就这样轻描淡写地揭过去了和赵遥有关的话题。后来她才意识到，原来周念说的"顶尖"，不仅仅是学历，还有家世。但在当时，赵遥只是一个无关紧要的人，对季镜来说，他只是一个有联系方式的陌生人。

季镜花了好大的力气才跟着导航找到她订在知春里的酒店。北城太过繁华，季镜一时没有适应过来。

当天晚上，周念迅速安排好所有行程，第一时间打电话给季镜，让她准备一下，明早带她去看升国旗。

季镜在电话这头点头，意识到周念看不见，又连忙应答。

挂断电话后，季镜看着窗外的夜色临时起意，想看一下夜晚的北城大学是什么样子的，是不是和当年徐驰描述的一样有趣。

她忽地起了兴致，说走就走。

季镜自己打车去了北城大学，在学校旁边的胡同下了车。冬日的冷风过分凛冽，吹得季镜一哆嗦。

衣服穿少了，季镜心想。

她就这么慢悠悠地走在街道上，看着温暖的灯光和路上往来的学生，一步一步地走向自己的目的地。

季镜心想，就差一点，她就能够来这儿和周念一起读大学，如果不是……

季镜摇摇头，把那些思绪甩开，努力让自己不要继续往下想。

下一秒，电话铃声响了起来。

她拿起手机，看着屏幕上的来电，脸色瞬间变冷，像是刚吹过的寒风一般。

怕什么来什么。

季镜看着那个没有备注却烂熟于心的号码，脸色发白。

她站在那里，任由电话响着，却没有要接的意思，一秒，两秒，直到电话自动挂断。

寒风乍起，吹得她打了个哆嗦。

季镜松了口气，转身要走，一抬头，就看见刚刚给她打电话的人站在她身后大约十米远的地方看她。

"季镜。"那人看着温润如玉，面带笑意地叫她。

他的声音里透着疑惑，似乎真的不懂："为什么不接我电话？"

季镜不理他，转身就要跑。

她丝毫不好奇他为什么会出现在这儿，此刻，她的脑海里只有一个念头：跑。

季镜朝着大路跑去，风刮得她睁不开眼睛，可她不能停下，停下就完蛋了。

不能被抓到，季镜的脑海里此刻只剩下了这一个念头。

她拼了命向前跑去，可还是不行，男女力量悬殊，这话不是没有道理的。

那个人扯着她的头发往后拖拽："季镜，你越来越不听话了。

"电话不接也就算了，和你说句话你都要跑？"

他看着季镜的眼睛里写满了的畏惧，得意地笑了："我下午从这儿路过，就看到有个和你很像的女生，我当时就在想，你会不会来北城找周念。"

季镜听到这里，发狠地瞪他："你放开我！"

那个男人见她挣扎得厉害，笑得越发猖狂，突然低下头拉近他们两个之间的距离，语气里仿佛带着刻骨的恨意："我当时就在想，如果是你的话，晚上一定会来学校看看。"

他看着季镜的眼睛："你当年，做梦都想来这儿。"

季镜看着他愈发疯狂，心里一阵发凉。

"怎么样？夜景好看吗？"他攥着季镜的脖颈，手渐渐地收紧，季镜几乎都要喘不上气。

"当年你不是说不来吗？"他道。

"季……季明……方……"

季镜看着眼前的景象渐渐模糊，以为自己真的要葬身于这寒冷的北城。

空气渐渐稀薄，她整张脸涨得通红，缺氧之下，季镜渐渐放弃了挣扎，眼眶渐渐充血。

泪光里的北城，灯火攒动，温馨异常。

只是没想到，自己最后还是这个结局。

就在季镜以为一切都要结束的时候，周遭突然一片混乱，有人将季明方一脚放倒，下一秒，掐在她脖子上的手猛然放开。

季镜径直摔倒在地，天旋地转，身旁有人过来扶她，两三个男生围绕在她身边叫她："同学，同学？"

"你还好吗？同学？"

季镜大口喘着气，意识逐渐回笼，她迷迷糊糊地应了一声，目光向季明方看去，只见一个男生将季明方扑倒，把他按在那儿使劲给了他两拳之后，对着她的方向喊道："盛二，报警。"

她旁边的男生应着："早报完了。老赵，快过来看看她。"

她身边有人上前按住季明方，有人试图扶她站起来。

"别动。"那个叫老赵的人说。

季镜看他大步迈过来，在她身旁蹲下，伸出自己的手在她眼前晃了晃："看得清吗？"

季镜在一阵眩晕之下强忍着不适感点了点头。她看了看自己的半个身子都靠在这个年轻男人的怀里，一瞬间身体僵硬，挣扎着想要起身。

赵遥伸出自己的手臂搀扶她起来，看着她脖子上的红痕，低声询问她:"要不要去医院?"

季镜摇摇头:"不必了。"

警方接到电话很快赶来现场,中年警官朗声询问现场的情况,其他警员调监控的调监控,质询的质询,现场很快恢复了秩序。

赵遥站在季镜的旁边淡声说:"你不要害怕,一会儿去警察局做笔录,你如实说就可以。"

他的音色很清冷,像是高山上的冰雪一般,即便是在关心人,可还是带着一些冷淡的意味。

季镜心想,真是命大,而她这个时候居然还关心别人的声音好不好听。

她对着赵遥点点头,想道谢,可一张嘴,声音嘶哑得厉害,紧接着是一连串的咳嗽,竟是一句话也说不出了。

旁边的警官带她回警局做笔录,因为赵遥也动手的缘故,所以他们需要一同前往。

季镜看着赵遥,满眼的愧疚里夹杂着一丝疏离:"抱歉啊……"

赵遥看着她略显愧疚的表情,心里想,她还真和她的长相一般冷淡,常人早该放声大哭,她居然没有。

他露出一个略带安抚性的笑容:"没关系!"

这场闹剧延续到后半夜,年轻的警察确认了事情经过,可是徐驰出国进修,周念深更半夜赶不过来,季镜在北城没有其他保释人。

她得等周念过来才能离开。

她看着那个姓赵的男生和来接他的人一块儿离开,刚刚的警官跟在另一个人后面,一齐送他们出去。季镜听到他们的讲话,其中一个人不停地点头:"赵二公子,刚才多有得罪,请您不要介怀。"

季镜远远地盯着赵遥,心想,这还是个世家公子哥。

赵遥转头看对方:"这是哪里的话,明明是我大半夜给您添麻烦才对。"

赵遥的目光越过对方,投到了季镜身上,四目相对的一瞬间,谁也没有率先移开眼。

大厅的灯光照得她脸色苍白,她的一双眼睛不带任何情感地盯着他。

赵遥远远地看着她的眼睛,突然就想起梅里雪山上的雪,满山纯净,洁白,清冷。

万里层云,千山暮雪。

淡漠得,仿佛整个世界都不在其中。

他看着季镜,莫名地顿了顿,回过头来下意识地转了转自己戴在手腕上的佛珠,思忖几秒后,对着管家朝季镜的方向扬了扬头。

管家陈伯明白他的意思,向工作人员低声问:"这位小姐……"

"这位小姐在等她的保释人,只不过她的朋友一时半会好像来不了,她怕是要在这里待上一会儿了。"

赵遥点点头,似乎预料到了,似是漫不经心地出声问:"我能带她走吗?"

对方愣了一下,按照流程也不是不行,他随即道:"当然,您稍等。"

赵遥得到了自己想要的答案,也露出了一个似笑非笑的表情:"麻烦您了!"

说完他便向外走去。

陈伯开来的车停在公安局门口显眼的地方,一出来就能看得见。

赵遥没有上车,反而在墙外随便靠着,盯着夜色出神,不知道在想些什么。

季镜跟着管家出来,率先映入眼帘的就是这样一幅景色:年轻男人靠墙而立,单手插兜,另一只手不断地摩挲手上的那串佛珠,目光如炬地盯着沉沉夜色,像是在欣赏一场极其炫目的风景。

没等她反应过来,她身边的人快步上前,恭敬道:"少爷。"

"陈伯。"他礼貌地叫了声,"大晚上还麻烦您出来。"

"应该的。您看,接下来是要回学校还是?"

"先回学校吧,过两天再回家也不急。"他将那串珠子戴在手上,伸手揉了揉眉心,似乎感到了一丝疲惫。

"那我送您。"

赵遥的目光突然转向她,眼神里带着些许不明的神色:"嗯。"

陈伯跟随赵遥的目光看向季镜,她忽然觉得有些许心惊。

不对劲。

这一刻,他身上的气势太强,那种常年身处豪门看惯勾心斗角的审视目光让她心惊。

即使下一秒他就将目光收了回去。

陈伯看着自家少爷,识趣道:"我去车上等您。"

而后不等赵遥回答,径直走到车前,拉开车门坐了进去。

季镜看着这个情形,不知道该如何开口。

年轻的男人目光带着些许探究看向她,和之前的审视不同,这一次,他的目光透露出的是好奇,虽然她不明白这些情绪都是因何而来。

"送你回家?"他在出声的瞬间移开了眼眸,从墙边直起身,向她这个方向走来。

季镜点点头,没有拒绝。

虽然她非常想拒绝这个陌生的男人,直觉告诉她面前的这个人无比危险,她不能和他走,但就眼下的情形来讲,和他在一起恰恰是最安全的。

"请问,您如何称呼?"

她用了敬语,企图拉开二人之间的距离。

"赵遥。"他依旧有些许冷漠,但是比起刚刚在警局里,好了许多。

季镜从他说出自己名字的那一刻就开始震惊,直到他说完许久,还依旧缓不过来神。

"赵遥?"

他点点头。

"你呢?如何称呼?"赵遥带了些许的散漫,随口问。

他好像一点也不在意这个自己亲手救下来的人。

"季镜。"

嗯?他眉头轻佻,面上露出疑惑。

"季节的季,镜花水月的镜。"

"幸会!"赵遥突然垂眸,在一片昏黄的灯光下,望向季镜的眼睛。季镜觉得他眼中的寒冰居然融化了些许,她以为是自己的错觉。

她觉得荒唐,又觉得太过巧合,但是她无法给今天晚上的事情安上一个合理的说辞。

后来季镜想了很久,从那时候开始,她和赵遥就好像缠绕在了一起,解不开,也不知如何解开。

上天安排她遇见赵遥,这是她的宿命。

此后的许多年,季镜都记得这个夜晚。北城的寒风猎猎作响,他靠在公安局外的墙边等她出来,整个人散发着一种平静祥和的气息,他什么都没问,只说送她回家,语气淡淡的,却令人心安不已,让她着迷了许多年。

尘埃四起

Chapter 2

季镜和江景星谈完话,很快和他的家长取得了联系,江景星的奶奶打来电话,将时间约在了本周五的下午放学后。

也就是今天。

课间她有时会去班级闲逛,看一下小孩们的状态,每次走到后门,总是能看到江景星在那里读书。从《万古江河》到《时间简史》,他各方面都有涉猎。班级一如既往的吵闹,却不影响他分毫。

定力真好,季镜心想。

"季老师来啦!"班里不知道谁说了一句,大家纷纷向后门看。季镜站在那儿,面带笑意地看着他们。

"季老师,你今天的裙子好漂亮啊!"

"你看看我的画,好看吗季老师?"

"季老师,张硕夸你天仙下凡啊季老师!"

"季老师!"

一时间班里更加吵闹了,季镜瞬间觉得一个头两个大。

她教了十七班将近两年的时间,从没见他们安静过,他们身上好像有用不完的活力,总能嘻嘻哈哈。

"好啦!"季镜出声制止。

"要上课啦,下节课是数学,还不抓紧时间预习?小心你们数学老师生气!"

季镜心里好笑,这帮小孩天不怕地不怕,就怕数学老师发火。

果然她这样说，大家打闹的心情立即消散了大半，班里顿时哀号声一片。

"救命，又是数学！"

"为什么非要学数学啊！苍天！能不能救救我！"

"快闭嘴啊！快闭嘴，数学老师来了！"

季镜好笑地看着班里学生慌乱地回到座位，转头就对上了他们刚刚提到的数学老师的视线。陈韩眼带笑意地看着面前这个年轻的班主任。

季镜："……"

"陈老师。"季镜略带尴尬地对他点了点头，算是打了个招呼。

刚搬出数学老师来压制这帮小鬼，下一秒数学老师本人就出现在自己面前。

话不能乱说，季镜在心里懊悔。

"季老师，又来看这帮小孩？"他笑。

"对，课间了，过来转一下。"

季镜看他脸上露出的笑容，觉得这帮小孩有些夸张了，数学老师也没那么可怕啊。

陈韩戴着眼镜，斯斯文文的，很有学生气息，如果不说他是老师，季镜可能会以为他是高中生。看他的长相，季镜很难相信他们两个同岁。

"我回办公室了，不打扰你上课了啊！"季镜看着学生们好奇地往外瞅，想起了那个"语文老师和数学老师在谈恋爱"的谣言，下意识地感到头皮一阵发麻，连忙出声和他告别。

陈韩也看见了学生们投来八卦的眼神，略带无奈地笑着点了点头："回头见。"

季镜走远了，陈韩将目光移回教室，看到几个小孩在偷偷摸摸地补上节课他留下来的数学作业，他下意识地哼了一声，面带笑容地走向对方……

"啊——不要啊！"

季镜走出老远，还能听到十七班的哀号，衬得周遭的氛围也惨淡起来。

季镜抚了抚手臂，今天确实有些冷，不该穿裙子的。

回到办公室，她打开手机。这是下午的最后一节课，和江景星家长约定的时间马上就要到了。

她拉开抽屉，拿出笔记本，翻看上次家长会的内容，又登录了北城大学官网查看招生简章，最终整理出了几种能考入北城大学的方式，准备一会儿和江景星的家长好好交流一下。

凭借江景星的实力，考上北城大学应该不难。

季镜正想着，就见自己的手机来了信息，屏幕上显示"妈妈"。

她顿了一下，点进去看，是一条语音，她不想听，伸出手点了转文字。屏幕上的圆圈转了几下，语音框的内容一个字一个字地往外蹦："季镜，你这周末回家一趟。"

单是看着屏幕上的字就能想到她在屏幕那头是一种什么样的语气，季镜懒得回应。为了防止家长会被打扰，季镜直接给手机熄屏，关机，放了在桌面上。

她望着桌面上的书本出神，脑海里却不自觉地回想起她收到南城大学录取通知书的时候，原清指着她的鼻子骂得恶毒，就好像季镜是什么不值钱的东西一样。

即便是现在，她对季镜的态度依旧没有好多少。季镜不用想也知道，这次回家，要么就是去相亲，要么就是找她要赡养费。

都是老一套，她玩了许多年，可季镜已经厌烦了。

她深呼吸，试图让自己平静下来，一会儿还要见学生的家长，不能失态，还要和家长讨论关于江景星的未来，这可不是一件小事。

"季镜，冷静。"她在心里和自己说。

可是当她平静的目光落在"北城大学"四个字上，她却依然忍不住鼻尖发酸。

第二章　尘埃四起

这四个字，勾起了她太多的回忆，仿佛她整个人最鲜活的时光已经过去了。

不知不觉间，晚霞漫天，照在消弭的白雪上，绮丽至极，一如好多年前的景象。

"季老师。"门口传来一阵敲门声。

季镜回过神，看见江景星身后跟着一个人。

那人衬衣西裤，穿着讲究，外套在他的手臂上挂着，整个人身形挺拔，面容清俊，季镜心底不由得疑惑：现在的家长，都这么年轻？还是说江景星随便找来一个人糊弄自己？

季镜走到办公室的沙发旁，招呼他们过来坐。

江景星出声介绍道："季老师，我父母目前在国外，奶奶今天突然有事情，我就找了小叔叔过来。"

江景星指着身边的男人对她说："这是我的小叔叔，您有什么问题和他说就行。"

江淮自我介绍道："您好，季老师，我是江淮。"

不知道是不是季镜的错觉，季镜在他的眼中看到了一丝期待。

她点点头，对江淮道："您好。"

她看着那双眼眸里的神采黯淡了些，心下疑惑，却也没有深究，毕竟今天江景星的情况才是重要的。

他们很快进入正题。

从正常高考聊到各种竞赛，出乎意料的是，这些江淮居然都略有涉猎，省了季镜不少心力。

时间过得很快，天色渐渐地暗了下来。

季镜看了看窗外，天色已晚，这次谈话的内容也差不多要结束了。

江淮抬腕看了看自己的手表，也意识到距离季镜正常下班已经过去了很久。

他起身向季镜道谢，又拜托她多费心："季老师，景星的父母都在国外，景星在学校的任何事情，以后都可以直接联系我。"

季镜淡笑着点头："好。"

江淮起身拿过椅子上的外套："麻烦您了，季老师。"

"不麻烦，应该的。"

江景星单手拎起书包："季老师，天都要黑了，让我小叔叔送您回家吧？"

"不用麻烦你们了。"季镜婉言谢绝，"我在学校还有事呢。"

"那好吧！"江景星的脸上止不住的惋惜，连掩饰都不带掩饰的，看得江淮一阵无语。

"你们路上注意安全。"季镜叮嘱道。

江淮的眼里又多了些星星点点的笑意。

"好。"他笑起来，整个人无比柔和。

江淮和江景星并肩走在校园的小路上，叔侄之间的气氛和谐。

江淮开口问他："我怎么不知道你想要去北城大学？"

江景星的声音懒洋洋的："你现在知道了。"

"别的大学去问你们老师情有可原，北城大学就多此一举了吧？"江淮看他，"你当年去北城大学还是我带你进去的呢。"

江景星冲他翻了个白眼："不是我说小叔叔，你是真不懂还是装的啊？怪不得你单身到现在还没有对象呢。"

少年的声音朝气蓬勃："如果不是为了给你和季老师创造机会，谁让你来啊？奶奶和我说了好多次我都没让她来。"

江淮："创造机会？"

"对啊！"江景星说，"我们季老师，性格温柔大方，学识也好，人也长得漂亮。你不知道，今年高一开学的时候好多小孩偷偷跑过来看她呢！"

江淮不禁失笑："可是这和我有什么关系？"

"有！"江景星严肃地说，"关系大了！我想让她当我小婶婶。奶奶说你将近三十的人了还不找对象，着急得要死，下一步就要安排你相亲了。我为了让你远离悲惨的相亲生涯，提前给你介绍一个。"

第二章 尘埃四起

"不用谢我！"江景星一溜烟地从江淮旁边跑了，生怕江淮给他一脚。

江淮看着跑远的江景星嗤笑："天真！"

可他的步伐却慢慢地停住了。

他回想起刚才在办公室看到的季镜，突然觉得不可思议。

时隔十几年，她再次出现在自己眼前，还成了江景星的老师。

江淮一向不相信缘分这种东西，可是今天，他却下意识地认为是上天的安排。

他看着跑远的江景星，又看了看天上的月亮，失笑感慨道："真是……"

江淮走在十几年前的校园中回头张望，好似又看见了当初那个寡言的少年站在楼上眺望他心仪女生的背影，不由得失笑。

这一次，他不会和当年一样沉默了。

明月随人归，请君入我怀。

季镜送走江淮，收拾东西准备下班，她把明早上课要用的书逐一放好，伸手去拿自己的手机。

冬季的天总是黑得很早，刚才他们走的时候还能隐约窥见窗外的建筑，现在就只能看见面前的方寸。屋外的路灯逐渐亮起，倒是给季镜的办公室添了些许的光。

季镜没有去开灯，她不喜欢办公室的光，太亮了，总是给人一种刺眼的感觉，还照得人冷冰冰的。她坐在椅子上，拿起手机，长按开机键，看见手机屏幕在一片黑暗中散发出刺眼的光芒，转瞬又柔和了起来。

果然，刚开机就跳出了几个未接来电，这是原清联系不到她的惯用方法。

季镜无视了那些电话，丝毫没有要将电话拨回去的意思。

她们早就没有什么好说的了。

不过她还是打开微信找到了与原清的聊天界面，干脆利落地敲下了"不可能"三个字，而后任由手机如何再响，她都没有打开看一眼。

季镜将手机扔在那儿不再去看它，转过头对着窗外的长夜发呆，有那么一刻她突发奇想，这个世界的某个地方说不定阳光正好。

季镜为自己的跳脱思维感到好笑，不由得笑出声，但是嘴角的弧度又紧接着收敛。她看着窗外越来越沉的夜色，意识到该下班了。

她也说不清楚这是她第几次故意拖延下班，好像她已习惯了晚点走。反正回去家里也是空荡荡的，还不如在这里看着这群小孩放学。

季镜没有吃晚饭的习惯，她回到家，打开电视，随手调到一个频道，然后去厨房烧了一壶水。

距离她上次去超市已经过了两个星期，冰箱里的酸奶早已经没有了，她随便拿出来一盒纯牛奶，打算等水烧开之后温一下，睡觉前喝。

角落里放着的半只烤鸭早已经不能吃了，季镜盯着它看了几秒，垂下眼帘将它拿起来扔进垃圾桶。还没关上冰箱，就听见手机又在响，季镜皱了皱眉头。

她将水放好，去客厅拿手机，刚划掉那条去瑞士的机票推送信息，就看到弹出来的视频邀请，她的眼里终于浮现出一丝笑意。

这次打过来的是远在英国的周念。

每个周五的晚上她都会打电话过来，即使她们隔着七个小时的时差，也依旧阻挡不了她对季镜的牵挂。

季镜按了接听，就听见她叽叽喳喳喊："镜儿宝贝！啊啊啊——季镜我真的好想你！"

季镜看着她在镜头的另一边用夸张的手舞足蹈表达思念，旁边的盛津似乎已经习惯了她这样，淡声和季镜打招呼，而后吐槽周念："影后，收一收，收一收，季镜要接不住你的戏了。"

季镜看着他俩在镜头前闹成一团，下意识地替他们感到欣慰，随后又觉得自己有点多余。

她冷寂的面孔像是多了一抹淡淡的伤痛，又像是没有，仿佛错觉

第二章 尘埃四起

一般,她依旧还是那个冷淡的季镜。

周念的手机被盛婉拿过去了,盛婉一边吐槽他们一边翻了个大大的白眼,而后走到拐角落座:"镜儿,学校生活还顺利吗?洛水是不是特别冷?"

"还好。"季镜看着屏幕那头的盛婉摇头否认道,"不算特别冷。"

"多穿些,记得吃晚饭,下雨记得带伞……"盛婉絮絮叨叨的,什么事都要交代她一下,仿佛她还是小孩一样。

她和季镜第一次见她时一点都不一样了,以前她是盛大小姐。

"婉婉,你上次也是这样说的。"季镜的声音中带着一丝无奈。

"上次都多久了?你也好意思说,我上次给你打电话你也没接啊!"季镜听着她骄纵的语调,心里有些想笑。

盛婉完全忘记了距离她们上次通话还没过去一个星期……

眼看盛婉要翻陈年旧账,季镜立刻转移话题:"你什么时候回国?"

"三月,开春我就回去了。"

"哦……"

现在才一月末,正是天寒地冻的时候,距离三月,还有好久。

周念和盛津凑过来看她,这一看,两个人的眉头都拧了起来:"你怎么又瘦了?像个纸片似的。"

"角度问题吧……"

每次周念打电话给她,总会说她瘦了,而后吧啦吧啦说一大堆,季镜反驳一句,就有十句在等着她,久而久之,季镜已经习惯了。

这么久了,季镜也只有和他们说一说话,聊一聊自己的生活,说自己一切都好,不让他们挂心。

挂了电话,季镜松了口气。自从她回到洛水,他们几乎每星期都要打电话过来,嘴里询问的吃穿住行一个不落,搞得季镜每次回应都紧张兮兮的。

她把手机放下,离开卧室,去厨房倒了杯刚烧开的热水。她们通话的时间太长，此时滚烫的沸水已经冷到合适的温度了。

她倚在流理台上，手里捧着杯子看窗外的灯光照进来，很冷。

下雪的话，一定非常漂亮。

季镜在心里这样想着。

她望着窗外出神，好像在什么地方，她见过似曾相识的场景。

没等季镜回神，玄关传来声音，有人来了。下一秒，季镜的家门被人径直打开。

季镜听见声响，把杯子往流理台上一放，转身直接出去了——她已经猜到了来人是谁。

她在洛水的住所是盛婉托朋友给她找的高档小区，安保性极强，寻常人进不来，况且在季镜没住进来之前盛婉就把家里里里外外全给她换新了一遍，装上了最新的密码锁，绝对没有被暴力拆门的可能。

"你来做什么？"

季镜看着客厅里坐着的这位不速之客，不是别人，正是原清。

"你说呢？信息不回，电话也不接。我来看看你还活着吗！"原清说。

"如你所见，还活着，你可以走了。"季镜看着她面色冷淡道。

"你就是这么和你妈妈说话的吗？这个态度？"原清提高声音。季镜的态度惹怒了她。

"还高才生呢，你把学问都学到狗肚子里了？"她高声叫嚷，嘴里说出来的话让人很难辨认这是季镜的亲生母亲，她说话时的脸色和她姣好的面容天差地别。

季镜不想理会她，三两步走到自己的卧室里，拿起手机给安保打电话："喂，您好——"

"啪——"

季镜拿着的手机被追上来的原清打落在地。

"你有完没完？"季镜转身斥道，"我回洛水的时候已经和你说得清清楚楚，我给你钱，我们断绝母女关系，从此不再联系——"她阖上眼睛沉声，"你拿了钱，就该遵循我们所约定的，两不相欠，永不来往。"

"十万块钱？"原清嗤笑，拿那双精明的眼睛瞟她，"你打发叫花子呢？

"季镜，别以为我不知道你怎么想的。你不要觉得你上了名牌大学，又去北城读了研究生你就不一样了——"

原清的声音尖利，仿佛要将季镜永沉地底。

"我告诉你，你这辈子都别想摆脱我，只要我活着一天，我就永远是你妈！"

季镜转过身，看着原清癫狂地在本属于她的领地歇斯底里，对着她大呼小叫。她满心的无力，甚至一句话都说不出来。

这一生，她从来不怨恨，她只是不明白。

很小的时候她就不明白，为什么面前这个人是自己的亲生母亲，却像是仇人一样对她厌恶至极。

原清看着季镜在原地站着，什么也不做，只是冷冷地看着她。她有一瞬间的胆怯，但看着季镜良久没有下一步动作，就这样盯着她不说话，于是又开始变本加厉起来——

"这个周末早上九点，陈总邀请你见面。到时候记得收拾收拾自己，按时到，给陈总留个好印象。"

原清的语气略微缓和一些，她也意识到自己是让季镜去相亲的，而不是季镜有求于她，于是试图像哄小孩一样去哄季镜，可是话说出来就变味了。

"不去。"季镜不再看她，越过她转身去了厨房的流理台前，拿起水壶给自己倒了杯水。

原清跟在季镜后面："不去怎么能行？我都已经……"

"你都已经收钱了，我不去怎么行？"

季镜两三口喝完杯子里的水，将杯子往流理台上重重一放，发出"嘭"的一声脆响，而后出声截住她的话。

"你收了谁的钱,是你的事情,与我无关,这个钱也不是我逼你收下的。"

季镜的声音依旧是冷的,她极力压抑着自己的愤怒,双手死死掐住自己的掌心,直到指甲嵌入肉里的前一刻——

"我不会去的,你趁早死了这条心。"

这个世界上,为什么会有这样对待自己孩子的母亲?

季镜过去无数次问自己,可是没有答案。

"季镜。"原清叫了她一声。

她似乎也明白不能和季镜死磕,于是深呼吸两下,换了策略开始打感情牌。

"你迟早都是要结婚的。"原清柔声道,"总要有个人来照顾你。"

季镜听到结婚这个词,恍惚了一下。她抬眼环顾四周,冰冷的流理台,昏黄温暖的灯光,还有她面前这个喋喋不休的人。

不是在北城。

这不是在北城。

她低眉沉默了一瞬,突然笑出声:"怎么个照顾法?"

季镜接着笑,只不过笑容里的讽刺无论如何都掩盖不住:"像季明方一样吗?"

原清听到季明方的名字,慈母的角色无论如何都装不下去了,勃然大怒道:"你闭嘴!"

"哦?!"季镜继续笑,甚至有些停不下来。

她继续揭开原清不愿意提起的往事:"是我三岁时他突然打你耳光,还是我五岁时他喝醉酒后对你暴打?"

"够了!"原清扑上来想要打她,季镜整个人退到流理台后,原清没反应过来,一个踉跄马上就要摔倒在地。

"闹够了吗?"季镜睨她,周身的气势深不可测,看得人心里发凉,"闹够了就抓紧时间从我家离开,我没空和你纠缠。"

"好啊,你答应去相亲,我二话不说,立刻离开。"

"不、可、能。"季镜盯着她,一字一句道,"你抓紧时间死了这条心!"

季镜从厨房出来,向外走去,丝毫不理睬原清,仿佛她只是一团空气。

"季镜!"原清出声叫她。

季镜充耳不闻,径直向前走去。

"我有那个人的联系方式——"原清看着季镜马上要回到卧室,对她喊道。

季镜听到这句话瞬间愣住,她在原地不自觉地停留了许久,一动也不动。

原清看她停住,知道这句话起效果了,继续说:"我去过北城,见过那个人,我有他的联系方式!"

她慢慢地走到季镜前面,看着季镜发白的面庞,缓慢而又得意地笑:"你不去也行,我会立刻给他打电话,问问他愿不愿意娶你。"

她抓住了季镜的命门,开始装出一个好母亲的样子温声相劝。她没继续提赵遥,似乎怕惹急了季镜就什么都得不到了。她说:"什么都不做,就只是见个面!"

季镜闭上眼不去看她,声音如同死水一般无波无澜:"你之前联系他了,对吗?"

"没有。"原清否认道。

"你最好没有!"季镜突然爆发,她的双手攥紧,身体微微发抖,眼眶红得像要滴血。

原清愣在那里,随即意识到自己被吓住了——被自己的女儿,一个小丫头片子吓住了。

"你瞎嚷嚷什么?我说没有就是没有。"她努力地想给自己找回一点气势,却支支吾吾的,很难让人相信她所说的话。

原清刚才无论怎样过分,季镜都没有生气,置身事外仿佛与她无关,直到原清提到了赵遥。

"好!"季镜深吸一口气,却依旧缓解不了心里的堵。

许久之后,不知道是为了什么,她妥协道:"我去。"

"但是我警告你——"季镜盯着原清,沉声道,"不要去打扰他!以后,也不要再出现在我面前。"

原清看她这副模样,难得没有过多地刺激她。她生怕季镜反悔似的连忙应下来,说完时间地点飞快地离开了她家,像从来没有来过一样。

季镜在原地站了许久,直到脱力仰倒在地毯上。她就那样望着客厅昏黄的灯光,眼角渐渐地落下泪来。

这滴泪为谁而流,季镜也说不清。

季镜最终还是如约地去了原清给她安排的那场相亲,她在早上九点准时到达约定好的地点。

面前的男人说不上丑陋,但绝对不好看——从面相上看,他最起码比季镜大了二十岁。

季镜看着他在那里殷勤地说着自己的条件,许诺结婚会分给季镜财产,又说起关于他们两人未来的规划——他想要季镜辞掉工作在家里做一个全职太太。

季镜只觉得面前这个人不是一般的好笑。她甚至还没来得及自我介绍,而他居然已经想到和她生孩子了,还妄图用婚姻来圈禁她。

"陈先生,"季镜实在听不下去了,忍不住出声打断他,"我觉得,我个人不符合您的择偶条件。虽然我已经二十七岁了,年纪确实不算小,但是我和您儿子,也就差了七岁。"她看似漫不经心地说,但话里的讽刺意味遮都遮不住。

季镜的话说到这里,对方也在生意场上混了这么多年,还有什么听不出来的?

只见他一噎,觉得面子上挂不住,脸色开始涨红,大声道:"你来之前不是已经同意了?现在在这里装什么?"

"收钱的不是我,同意不同意的,自然也不由我。实话告诉您,你们的交易我一清二楚,但是我劝你最好不要继续下去。"

季镜盯着面前恼羞成怒的男人,淡声道:"她掌控不了我的婚姻,也无法掌控我这个人,我劝您也别白费力气。

"正如陈先生您刚才自夸的一样,您条件这么好,老老实实找个与您相配的人,不是更好?"

她沉声加重了语调。对面的男人脾气本来就差,此刻在这里和她装了半天斯文,又见季镜说话直爽一点面子也不给他留,餐厅里的人都冲他这边张望,他对着这些探究嘲讽的目光,终究忍不住破防了,索性装都不装,伸手就要打她。

季镜看着半空中落下来的那只手,快速地伸手去挡,预想中的疼痛却没有到来。

季镜睁开眼睛,看到面前有一个高大的身影。

"光天化日之下,一言不合就打人?"挡在她面前的男人声音清朗,气场也很强大。

"你又是哪里跑出来的?我教训一个小丫头片子,关你什么事?"

"哦?大声喧哗,扰乱公共秩序,毫无公德也就算了,但是你一个将近五十岁的大男人居然在对一个姑娘动手?"面前的男人继续沉声道,"你说别人没教养没礼貌,那你的所行就是你的教养?不敢恭维!"他低头睨着那个男人,顺着他的力道将他往后推离了季镜的身边。

那男人被他推得一个踉跄,气得哆哆嗦嗦说不出话来,整个人看起来毫无之前在季镜面前的架势。

餐厅这个时间大多数都是在谈事情的人,多多少少都有些身份,此时一个阿姨看不下去,出声道:"你再这样纠缠下去,我们可要报警了!"

"光天化日之下打人,这都是有监控记录的!警察来了我们也能帮这个小姑娘作证的哇!"一个上城口音的阿姨帮腔道。

"你还打女生，要搁我们辽城，有你吃不了兜着走的！"一个北方大哥略带气愤地接话。

相亲男看着这附近的人都在帮季镜说话，整个人面色涨红，像个熟透的西红柿。他从来没在这么多人面前丢过面子，只敢恶狠狠地瞪着季镜，丢下一句"你给我等着"，紧接着拿起椅子后面的西装外套仓皇而逃。

季镜松了口气，在心里感叹幸好有人出来帮她，否则明天她就要带伤去上课了，在学生面前还真不好解释这个伤是怎么来的。

"您没事吧？"男人转过身来柔声问。

"没事，谢谢您啊！"季镜诚恳地道谢。

她盯着面前的男人，突然觉得这人有些眼熟，像是在哪里见过一样。

"不用客气，季老师。"男人摇头道，"应该的。"

等等……

他怎么知道她是老师？刚才她和陈总起冲突，也没暴露自己的职业啊！

季镜仔细盯着面前的男人看，脑海里突然浮现出一个人。

这是江景星的家长？

"你是……江先生？"季镜略带迟疑地问。

能不眼熟吗？这人两天前刚和她见过，就在学校办公室，他们还聊了很久关于江景星的未来。

"是我。今天刚好来这里有点事情，忙完了正要走，看到他和您起冲突就过来了。"

季镜尴尬地笑笑："这样啊，还是要多谢您。"

江淮看着她窘迫的样子，低声道："举手之劳！季老师接下来有什么安排吗？"

季镜摇头："没有，我准备回家了。"

江淮提议："我送您吧！"

季镜思忖一下，接受了他的好意："麻烦您了，有机会我请您吃饭。"说完她看了一下周遭的一片狼藉，叹了口气，转身对江淮说，"江先生，可能要麻烦您等一下。"

江淮看着她的表情，顷刻间明白了她的想法。

服务生在这边发生冲突的第一时间就赶过来了，他原准备为客人解决麻烦，但看着有人替季镜出头，就站在旁边观察形势，防止事态进一步严重。

此刻他看到季镜叫他过来算损失费用，麻利地报出了刚刚就已经算好的数字。

季镜拿出自己的信用卡递给服务生："不好意思啊，给你们添麻烦了。"

旁边的服务生刚接过她的卡，身旁的江淮就出声道："不用了。"

季镜惊讶地看他，不明白他这是何意。

服务员把卡还给她，一脸真诚地对她微笑道："小姐，我们老板说不用赔偿了！很抱歉打扰到您！祝您生活愉快。"

季镜：？

等服务员面带微笑地离开，她才反应过来到底是什么情况。

她面露惊讶地抬起头，看着面前的这个男人："这儿的老板……是您？"

江淮看她整个人慢半拍的反应，觉得她特别可爱，忍俊不禁道："嗯，是我。"

"哦……"季镜看着他笑，不明白他在笑什么，明明她刚刚让他的店莫名损失了不少东西，他却有心笑得出来。

果然能开高档酒店的老板都不是一般人，心态真好。

"还是算一下到底有多少损失吧，不然有些说不过去了。"季镜看着他不好意思地说。

"就当是周五晚上季老师的加班费，好吗？毕竟那天聊到很晚，耽误了季老师的时间，也没请您吃晚饭。"

季镜心知他是不会收钱了,但还是坚持说:"别,一码归一码,那都是应该的。"

江淮笑:"好啦季老师,这点钱我还是有的。不是要回家吗?"

他略微挑了一下眉,整个人看起来有些痞:"走吧,我送您!"

季镜看他软硬不吃,坚决不让她赔偿,不由得在心里叹了口气。

下次趁他不在的时候再赔吧。

她只好妥协:"麻烦江先生了。"

"不麻烦。"

江淮走在她身边,声音带着些许笑意,淡声说:"荣幸之至。"

季镜回到家,做的第一件事就是拉上客厅里的窗帘。阳光太过刺眼,照得她浑身不适。

不知道从什么时候开始,季镜喜欢在昏暗的环境独处。她习惯把窗帘拉上,把毫不知情的阳光关在外面。

接着她打开电视,却不看电视中放着的节目,而是抱着玩偶窝在沙发上,随手将手机丢在一边,丝毫不做理睬。

她就这样在沙发上待了很久,饿了就去厨房煮面吃,她最常做的是北城闻名的也比较好做的炸酱面。

季镜在北城生活许久,有些习惯被她强制性改掉了,有些到现在还是改不过来。

比如晚上睡觉前总会温一杯牛奶,比如总会开着电视却不看,再比如吃饭下意识地选炸酱面。

一个人的房间太过空荡,开着电视虽然吵,可这样家里才有生气,心里也不会冷冰冰的。

季镜一边吃饭一边往电视那边瞟,ST举办的活动贺知衡拿了奖,各路媒体蜂拥而上,可是提出的问题却和奖项丝毫不相关,无数的话筒怼到他的身边问他和许陈为什么分手。

这些人总喜欢戳人伤疤,因为那伤疤不长在他们身上,他们永远不知道痛。

　　填饱肚子后的季镜继续回沙发上窝着，家里暖气的温度刚刚合适，她一不小心就在沙发上睡着了。

　　偶有透过窗帘的光坠落，这光仔细地拂过她面上的每一寸，而后像怕惊扰她似的，又悄无声息地消失了，就像从未出现。

　　这一觉睡得太久，等她再次醒来天已经暗下来了——季老师的周末即将结束。

　　季镜迷迷糊糊地摸到手机，打开一看，已经晚上八点半了。她恍惚地开始想自己到底是几点睡着的，但此刻刚睡醒的她显然想不起来，她整个脑子都是空的，蒙得不行。

　　她干脆不想了，反正不重要。

　　她把手机放到一边，准备接着睡，还没躺下，就接到了电话。

　　季镜伸出手捞起手机，看都没看来电人是谁，张口道："喂？"

　　"季镜！"电话那头一个成熟的男声唤她。

　　来者不善。

　　听见这个声音，季镜自动产生戒备，下意识地清醒了几分。

　　"嗯。"季镜爬起来，坐在沙发上揉了揉自己的头。

　　"怎么了？"她嗓音沙哑，失去了往日的冷清，但也别有一丝韵味。

　　"今天怎么没来复诊？"那人毫不客气，直奔主题。

　　"闻医生。"季镜的脑袋飞快思考着，该怎样回答才能给他一个满意的答案。

　　"我忘了。"她决定坦白，"我今天太忙了，一时间没想起来。"

　　"是这样吗，季老师？"闻远被她糊弄的次数多了，一秒就识别出了她的鬼话。

　　他站在心理室里，俯瞰着洛水的车水马龙，冷淡出声："你上次没来复诊，说学生来找你玩；上上次也没来，理由是学生要来找你吃饭。"闻远毫不留情地拆穿她，一点都不留情面，"这次该不会是你去给学生家长谈学生的未来规划了吧？"

"你们医生都能知道病人去干什么？"季镜明显被惊到了，一向平稳的声音有了些许起伏，尾音都不自觉地上扬起来。

虽然今天没有去谈学生的人生规划，但是前两天她和江淮谈了啊，她刚想用这个理由，没想到被闻远率先说了出来。

季镜也懒得想他究竟是如何知道的，索性破罐子破摔道："还真是！"

"季镜！"闻远在电话那头严肃地叫她，"你自己算一下到底有几次没来复诊了？"

季镜沉默，不知道该如何接他这话。她顺着闻远的话想了想，好像自己是放了他许多次鸽子了，每一次都保证下次会去。

季镜想到这，从沙发上起身去卧室，拉开床头柜的抽屉，看着抽屉里的药盒东倒西歪的，那里面显然是什么也没有了。

她已经吃完药好一阵子了。

思绪走到这里，她更不知道该如何去接闻远的话，索性整个人坐在床上对着电话沉默了好久。

闻远看她没有反应，心下也跟着她沉默，给了她一个缓冲的时间。

"闻远。"季镜终于出声，"我不想去。"

她坐在昏暗的房间里，美丽的面孔上蔓延着一种名为脆弱的东西，好像下一秒她这个人就会碎掉，此后再也拼凑不起来。

"我也不想让你来，但是你不能不来。"闻远耐心地劝她，"你在慢慢好了，再来几次，你就真的不用治疗了。"

季镜知道闻远这是在哄她，她什么情况自己心里再清楚不过，但她没有拆穿，也没有接话。

"盛婉之前还给我打了电话，问你的情况怎么样。"闻远见她不出声，主动说。

"嗯……"

"我说你一切都好，按时过来吃药，按时过来拿药复诊。"

季镜边听他说话，边看向旁边的空药盒，她已经擅自停药许久了。

"你这不是在骗人吗?"季镜的眼眶有些湿润。

"总不能让她在英国还担心你。"闻远的声音变得越来越小,最后甚至微乎其微。

闻远在自己的诊疗室看着路灯也照不亮的天,想着季镜的情况,心里止不住地叹气。他从业许多年,却是第一次遇到季镜这样的人。

棘手。

闻远觉得自从接下了季镜这个患者,他整个人都老了十岁,还不止……

"闻远。"季镜突然叫他,语气郑重地说,"谢谢你。"

谢什么呢?季镜走向窗边,看着同一片昏暗的天空想。

谢他的陪伴,谢他在盛婉打电话时帮她隐瞒,谢他让盛婉在英国不必担心她,谢他一次又一次地想救她这样的人。

"季镜,我们认识了将近三年。"闻远闭了闭眼睛,压下不明的情绪,而后眼中一片清明,"如果你真的想要感谢我……"

如果你真的想要感谢我,那就请你抓紧时间好起来。

"嗯?"季镜看着夜色好奇他的后半句。

"算了!"闻远叹气,这样近乎虔诚的真心话他永远说不出口。

这不是他闻远能说出来的话。

"下周末记得来复诊!"闻远给她下完最后通牒,"啪"的一声毫不留情地挂断电话。

他甚至不想听季镜的回答。

季镜哭笑不得,这人话都没说完,就直接把电话给撂了。

她丝毫没有意识到自己给闻远带来了多大的心理阴影。

等季镜再想起来这件事情的时候,已经是星期四了。

洛水天寒地冻,冷得要命,季镜裹了一层又一层,能不去室外就坚决不去。

这天下午上完课,她并没有第一时间回家,因为今天轮到她值班,需要在学校待到晚上九点——下了第二节晚自习之后。

下午放学她照常站在楼上,看着这群高中的小孩飞奔着去吃饭,看着食堂人满为患,拥堵至极。她不由得想起自己的高中生活,也是这个学校,也是高二(17)班。

那个时候她靠窗坐,每次老师调座位,她都会选在那儿,第四排的第二个位置,靠窗,安静,能看见照进来的第一缕阳光。

阳光照耀在她身上的时候,她总会觉得即使眼下的情况都很糟糕,可一切都会慢慢变好的。

季镜想到这,不由得有些怀念。

但是转眼又想到一些不好的事情,她伸手揉了揉额头,想要控制自己内心突然涌出的烦闷。闭了闭眼睛,她转身回到自己的座位上进行短暂的休息,晚上还要去十七班看自习。

这可是个重活。

十七班那帮小孩最为顽皮,但偏偏仗着成绩好,没几个老师真的处罚他们,于是他们就更为翻天——

他们居然跑过来问季镜英语题!

她是一个语文老师,他们问她英语题,真的礼貌吗?

这还不算过分,有的人居然问季镜物理、化学。

季镜应付他们的鬼灵精怪真的用尽了此生全部的精力。

虽然她万分不想值班,但这一刻还是来了。

季镜叹了口气,面上带着些许不情愿地拿起自己的书,准备把已经备完的课再次优化一下。

她在去十七班的路上心想,这次如果再有学生问她数学题,她一定会给陈老师打小报告!

这次一定会!

走到十七班门口,她发现他们班出奇地安静。

季镜带了十七班快两年,从来没见过他们这样。

好听话……

这是季镜心里唯一的念头,原来他们闭上嘴是这样的啊!

还不错!

"今天轮到我值班啦,大家有什么关于语文方面的问题,都可以过来问我。"

十七班一个个鬼灵精听到她着重强调语文两个字,忍不住原形毕露了。

"季老师,数学可以吗?"

"季老师,化学化学。化学这次好难!"

"季老师!英语!"

……

台下的声音扑面而来,像要淹死季镜一样。

季镜敲了敲桌子:"你们对一个语文老师这样狠心吗?"

台下一阵大笑,却也很给面子地没有继续闹下去,渐渐地恢复了秩序。

大家都开始低着头写作业。

季镜在台上备课,偶尔会有学生上来问她试卷的错题。

自习课上到一半,天已经完全黑透了。

张硕突然跑到讲台上,从身后掏出自己的数学试卷,指着最后一个大题,一脸乞求地望着她:"季老师,江湖救急。"

季镜抬眼看他,只见他两个眉毛都耷拉下来,显得他整个人都可怜兮兮的:"陈老师说,明天提问我还不会的话,就给我爸打电话,让他没收我这个月的零花钱。"

季镜有点想笑,她努力控制自己,但脸上还是浮出来一丝松动的神色。

张硕看着季镜,知道她最是心软,紧接着再接再厉地争取:"最后一次,我保证!"

"下周一来办公室背《归去来兮辞》。"

"啊……不要吧季老师……"

"嗯？"季镜扬着声音疑问。

"没问题，成交！"张硕生怕季镜反悔，飞快地咬牙答应下来。

"季老师，我出去一趟。"江景星走上讲台和季镜说。

"好。"季镜以为他要去厕所，点点头，示意他走。

而后季镜拿过张硕的试卷开始看那道被他描述为"超级无敌难"的题目。

两分钟后，她抬起头，在冷白的灯光下眨眼问张硕："答案在哪儿？"

"这儿！"张硕赶忙把自己手里的另一张纸递过去。

季镜看了眼答案，心想果然是这样。

她让张硕搬个板凳过来。

张硕："老师，您解出来了？"

他小小眼睛里有着大大的疑惑。

季镜眨眨眼，看看答案，又看看试卷，最后看着他道："对啊……"

张硕欲言又止："可是季老师，这才过去不到两分钟……小陈老师说……这是……超纲题。"他的声音里带了些不可置信，像是傻了一般。

"确实有点超纲，但是还好。"

季镜看他这个反应，露出一个发自内心的笑容。

果然是小孩。

张硕被季镜笑得心里一紧，脸都有些红，他下意识地咽了咽自己并不存在的口水："我这个脑子能听懂吗？"

季镜看他的反应，鼓励道："可以的，你这么聪明。"

而后季镜不给他挣扎的时间，径直开始说起这道题的解题思路。

他们这个年纪的小孩看到题目第一反应不是我无论如何都要解开这道题，而是这道题看着好难我真的可以搞定吗？

从心理上，他们就畏惧这件事情，那就永远都不可能成功。

张硕一边听内心一边崩溃："失策了失策了，是我小瞧季老师了，不过话说回来季老师教语文是不是太可惜了……哎？这个居然这么好求？天啊！季老师，这个还能这样？！"

一道题，张硕内心的弹幕飘了八百条，久久不能平静。

讲完之后，季镜帮他复盘知识点。

"啪！"教室的灯突然毫无预兆地熄灭了。

室内顿时昏暗一片。

季镜呼吸一滞，整个人都有些控制不住地发抖。她伸出一只手重重地按住桌角，疼痛能让她快速恢复冷静。

她尽量冷静下来安抚学生："大家不要害怕——"

"季老师。"

"季老师。"

讲台下面的男生女生都在叫她，声音混合在一起，遥远得像是来自另一个世界，一点也不真切。

"季老师。"身旁的张硕也在叫她。

"祝你生日快乐！"张硕在她旁边突然说，声音带了一丝得逞的笑。

"祝你生日快乐！"这次是整个十七班一起对着她大喊道。

季镜愣住了。

紧接着她就看见眼前的这群小孩拿出早已准备好的手机，打开闪光灯。门口的江景星捧着蛋糕和花出现的那一刹那，他们开始唱："祝你二十七岁快乐，天天心情不错，一切全部都好了。该吃就吃该喝就喝，男朋友一定能找到更好的。"

季镜看着江景星捧着蛋糕一步步地走来，下面的同学依旧摇着自己的手机，面上带着灿烂的笑意，无比认真地唱着："二十七岁快乐，天天都有收获，工资马上给全额。想唱就唱，想说就说，遇到好人一定比小人多。"

季镜捂着脸看着这个场景，眼眶里缓缓溢出泪来，她依旧在微微颤抖着。

"祝你生日快乐，祝你天天快乐，祝你从早上起床快乐到晚上进被窝。祝你生日快乐，祝你天天快乐。"

他们满眼真诚看着讲台上的季镜，这个惊喜他们谋划了许久，生怕出一点差错。张硕上去问季镜压轴大题拖延时间，他们看着季镜两分钟就解出来答案，心里的紧张程度和张硕一起达到了顶峰。

但好在，运气不错，江景星及时赶了回来。

"祝你不用求算命先生也能运气不错，祝你生日快乐，祝你天天快乐，祝你从此时此刻快乐到地球毁灭了。祝你生日快乐，祝你天天快乐，祝你永远永远永远都快乐……"

季镜站在原地默默地听他们唱，她伸出手略显狼狈地抹掉眼中的泪："你们……"

"季老师——"

"季老师！"

他们在自己的座位上疯狂地喊着。

"镜儿姐！"

她看着面前一个个年轻而又鲜活的面孔，又看着江景星手里的蛋糕："谁出的这个主意啊……"

"这是大家一起想出来的！"

季镜摁住自己微微颤抖的手，努力让自己看起来平静一些："你们怎么知道是今天啊，万一今天我不过呢？"

她的生日不是今天，她也很久都不过生日了，可是这一刻，她不想扫了大家的兴致。

"季老师，"张硕在旁边笑嘻嘻的，"这是个秘密！"

"季老师——"江景星叫她，他把蛋糕放在讲台上，伸手放到嘴前，比出了一个噤声的手势。

"嘘——你听——"

他扬扬手，排山倒海的音浪随着他的动作扑面而来：

"季老师——我们爱你——"

他们齐声高喊，肆无忌惮地宣扬着对她的爱意。

"无论是十年，还是二十年，无论我们在哪里，十七班永远都会爱着季镜！"

这样的誓言，这样盛大的场面，这样耀眼的青春，这样明目张胆的偏爱，每一幕都似曾相识。

季镜再也忍不住，任自己的情绪崩溃，她不知道自己此时此刻应该有什么反应，只是一个劲地流泪。

这帮小孩，真的给了她太多太多的爱，即便冷情如季镜，也招架不住这样的炙热和真诚。

"谢谢大家……能成为大家的老师，是我季镜三生有幸。无论如何，我一定会陪大家走完这一程。"

她看着面前的这个蛋糕，上面写着"季镜要天天开心"。

这是这帮小孩对她最真诚的祝愿。

很漂亮、很漂亮。

季镜看着那个漂亮的蛋糕心想，好像她人生中最重要的时刻，都会有一个蛋糕出现。

原来距离上一次吃蛋糕，已经过去了许多许多年。

她在一片喧闹中回神，第一次意识到，是时候去找闻医生了。

可是还没等季镜主动去找闻远，学校这边就出了事。

周五下午下班，她刚准备收拾东西回家，班里的许愿就狼狈地闯到了她的办公室。

"季老师……"许愿的声音带着些许颤抖，甚至由于太过紧张，话都有点说不利索。

"别紧张——"

季镜安慰她的话刚说到一半，下一秒就听见她说："江……江景星和别人打起来了！"

她整个人都在发抖。

"什么？！"

"在哪儿？现在立刻带我过去！"季镜整个人几乎从座位上弹了起来，拿起手机就跟着许愿出去。

一路上，她强迫自己冷静，对许愿说："许愿，你别害怕，现在你好好想想事情发生的经过，待会儿，一定要把事情原本的过程和老师说清楚，好吗？"

"嗯……"许愿在旁边忍不住地哭。

这件事远比季镜想象的普通打架要严重得多。

季镜赶到时，场面已然得到了控制。她看着江景星血流不止的头，再看到旁边哭得一塌糊涂的许愿，那些围过来看热闹的同学早已被这场面吓得脸色发白，不知如何是好。

他们在原地等待救护车，季镜看着欲言又止的许愿，身边站着一脸倔强却不愿意解释事情原委的江景星，她环视了一下四周，觉得这世界真是无比的荒谬。相同的学校，相同的年岁，相似的事件，仿佛过去的尘埃又重新浮现。

在去医院的路途中，季镜通过许愿颠三倒四带着哭腔的回忆，理清了事情的原委。

许愿性格温柔，人也文静，某次不小心撞到了学校里的一个女生，她分明特别礼貌地道了歉，对方看了她两眼，出声抱怨了两句之后也没计较。但好巧不巧，洛水一中期末考试随机分考场，那个女生碰巧坐在许愿的后面。

她一眼就认出了许愿。

在那场考试中，那个女生动了不该动的歪心思，许愿隐忍着没有举报，但是事后女生还是被老师在监控里查到了有作弊迹象。

她恼羞成怒，却丝毫不反思自己的过错，和老师在考场里进行激烈对峙。最后，女生无意间瞥见许愿，而许愿也恰好回头。或许是当着这么多同学的面太过丢脸，怨恨的种子在她心里生根发芽。

临走前她对许愿说："你等着。"

今天，她带着一伙人，说要给许愿一些颜色瞧瞧。

"季老师，江景星真的是为了帮我，他没有打架滋事的，他是为了保护我才动手的！"许愿哭着说。

许愿那张天真的面孔哭得梨花带雨。或许是突然回想起刚才不可遏制的场面，许愿一阵后怕，在莫大的后悔中泣不成声。

季镜又转身看向急救室，门上方鲜红的"急救中"攫住了季镜的呼吸，她几乎快要喘不过气来。

季镜垂眸抚着许愿的头，轻声安抚道："我知道。"

下一秒，她收回抚在许愿发上的手，在一片惨淡中拿出自己的手机毅然决然地报了警。

这是明目张胆有预谋的欺负，季镜这辈子都不会容忍这件事发生在自己的学生身上。

电话挂断，季镜一只手揽着许愿，轻拍着她的背安抚她的情绪，一边轻声道："没事了，我在。"

"别害怕，我在这里。"她低声对着许愿重复。

"我会保护你的。"

江景星出事后，季镜第一时间打给了江淮。

彼时江淮正在谈一个大单子，听到这个消息，立刻撂下手边的事情马不停蹄地赶往医院。

季镜看了看时间，估计他很快就要到了。

医院的氛围本就压抑，她环视周围熟悉的景象，突然想起当年那件荒唐事。

向死而生

Chapter 3

那件事发生在她十六岁的时候，同样是在洛水一中，同样是在急救室，只不过抢救的人是她罢了。

季镜上高中的那一年，刚十六岁。原清和季明方离婚许久，原清有再嫁的打算，而季明方杳无踪迹。最终她被判给了原清，法律判决下来的当天，她被原清送回了乡下的姥姥姥爷家。

因此，她得以度过一段不是很快乐但很轻松的时光。

好景不长，姥姥姥爷相继去世，季镜无人看管，明明父母尚且在世，她却活得像个孤儿。在当地居委会一遍又一遍的催促之下，原清把她接到了自己身边，尽管此时她已经有了新的家庭。那天，原清带着季镜回到她的新家，在那个无比陌生的房子里，季镜第一次见到了徐驰。

徐驰大她一岁，面容清秀却带着锋芒，他的眼神上下打量了她一下，紧接着就移开了目光。

原清对一个年仅十七岁的孩子笑得讨好，按着季镜的头，企图让她鞠躬："这是徐驰，你的哥哥！"

季镜最终没弯腰，也没叫出那声"哥哥"，因为徐驰的眼神里写满了凉薄和漠视，他对着原清冷笑了一下，转身就走。季镜对徐驰没有任何表示，她丝毫不在意徐驰的态度，反正这里对她来说也不是家。

她的家在姥姥姥爷去世的那一刻就已经没了。

季镜就这样住进了徐家，和徐驰共处同一个屋檐下。

第三章 向死而生

他们同在洛水一中，一个高一年级，一个高二年级。井水不犯河水，二人倒也相安无事，直到那件事情发生。

洛水一中每次考试都会将学生打乱顺序重新排名，不论班级，不按成绩，全部随机重排，这是洛水遵循了许多年的老规矩了。

季镜高一期中考试的时候，后面坐的人恰巧是八班的李莎，传闻整个一中最不学无术的人之一。

由于季镜的名字常年霸榜第一，照片贴在荣誉墙上，别人想不认识她都很难。

她们二人不论从哪个方面来看都天差地别。

考数学之前，李莎试着和季镜搭话。只见李莎双手插兜，吊儿郎当地走到季镜面前叫她："喂，季镜，一会把你的数学卷子放到桌子旁边，回头请你吃饭。"

季镜没有理她，甚至都没给她一个眼神。这样的情况她碰见过不止一次，每一次都是她先合上课本转身就走，这次当然也没有例外。

李莎在后面冲着季镜离开的身影大声地说："别忘了啊，季镜。"

她如此明目张胆，惹得在走廊里复习的学生纷纷侧目。

距离数学考试结束还有半小时的时候，季镜正在写最后一道答题的最后一个小问。

这道题目有点超纲，她的思路出现了些许的偏差，第一遍算的答案错了。

她的眉心跳了几下，有些许不适。

季镜伸手揉了揉额头，将注意力再度放到这道超纲题上。就在她找到正确的思路并修改的时候，李莎开始踢季镜的板凳，示意季镜把卷子给她看。

季镜不理睬，也没有举报。她全程都没说一句话，甚至眉头都没皱一下，只是将自己的凳子往前搬，加快了自己的答题速度。

五分钟后，季镜停笔，将自己的试卷重叠在一起，收拾好自己的东西，起身交卷。考场的同龄人看着她，纷纷低声感叹"牛"，顺带再瞥了两眼李莎，发出一声嗤笑。

季镜连一个目光都没分给后面的人，交卷后直接走人，所以她也没有注意到李莎要吃人的表情。

考试成绩出来之后，季镜依然高悬榜首，毫无悬念地拉开第二名五十多分，数学更是直接满分——她是全年级唯一一个满分的人。

李莎看着年级排名，想起朋友对自己的嘲讽恨得牙痒，又想起考场上季镜落自己的面子，她的嫉恨无论如何都压抑不住了。她自小被家里宠坏，原本就不是什么守规矩的人，这一次当然也不可能去反思自己的错。

于是，季镜去食堂吃饭的时候不小心从三楼摔了下来。

好在学校装有护栏，她只是磕破了头，并未因此有生命危险。季镜在摔下来之后回望三楼，好像看见了李莎和她朋友们的身影。

徐驰和周念、江淮一起路过的时候，看到的就是一群人围在一块的场景，大家里三层外三层，叽叽喳喳地讨论，看得人心烦。徐驰拉着他们转身就想走，他没兴趣知道这些所谓的八卦，可下一秒他听见了季镜的名字。

他不自觉地放缓了脚步，直到停在那里，听着周围的人和新来的同学描述事情的经过。

"怎么回事啊？为什么都围在这里啊？"

"季镜不小心从三楼摔下来了。"

"怎么会不小心呢？"

一个女生惊呼，而后声音很快小了下去，像是害怕被听到般："不会和李莎有关系吧？"

另一个人的声音义愤填膺道："考数学的时候学神提前交卷，没给李莎抄，恰巧今天出成绩，学神数学又是满分，她可能怀恨在心……"

徐驰没有听她们接下来讨论什么，他满脑子都环绕着那句"季镜不小心从三楼摔下来了"。他在江淮和周念吃惊的目光下拨开人群，径直向季镜走过去。

第三章　向死而生

他看着晕过去的季镜，眼里晦暗不明，不知道在想些什么。

周念挤进来，看到眼前景象也吃了一惊，在旁边咋咋呼呼地说："徐驰，快打120！"

江淮看着昏倒在地的人，快步走到她旁边蹲下，看着她不停流血的伤口，掏出自己口袋里的手帕纸去给她擦，而后在一片注目下伸手抱起季镜前往校医室。

季镜再次醒来，第一眼看到的就是医院白花花的墙，消毒水的刺鼻气味扑面而来，想起晕过去之前看到的李莎，再环视周遭的景象，随即明白了事情的经过。

她没想到有一天自己会卷入其中，不安隐隐地围绕在她周围。

周念一进来就看见季镜坐着沉思的面庞。她那双眼睛沉沉的，不带任何感情，像是里面住着万年不化的坚冰，此刻还带着些许危险。

她像是一朵美丽而又裹满刺的玫瑰。

"呀，你醒了？有没有哪里不舒服？"周念浑不在意她周遭的气息，开口关心道。

季镜转头向她看去，有些怀疑自己是不是失忆了。

为什么在她的记忆里，她不记得有这样一个人？

周念看着季镜面无表情地看着自己，眼里还带着些许疑惑，突然就明白了她在想什么。

"嘻，忘记自我介绍了，我叫周念，高二理科（1）班的。你晕过去的时候我正好在场，我和朋友把你送到了校医室，医生不在，我们就送你来医院了！"

季镜听到她的话，明显松了口气。

吓死了，还真以为失忆这种狗血桥段发生在自己身上了呢。

季镜对她露出了一个友善的表情："谢谢你，我叫季镜。"

"我知道，高一的小学神嘛！"周念笑嘻嘻说，"你在我们年级很火的！"

这话季镜不知道该如何接，只是面色略显无奈地看着她。

好在周念也不觉得尴尬，一直絮絮叨叨的，像她们两个是认识了许久的老朋友一般。

季镜半躺在病床上看着她在那里天马行空、手舞足蹈地说话，破天荒地没有感觉到烦。

偶尔有那么一个瞬间，季镜觉得，好像生活就应该是这样的。

有些人，命中注定会成为朋友。

季镜回到学校后，日复一日重复着之前的生活轨迹。

但她也没有坐以待毙，她在等，等一个机会。

某天晚上，季镜下了晚自习去厕所，刚进厕所，就听见外间的门"啪"的一声锁住了。下一秒，灯也暗了下来。

季镜一点都不好奇是谁在恶搞，针对她的人只有一个。有些人，你什么都不做，也会找上门来。

那天晚上，她没能按时回家。

而那晚的徐驰回家后径直回了自己的房间，一直埋头写竞赛题到凌晨。

昏黄的灯光打在他的脸上，像是一幅极为漂亮的画卷。下一秒，徐驰转了转自己略显酸痛的脖子，拿起桌前的水杯起身去客厅接水喝。

他的大脑高速运转，几个小时下来，他早已精力透支，口干舌燥。

徐驰路过季镜的房间，头一偏，看见她的房间已经灭了灯。

他有些意外地挑了挑眉：她今天居然睡得这样早？这不像是季镜的风格。

徐驰没有多想，单纯地以为季镜是累了，毕竟她前两天刚出院，现在精神不太好也实属正常。他优哉地在客厅喝完水，往玄关处一瞥，突然发觉出来哪里不对。

玄关处有季镜的拖鞋！

徐驰身躯一震，想起原清在接季镜回来的第一天就交代过她许多遍，在家里一定要穿拖鞋，原清因为这件事情还责怪过季镜许多次。

所以……

第三章　向死而生

她并非是早睡，而是她根本没有回来！

徐驰想到这儿，觉得有点不安，又想起季镜前几天从三楼摔下来的情形，他无意识地攥紧了玻璃杯，细长的指节骨泛起白色。下一秒，他把玻璃杯随手一放，快步走进书房查今天家里的监控。徐驰看着屏幕上的时间飞速流逝，季镜始终没有出现，他确定了自己的答案。

季镜确实没有回来。

他一双眼眸冷淡地看着监控里的原清优哉游哉，浇花品茶好不自在。从头到尾，原清都没发觉季镜没有回家——她根本不在意季镜，甚至没有他一个外人关心得多。

徐驰得到这个结论的时候，有那么一瞬间的心凉。

他好像想明白了许多事。

比如为什么季镜是这么冷淡且不讨喜的性格。

可现实情况容不得他多想，每一分钟的流逝都意味着她有遇到危险的可能。徐驰大步走出书房，回到自己的卧室，拿起外套就要出去。

原清听见客厅的响声起身出来，看见徐驰穿戴整齐，一副要出去的模样，下意识关切道："小驰，这么晚了你要去哪？"

徐驰看着她面上一副温良贤淑的模样，再想起刚才的监控，觉得她虚伪至极。

他一点也搞不明白这个女人究竟在想什么，自己的亲生女儿她毫不在意，却对他这个继子殷勤至极。

可他对原清依然抱有一丝幻想，试探着出声询问："是很晚了，你知道季镜到现在都没回来吗？"

原清听到徐驰的话没什么太大的反应，她甚至笑了一下："她可能回她姥姥家去了。你不用担心她，小驰，快去睡吧，明天还要去上学呢！"

徐驰所有的期待都被她这句话打得支离破碎，他感觉到荒谬的同时，又觉得她不可理喻。

"你真是……"

他不再和原清纠缠，推开门转身就走。

深夜早就打不到出租车了，无奈之下，徐驰只好转身回家，拿出自己去年买的摩托车的钥匙。

他一边走一边打给高一年级主任——还是季镜上次出事的时候他留下来的手机号。

他单手带上头盔，拧开钥匙，发动机的声音响彻小半个别墅区。

下一秒，电话终于被接起，电话那头的中年男人明显带着困意，可依旧礼貌道："您好？"

徐驰双脚撑地："李老师您好，抱歉这么晚了打扰您休息，我是高二理（1）班的徐驰。"

他表明了自己的身份，而后不等对方出声，紧接着说出了自己打电话的原因："我的妹妹季镜今天晚上没有回家，我怀疑她被困在了学校。"

"季镜没有回家？"李主任听到季镜的名字瞬间清醒了。

这姑娘可是洛水一中的金字招牌，她参加的比赛从未有过失手，说句不客气的话，她的前途不可限量。

他想起前几天季镜刚出事，也意识到这件事情的严重性，声音开始变得严肃："好，徐驰同学，你别着急，我这就去学校，联系保安调监控。"

"麻烦您了李老师！"徐驰停了一下，紧接着道，"李老师，当务之急是确保我妹妹的人身安全……"

徐驰没有继续往下说，挂掉电话，骑车就往学校的方向开去。他把油门加到最大，甚至能感受到风的撕扯。

冷，冷得不像话。

徐驰赶到时，李主任正在和保安一起调监控。通过画面，他们看到季镜和一个女生一前一后去了厕所，随后那个女生独自出来，没看到季镜。

李主任和徐驰不约而同地握起了拳，当猜测变成事实，画面带来的冲击力远比想象的大得多。

他们二人起身就走。

保安匆匆跟在后面解释:"我巡楼的时候看到厕所旁边摆上了维修牌……"

他似乎也意识到了自己的失职,声音渐渐地弱了下去,索性不再为自己辩解,加快步伐走到两人前面,拿着手电开路。

徐驰走到厕所的时候,他的手有些轻微发抖,他自己都没发现,还是保安不停地安慰他:"小伙子,别害怕,你妹妹会没事的!"

可是当厕所的隔间门打开,徐驰看见季镜晕倒在地——她乌黑的头发在泥污中铺了满地,苍白的面容显得她像是一具破败的尸体。

他快步冲过去,将季镜揽在怀里,一抬眼,看到了门上的脚印,全是鞋尖一下一下踢出来的。那个瞬间,徐驰也说不清楚为什么,他的呼吸一滞,心脏都好似骤停了一下,而后血液全部回流到大脑,冲击得他缓不过来气。

他声音沙哑,眼眸中的怒火却无论如何都掩盖不住。徐驰在一阵巨大的眩晕中抬眼直视着眼前的男人:"李老师……"

李主任也看到了和徐驰相同的场景,他张了张嘴,却不知道该说什么。

徐驰不再看他,他的态度已经表明了一切——他要学校给一个明确的交代。

这件事情没有任何转圜的余地。

是,李主任确实在得知季镜失踪后第一时间陪徐驰来现场确保季镜的安全,但是找到季镜后他除了要担心季镜遭遇了什么,季镜会不会因此留下心理阴影,还要考虑学校的名誉。

徐驰在这一刻终于彻底明白了季镜为什么沉默。

她时时刻刻充满着无力感,这种无力感蔓延到四肢百骸,而后深入骨髓。

这些无力感和谁说?怎么说?说什么?有人会听吗?

有谁会在意吗?

徐驰抱起季镜起身向外走,这一刻他理解了季镜所有的苦和遭受过的痛。

他不再是那个冷漠而又高傲的徐驰,他自愿收起了自己身上所有的刺,主动消弭了自己对季镜的一切偏见,心甘情愿地成为季镜的亲人。

异父异母的,没有任何血缘的哥哥。

季镜在医院里醒来,她看到了熟悉的白墙,消毒水的气味再次侵略她的感官。

她记得自己一直在踢门,确定这门不会被她破开后,就停止了这个行为。她靠在厕所的墙上准备凑合一夜,可厕所实在太黑了,她害怕得浑身都在发抖,而后……

她再一次醒来,就又到了医院。

季镜想到这,开始环顾四周,刚把目光从天花板上移开,紧接着就看到了徐驰。

不得不说,他生得确实好看,不说话的时候是个赏心悦目的花瓶。

不过……他怎么在这?

他俩向来井水不犯河水,难道徐驰还能注意到她没回家,大晚上的去学校找她?

季镜完全没想到这就是事实,只觉得自己的想法幼稚得可笑。她不由得笑出声来,让她和徐驰和解还不如做白日梦来得直接。

下一秒,花瓶悠悠转醒,和季镜四目相对。

季镜的嘴角还没来得及收回去。

季镜:"……"

徐驰看着季镜瞬间僵住,突然觉得她也没有想象中的那么不近人情,不由得心下就软了一些。只是二人乍一交流,他不太习惯,面上依旧冷硬:"醒了?"

第三章　向死而生

他没问事情到底是怎么发展成这样的，只是淡淡地问了一句："醒了？"

他甚至没有期待季镜回答，可是季镜听得出来，他在关心自己。

她皱了皱眉，怀疑自己在厕所待了一夜是不是脑子都不好了。

一定是自己想多了，徐驰怎么可能会关心她？

"嗯……"

"行，那我走了。"徐驰又恢复了往日那种不近人情的样子。

和平常没什么不一样，但是又哪里都不一样。

"嗯。"

"明天周念会过来陪你。"徐驰看着她沉默了一会，又说道。

"好。"

"走了。"

徐驰不再看她，丢下两个字，径直走出了病房，离开了医院。

没过多久，一个略显高大的身影返回来，径直走到护士站，对着值班护士请求道："可不可以麻烦您多照顾一下 A212 病房，三号床。"

得到肯定的答案后，他再也没有任何的停留，转身离开了医院。

徐驰走后，季镜看着自己身上的病号服，觉得挺有意思的。一个月进医院两次，还都是因为一堆破事。

出息。

季镜的床位靠窗，此刻虽然拉着窗帘，隐约也能感受到天色正在亮起来。

这个结果比季镜预想的要好，她本来以为自己会被关一夜。

她算准了可能会出现的情况，只是没想到徐驰会来。

这样也好。

季镜心想，就让李莎再自在两天。

她翻了个身，觉得冷，又将被子往上扯了扯，直至盖过肩膀才作罢。

周念进来的时候看到的就是这样的一幅景象：季镜将自己捂得严

严实实的，在被子底下蜷缩成一个圈，只露出一个头来。

她睡得极不安稳，眉头都皱在一块，像是解不开的死结一样，惹人心疼。

周念走过去在她的病床前坐下，看着她的睡颜，忍不住轻声叹了口气。

这帮人真是造孽，就因为一点小事，把好好的一个小姑娘折腾成这样。

季镜听到响动，一睁开眼睛就看到了周念。她醒得太快，睁眼又急，此刻眼前一片发黑。

周念看她抬手揉了揉眼睛，难得没有叽叽喳喳，起身给她倒了杯水。

"不去上课吗？"季镜拿着杯子问她。

"还早呢！先过来看一下病号。"

季镜闻言笑了下："这算什么病号？"

"都在医院躺着了还不不承认自己是病号呢？"

季镜不接她的话了，开始转移话题："能帮我问一下我什么时候能出院吗？"

"医生说了，明天。"周念回答道。

"镜儿，你以后千万小心点，这次是把你锁在厕所，下次呢？谁知道她们下次能想出什么鬼主意来？"周念忧心道。

"嗯，我知道了。"

周念看她这样，叹了一口气，平时写作文洋洋洒洒几千字都不在话下，此刻却不知道该说什么好。

季镜出院后，有很长一段时间没有看到和她同班的那个女生，而李莎被学校记大过后也略微有所收敛。

其实从小到大，她听过的闲话比她们背后说的那些要难听千百倍，季镜连那些都不在意，又怎么会在意这种小儿科？

第三章　向死而生

某天，周念过来找季镜，说最近听到一些谣言，气得她眼眶都红了，颤抖着要去找那些人理论，季镜拉住了她。她并不想让周念卷进来，这样只会给周念徒增烦恼，没有任何意义。

反正这些事即将结束了——

季镜等了许久，终于等来了她们的下一步动作。

高三年级即将迎来毕业汇演，季镜作为高一年级的代表人物，需要上去献花，并且和学长配合完成薪火相传的毕业仪式。

季镜永远都记得那天，天气很不好，天空中的云阴沉得像马上要坠下来一般，看得人心生畏惧。

当一个陌生人来通知她去学校大礼堂的时候，她正坐在教室里写那道数学题。

她很久没写过这样难的题目了，思路跑偏了一次又一次，偏生笔还断水，字迹有一搭没一搭的，让人心烦。

这一切的一切都不是什么好的预兆。

季镜听到人来叫她，停笔向外看去。那人眼神游移，不敢与她对视，明明语气很正常，却因为她的行为显得有一丝心虚。

来了。

季镜垂眸，把笔一摔，凳子猛然往后移，发出一阵剧烈的声响。

一时间所有人都往她这儿看来。

她在一阵瞩目中径直走向门外的人，她的长相本身就偏冷，再加上此时的天气，整个人的气势都更冷冽了。

真没意思，季镜心想。

她往窗外瞥了一眼，看着即将来临的狂风骤雨，又转回去走到门外，对着那人扬扬下巴："走吧。"

今天是个阴天，她又遭遇了许多不顺，一切的预兆加在一起显得都不是那么好。

不过，好在一切都要结束了。

"我怎么觉得学神今天特别冷啊……"一个男生在旁边小声地对

同桌说道。

"虽然她平常也面无表情，但是状态明显就是不同了吧……"

"是有点……"他同桌也迟疑地挠挠头，"可能是因为天气？"

"唉……"

季镜垂眸走着，偶尔会抬眼看看前面的人，她实在有些反常——那个女生转过身来，几次欲言又止，急得都快哭了，一个劲在抠自己的手。

她的步伐越来越慢，直到慢慢停住。

此刻距离大礼堂还有很远的距离。

季镜抬头，看着自己面前的这个女生开始掉眼泪，于是平静地问她怎么了。

"季镜，你快回去吧……"那个女生哽咽着说，"对不起……"

她几乎说不下去了，双手捂住自己的脸，整个人陷入一种极大的痛苦之中。

"你快走吧，季镜……"

季镜盯着面前的人颤抖的身影，她知道这一去不会轻松，可是却没想到面前的女生会对自己坦白。季镜看着她笑了，问："为什么要告诉我？"

"我不知道……"那个女生哭着说，"我也不知道为什么，我就是觉得，你这么优秀，你的人生不应该是这样的……"

季镜将兜里的纸巾掏出来塞到她手上，动作不算温柔，冷淡的嗓音里有着一丝别的什么东西，那是被关心之后的哽咽："可是，我走了的话，你要怎么办呢？"

那个女生依旧在哭，她明知道自己把这件事情告诉了季镜，自己就会遭殃，甚至会付出更大的代价，可是她还是选择告诉季镜。

即使她自己也说不清为什么，她反正这样做了。

季镜摸了一下她的头，像是鼓励她的勇敢一般，轻声道："很快就会结束了！

第三章　向死而生

"你去高二理（1）班找徐驰——

"告诉他，是我让你来的。"

季镜难得露出一个笑容，在那个女生的挽留之下朝大礼堂走去。

那个女生拉不住她，看着她的背影跺了跺脚，咬牙转身奔去高二年级。

徐驰在教室写理综试题的时候，总觉得哪里不对劲。

他整个人被一股说不上来的烦躁笼罩着。他放下笔，细长的手指搭上太阳穴，还没按两下，就听见有人哭着冲进他们教室，直奔他的桌前："徐驰——"

徐驰睁开眼，看见一个女生跌跌撞撞地朝他奔来，可是徐驰并不认识她。

他的眼皮突然跳了两下，那是一种极其不好的预感。

"快去找季镜——"她大口喘着气，面色通红地急促道。

"快去大礼堂找季镜！"

徐驰看见那双搭在自己桌上的手，身体仿佛被触动了某个开关，整个人腾地一下站起来，看着她："你说什么？"

那个女生抽泣说："来不及了，快去大礼堂找季镜……"

徐驰看她眼睛通红，直觉不好，叫了声江淮。

江淮在那个女生来班里的时候就猜到是季镜有麻烦了，听女生说出地点的第一时间他直接就往外冲，像是用尽了此生全部的力气。

高二所在的遥思楼距离学校大礼堂并不远。

后来徐驰很多次回想过这一天，当时他们一行人刚到礼堂门口，就真切地听到了里面传来的声音。

大家都呆愣住了，等反应过来，他们飞快地冲了进去，将围在季镜身边的人拉开。

他自小就学格斗，自然不和他们玩虚的，即便他们人多，可徐驰依旧占上风。

局势一片混乱，而李莎也被眼前的阵仗吓住了。

那天，在场的所有人，都是见证者。

那天的闹剧直至多年后还依旧被人们提起。

现场一片混乱，110和120很快来到现场。

季镜许久没来上学，没人知道她是否安好，最新的情况是怎么样，那段时间，甚至传出她去世的离谱谣言。

她好像凭空消失了一样，没有任何消息，如果不是学校光荣榜上还挂着她的照片，大家都以为她的存在是一场梦。

那件事发生不久，徐驰将近期搜集的所有证据都交给了警察，彻底揭发了这段时间李莎对季镜所做的一切。如果只是小打小闹也就算了，因一己私利这样公然欺负同学，李莎无论如何都逃脱不了惩罚。即便李莎的家人试图联系季镜，想通过私了来解决，也都被徐驰毫不犹豫地拒绝了。

这件事情很快成为人们茶余饭后的谈资。

有人疑惑，他们为什么不私了？毕竟事情已经发生了。

可是未曾亲身经历的人只看到了天价数字，无人关注被伤害的人心里的伤痕。

没有人询问过他们这段时间遭遇的创伤是否愈合，午夜梦回时会不会突然惊醒，夜里能不能睡得安稳，走在曾经熟悉的校园里会不会产生恐惧。

那些不了解事情全貌的人，他们只会说——

"小孩不懂事。"

"闹着玩呢。"

"这就是一个意外。"

…………

季镜醒来已经是三天后的事情了，醒来之前她经历了数次手术，顺利地活了下来。

第三章　向死而生

事情的真相早在其他人的口中被还原出了大概，只等她醒来对一下口供。

警察在病房里待了很久，事无巨细地询问。临走的时候，为首的警官看了她许久，情绪复杂，他惊叹于这个女生的勇敢和坚韧，却不赞同她孤身赴鸿门宴，可他还是对季镜说："早日康复。"

季镜垂眸："谢谢，给您添麻烦了。"

两个月后，季镜回去正常上课，高一（1）班依旧留有她的位置。这两个月经历了两次月考，她的位置依旧在那里，没有任何的变化，就像是从来没有发生任何事，而她也依旧是那个冷淡的季镜。

即便她这么长时间没来上学，期末考试依旧是第一，她的姓名和照片高悬在光荣榜上，令人望其项背。

一转眼，高一就要结束了。

李莎的事情最后还是不了了之了，即使她罪名确凿，却因为原清最终选择了私了，没有得到应有的惩罚。李莎的家人给她转了学，事情好像就此告一段落了。

至于后来……

如果她没有撞破原清收了李莎家里的钱，背着她进行私了，她就不会去找原清对峙，也就不会知道原清和季明方已经偷偷商量好，让季明方带她去北城。

如果她没有撞破季明方打电话给他的朋友，说要把她带到北城赚钱，她就不会在季明方提出带她去北城的时候拼命挣扎反抗，甚至偷偷修改了志愿，以至于季明方一气之下对她进行殴打。

如果她没有被那对陌生的母子救下……

季镜想到这里，双手微微发抖，她深吸了一口气试图排解出胸中的郁气。这口气在她胸口郁结了许多年，始终吐不出来。

吐不出，咽不下，如鲠在喉，恶心至极。

坐在她身边的许愿整个人依旧在发抖。季镜摸摸她的头，将她揽进怀中无声地安抚着她，好像这样，就能缓解许愿的害怕一样。又或许,她在通过许愿安抚着别人。

她们一起坐在手术室外静静地等待,等江景星出来,等医生的叮嘱,等江淮赶来,等警方调查清楚一切,公布这场闹剧的真相。

江淮匆匆赶到的时候映入眼帘的就是这样一幅景象:年轻的女教师低眉安慰着身边不停哭泣的女孩,她周遭的疏离破碎感不再强烈,整个人的刺因为这个女孩反倒变得特别温柔。

季镜的手不停地抚着年轻女生的背,试图帮她稳定情绪,可是季镜却神色放空,像是在回想什么。

江淮放慢了脚步,走到她们面前,同她们一起等待。

季镜看着眼前锃亮的鞋,一抬头就看见了江淮。

她张了张嘴:"江先生……"

可她除此之外却说不出任何话,她没有保护好江景星。

事情的经过,江淮在赶来的路上已经听季镜说了,此刻他并没有特别强烈的反应,对着季镜点了点头,轻声"嗯"了一下,示意自己听到了。

"别害怕。"他对季镜说。

季镜仰头望着江淮的眼睛,那里面写满了情绪,镇定之下藏着心悸、遗憾、后悔,还有一丝微不可察的庆幸。

江淮冲她露出一个安抚的笑,看向旁边的许愿,他发现许愿的情绪更加糟糕一些,转身主动和许愿说:"许愿是吗?你没事吧?受伤了吗?"

江淮柔声问道。

许愿红着眼睛看他:"我没事。

"江叔叔,对不起,都是因为我……都是我不好。"

江淮看着女孩满眼的愧疚和自责,不由得摇头否认道:"不是的,许愿。这件事错不在你。你也不必为此感到不安和愧疚。我很庆幸你能没事,我觉得景星也一定这样想。"

江淮看着面前自责的女孩认真地说:"你现在平安无事,就是对景星最大的安慰，而那些伤害了你和景星的人，自然有警方去处置。警方会还你们一个公道。"

他低声安抚许愿："对于景星受伤，我反而为此而骄傲——他没有袖手旁观。如果景星任由事情发生的话，那他就不是江景星了。

江淮笑着反问许愿："不是吗？"

许愿看着江淮蹲在自己面前，目光平和且诚挚，眼里带着些许的安慰，他并没有觉得江景星做错什么。

一瞬间，她明白了，为什么江景星是如此热烈的江景星，为什么他身上总别人不具备的真诚和勇敢，为什么江景星敢反抗那些不好的事情。

这一刻，许愿在江淮的身上找到了所有的答案。

"江叔叔，谢谢您……"许愿的声音沙哑，一听就是哭了很久。

江淮摇摇头，站起身来："不用谢。"

他试图缓和现场沉重的气氛："我当年上高中，比起景星简直就是有过之而无不及。"

"但是我一点也不后悔。"他看着季镜一字一句道。

季镜看着他清俊沉稳的面容，那双眼睛里闪着某些名为"回忆"的光。

季镜完全想不到他还有这样桀骜的时候。

但她转念一想，又觉得也是，谁没有过年少轻狂的时候呢？

江淮站在那儿看着季镜和许愿互相依偎着，转头看急救室外亮起的灯，时间一分一秒地过去。他们就在外面耐心地等，不知道过去了多久。或许是一个小时，或许更长，时间好像在这一刻变成永恒，太漫长了。

终于，手术室的灯灭了。

"请问你们谁是病人家属？"年长的医生出声询问，声音里带着些许疲惫。

他们的心有一瞬间的停跳，季镜的手不自觉地发抖。

江淮呼吸一滞，快步走到医生面前："我是！我是病人家属，医生……"江淮深吸了口气，"请问……"

他停住了，他不敢继续往下问。

"手术一切顺利！"医生看出来他后面没敢问出的话，主动说道。

呼——他们同时松了一口气。

"但是——"

医生看着他们脸上浮现出来劫后余生的喜悦，紧接着补充道："病人估计要在重症监护室里住上两天，啊，你们放心，没有生命危险！"

"好的医生。"江淮此时已经恢复了冷静，面上看不出分毫的慌乱，一副稳重自持的模样，脸上再无波澜。

"麻烦您了。"他诚挚地对医生鞠躬道谢。

"应该的。"医生转身走了，只留下一个急匆匆的背影。

"江先生。"季镜出声道，"真的非常抱歉，这样的事情发生在景星身上，我已经第一时间报案了。您放心，这件事情，我一定会给景星一个交代。"

江淮低头看她，她依旧是当年那副模样，可是这么多年过去了，她早已经不是当初那个人。

江淮重重地吐出一口气，努力地让声音明朗一些："好的，季……老师。"

先江淮一步来到医院的梁警官见此景象，上前说道："江先生，我们要带许愿去警局先做笔录。您看这边，您自己一个人可以应对吗？"

"可以的梁警官。"江淮说，"您放心去吧。"

他将自己的目光转向季镜身旁的许愿。

"许愿。"江淮淡声叫住她，三两步上前，站在季镜旁边伸手拍了拍她的头道，"不要怕。"

许愿看着他的面容，一个劲地用力点头："江叔叔……"

她不再哭了，眼里多了一些坚毅："我一定会把事情的真相原原本本地说出来。"

第三章 向死而生

年轻女孩的声音仍然有一丝颤抖，但话语落地却掷地有声。

小梁警官和江淮告别，他们离开的时候，季镜鬼使神差地回了头。她一转身就看到江淮的眼睛盯着他们，他一直在目送他们离开，眼里的情绪很重，但是季镜看不懂。

看见季镜回头，江淮旋即伸出长臂和她挥手告别，直至她转过头去，直到他们走出他的视线范围，再也看不见。

等季镜从警局出来的时候，天早就已经黑了。

此时正值寒冬，气温寒冷，一阵风打着旋儿吹过，带起一阵轻微的寒战。

许愿的家长同季镜站在一起，却是一个劲地在责备许愿这种事为什么不提前告诉他们，整天就知道沉默，什么事都不说。

季镜在夜色中回首，在许愿眼眸里看到了和自己当年相似的疲惫。

那感情太过于无力了，以至于季镜有一种回到了十六岁的错觉。

"许愿妈妈……"季镜在一阵恍惚之后忍不住出声道，"我相信这种情况是我们大家都不愿意看见的。事情既然已经发生了，那我们就去解决，而不是一个劲在这儿责备孩子，更何况许愿她也是受害者，您说对吗？"

许愿妈妈听到季镜的话也反应过来，这件事并不是许愿主动挑起来的。

她脸上的神色有一些挂不住，整个人面色充血，此刻她也意识到女儿什么都没有做错，而自己却一直在指责她。许母的脸色通红一片，说不清楚是心疼还是愧疚。

许父看这情况，也一个劲地叹气。他无比心疼女儿的遭遇，即使想在孩子面前给妻子留些面子，可是此刻却再也无法说服自己站在妻子这边，去责备自己的女儿，他出声道："季老师说的是。"

他看着许母，一字一句道："这件事愿儿是受害者，不是施暴者，我们没必要责备她。"

许愿妈妈的眼眶也跟着红了起来，转过身去不再说话。

她的手依旧有一搭没一搭地拍着许愿。

她是爱许愿的。

许父低声叹气，他看着许愿哭红了的眼睛，又看着许母对许愿的态度，顿时感到一阵深深的疲惫。

究竟是为什么呢？

为什么许愿咽下这么多的委屈也不愿意和家里说，他这个父亲已经失败到无法信任的地步了吗？女儿遇到棘手的事情，宁愿自己一个人承担都不愿意向他求助？

他在一片寂静中捂住自己的脸，不让那泪流出来。

这个父亲显然已经意识到过去打压式的教育给许愿带来的到底是什么，他在后悔，可是事情已经发生，没有任何转圜的余地了。

天色愈发的晚，月亮此刻也高悬天空，照着几个各有心事的人。

"季老师，您看时间也不早了，那我们就先带许愿回家了。"

许母出声道别，她此刻显然是缓过来了。

"好的。"季镜答道。

他们在警局门口礼貌地告别。临走前，许愿回过头来看她。

季镜冲她笑了笑，举起手来比出一个电话的手势在耳边摇了摇，淡笑着无声说："有事打给我！"

许愿回了她一个"OK"的手势。

季镜目送他们离开后转身回望警局。

她在警局门口伫立许久，昏黄的灯光，略带冷意的风，还有警局外挂着的牌子，上面写着"洛水市公安局"六个醒目的大字。

这场景太过于相似，以至于她突然就感觉冷，像是回到了那一年冬天。

不，比那年冬天还要冷。

好像她的人生中也有这样一年，她从公安局里出来，抬眸一望，就看到了那个靠墙而倚的人。

第三章　向死而生

他眼眸低垂，单脚撑地，不知道在想些什么。

昏黄的灯光给他添上了些许温柔的意味，但是仍掩盖不掉他身上的冷淡。

可是当他抬起头来看向她的时候，寒光乍消，冷淡全无。

荣曜秋菊，华茂春松。

髣髴兮若轻云之蔽月，飘飖兮若流风之回雪。

不知从何时起，季镜的眼睛里有了些许的湿意，她在一片朦胧中抬头望向公安局门外的墙壁，那里并没有一个在等待的人。

这里也不是北城。

她在回忆中打开自己的手机，看着屏幕上的 2027 年，强行把自己从回忆里拖拽出来，不留一丝余地。

季镜看着手机上显示的日期一阵出神，一番回忆耗费了她大量的心神，让她恍若隔世。

她沉着眸看着面前喧闹的街道，心里仿佛确定了什么一样，打开电话界面，找到那个名字径直拨打了过去。

"嘟——嘟——"

电话声音响了好久，那边的人才接起来："季镜。"

男人的声音淡淡的，只是叫她。

"嗯。"季镜应了一声，开门见山地表明了自己打这通电话的目的，"闻远，我周末会过去。"

"好。"那头的人似乎早已料到她想要说什么，飞速地答应下来。

"最近有按时吃药吗？"闻远出于一个心理医生的职业习惯下意识地询问。

"吃了，放心。"

"晚上睡眠怎么样，还好吗？"

"还好吧……"

季镜看着面前的街道，无比淡然地对闻远说了谎，她最近的睡眠依旧很差，一个晚上能醒来好几次。

"放空出神的时间呢?"闻远又紧接着追问。

"少些了。"

"好,周末下午四点,我还是在老地方等你。"闻远确定了基本情况后稍微放下了高悬着的心,开始和她约时间地点,好提前准备这一次的内容。

"不见不散。"他生怕季镜反悔。

"放心——"

"嘟——"

闻远把电话给挂了。

季镜:"……"

季镜失笑,摇摇头没说什么,她都习惯了,闻远总是这么挂她的电话。

约好的老地方是闻远的心理诊疗室。

闻远是专业的心理医生,毕业于北城大学,和季镜是校友。他毕业那年选择了回到洛水,并且创办了自己的工作室。不到一年时间里,闻远的心理工作室在洛水就已经出名了,甚至声名远扬至北城,一度成为中国最好的心理诊疗室之一。

一般很难预约上。

他是盛婉的朋友。

季镜回到洛水的那年冬天,盛婉从北城飞来洛水看她,彼时的洛水一直在下雪,但是盛婉到的那天却是一个难得的艳阳天。

盛婉下飞机后,看到季镜的第一件事就是哭着上来抱她。

紧接着她就带着季镜来到了闻远的工作室——在她什么都不知道的时候,他们早已经沟通好了一切。

"你不能永远活在回忆里。"当时盛婉红着眼睛对她说。

季镜记得很牢固。

因为盛婉向季镜介绍闻远的第一句话就是:"季镜,这是闻远,我的一个好朋友,同时……他也是我给你找的心理医生。"

第三章　向死而生

季镜除了名字，其他的什么也没听进去。

闻远。

遥，远也。

季镜因此不排斥闻远的存在。

她像是应付公事一般去闻远那里报到，按时和他谈话，按时拿药，可是每次一提到过去，季镜都缄默不语。

久而久之，连盛婉都能看出来季镜的不配合。

可是季镜还是会按时去闻远的心理诊疗室，即使她永远都不会说自己的真实想法。

乖乖的，静静的，在那一坐就是一下午，看日头刚好，烈焰骄阳，落日熔金，华灯初上。

即便她什么都不说，可是闻远依旧为她的到来感到欣慰。

最起码她能来。只要季镜来治疗，就有好起来的可能性，即使微乎其微，但依旧有好起来的可能。

他心里知道她能来这里的原因，他有些庆幸父母给自己取了这样一个名字。

无论是因为什么，只要季镜能够按时来复诊，都没关系。

闻远接手过各种各样的患者，可是季镜，是个例外。

盛婉说，她在找闻远治疗之前，她的记忆越变越差，开始遗忘过去的许多事。

盛婉在找到闻远陈述了她的情况之后，闻远毫不犹豫地决定收下她。

对于闻远来说，她不仅是一个病人，还是他的朋友——是的，这段时间接触下来，他们早就成为朋友，即使双方都不说。

所以这次闻远接到季镜的电话有些不可思议，他们相处了这么长时间，这是季镜第一次主动提出来要复诊。

说不高兴是假的。

可是他想起季镜的情况，不禁捏了捏额角。

闻远见过太多的苦难，几乎已经对此免疫，他已经变成了一个冷情的人。这些年的行医生涯下来，他早已经能够对病人的情况无动于衷，从一个专业的心理医生的角度给出最佳的治疗方案，可是季镜，她每一次都能让自己感到手里咖啡的苦涩。

闻远不再去想这些，身为一个心理医生，他没办法治好季镜，这对他来说本就是行医生涯中最大的失败。

他接受这个失败，他坚信失败只是暂时的，她的人生还这么长，此后一定会好起来的。

季镜这次没有失约。

周末下午四点，她准时出现在闻远的心理诊疗室，轻车熟路地坐到窗边看楼下的车水马龙，人声鼎沸。

闻远动作娴熟地给她端来一杯白开水，而后在季镜对面落座。

他看着季镜放空的状态，试图揣测她内心深处最真实的想法到底是什么。

季镜回过神来之后看着闻远对着自己若有所思的模样了然一笑，自然而然地开了口："回神了。"

闻远转过头，拿起桌上的冰美式灌了一口。

"说说吧……随便说点什么。"他把杯子放下，双手合十交叠地立在桌上，神色平静地看着季镜。

季镜和他对视，看着他整个人散发出来的平静而又祥和的气息，这种平和太过于熟悉了，是闻远身上惯常出现的。

季镜张了张嘴，却不知道该从何说起。她回想过去，只觉得喉咙一阵发涩。

她不再看着闻远，端起面前的白开水径直咕咚咕咚地往下灌，一杯水结束，她放下手中紧攥的杯子，垂眸轻声说道："我最近，总是会感觉到很冷，像是冬天那般冷，总是有寒风出现。家里明明有地毯，我却还是能感受到地板的寒气。"

第三章　向死而生

她深吸了一口气，继续缓慢道："我有的时候会看见雪，最近吃饭的时候下意识地又做了炸酱面。"

季镜絮絮叨叨地说了一堆，最后真正想说的那句话却卡壳了好久。

"我最近，总是会想起他。"

季镜垂着的眼眸从未抬起来，闻远看不清她眼底的情绪，只是这话一出，他的眼眶莫名地有些酸涩。

闻远坐在那里听她接着说。

"有时候回家莫名其妙地就会走向冰箱，打开一看，里面一盒酸奶都没有，我就会对着冰箱发很久的呆，直到被冰箱的警示音惊醒，才匆忙合上。

"有时候在厨房烧水，透过厨房的窗子，能看见一盏路灯。傍晚的时候，偶尔会对着路灯发呆，我总感觉自己好像看见了那个路灯飘雪，灯光冷清，衬得雪也一地清白的景象。

"我做饭明明是要做阳春面的，可是每一次都会做成炸酱面，双人份的，我吃不完放进冰箱又忘记吃，最后总是会倒掉。

"学校门口有个卖烤鸭的大叔，据说他做得特别正宗，我买回去却总是下意识放起来，等我再想起来，想要尝尝的时候，才发现早已经坏掉了。

"前两天去上班，碰见了一个卖冰糖葫芦的爷爷，我看着他摊位前人来人往，生意极好的样子，突然就想起来那支再也没有等到的糖葫芦。

"我去警局那天，总感觉自己回到了北城。可是……"

她的声音越来越低："墙边没有等待的人，现在也不是那一年，这里是洛水，不是在北城。"

她的声音里带了很多的无助，那张清冷的脸庞上写满了哀伤和痛楚，几乎要将人溺死在里面。

这些所有的一切掩埋在季镜的心里，藏了许多许多年。

闻远静静地听她说，季镜说不下去的时候，他也不催她，只是端起面前的美式来喝。

闻远早就习惯了美式,可是每次季镜来的时候他都会觉得美式苦涩。

极苦无比,一如她的前半生。

他换了好多个品牌,可还是一样苦涩。他没有打断季镜,依旧默默地听她说下去:"前两天我因为学校的一些事情不得不去警局。

"那年我从警局出来的时候,一眼就看见他了。

"那天,他说……

"幸好你没事。"

她在回忆中再次看到了赵遥。

他的眼睛里带着淡淡的笑意,似乎给人一种劫后余生的喜悦,像是错觉。

季镜看着他在那年冬天的寒风里转身来到自己身旁,不经意地转着自己手腕上的佛珠,而后双手插兜冲着她说:"送你回家吧。"

周遭灯火浮动,明亮至极。

季镜看着那两个身影逐渐走远,攥紧了自己的杯子,指甲都变得青白。

闻远伸手从她手里拿过那个杯子来,结束了她对自己自虐式的折磨。

他给她倒了一杯水,接着把杯子推给她,企图通过这杯水来稀释她的情绪,可是他心里也清楚,这根本不可能。

伤疤一旦揭开就会再次流血,要么结成新的伤疤,要么更进一步恶化,直至发炎化脓。

季镜接过杯子,将杯中的水一饮而尽:"我最近,好像过不去红绿灯了。"

她深吸了一口气:"我总能想到那天晚上我在红绿灯旁出神到深夜,一抬头,就看见他在红绿灯对面站着,他一直在看着我,似乎主动在等我抬起头来。

"我不知道他在那里站了多久，但是我一抬头就看见了他。当时是红灯，他那么稳重，那么自持，又那么遵守规则的一个人，却闯了红灯径直过来抱住我。

"我们一起等着灯变绿，然后牵手回家。"

"闻远。"季镜抬起头来看他。

他很清楚地看见了季镜眼角的泪——他有些不知所措，这几年，季镜从未有过这样情绪外放的时候。

"我最近，总是能想到过去。"

闻远听着季镜这样略带哭腔的回忆，她说了很多很多的话，这是一些她之前从来都没有提到过的事情。

她不敢提，也不能提。

因为这是些旧事，旧事如天远。

旧事如天远

Chapter 4

季镜出生在千禧年，新世纪伊始。

听姥爷说，季镜三岁之前的生活过得还算幸福。

彼时，原清和季明方还没离婚，季明方依旧在家人朋友面前维持着一个好父亲好丈夫的形象。他们少年相识，彼此情投意合，在一起长跑八年后选择结婚生下季镜。

最开始的时候，他们也是真心相爱着的，也曾过着被人艳羡的生活。

只可惜人心易变，好景不长。

季镜三岁那年季明方生意破产，欠了一屁股债，最令人绝望的并不是他破产，是他沾上了赌。这是不可饶恕的原则性错误。

季明方甚至将整个家都掏空了依旧不知悔改，原清哭着劝他回头，不要继续错下去，就算不为了她，也要为了季镜想一想。

为了季镜想一想。

这几个字不知道是哪一个触动了他的神经，季明方听后，反手给了她一个耳光。

结婚这么多年，他第一次对原清动手，她捂着脸，脸上写满了不可思议。原清永远记得那一天，在她还没反应过来的时候，季明方的拳脚紧接着招呼到了她的身上。原清的惨叫和他发泄似的怒骂混在一起。

一片混乱。

第四章　旧事如天远

乱到简直没有家的样子。

这个过程持续了究竟多长时间，原清也不知道，太痛苦了。

因为太痛苦了，她反而失去了意识，满脑子只有一个念头——总会结束的。

季明方清醒过来之后跪在地上请求原清原谅，他双手抱头痛哭。

他说生意失败，他说压力大，他说都是想给她一个好的生活才会染上赌，他絮絮叨叨地说了很多，可是原清只记住了一句——

"为什么季镜不是个男孩？"

他到最后几乎是怨毒地盯着原清："你为什么生不出一个男孩？"

那天季明方走后，原清万念俱灰地躺在地上。小季镜醒来在屋里到处找她，从房间里出来，朝原清跌跌撞撞地走过去："妈妈——妈妈——"

她走到原清身边蹲下，伸出自己稚嫩的小手去抚摸原清的脸颊，嘴里还叫着妈妈。

原清逐渐回过神来，在季镜碰到她之前，一把将季镜推倒在地。

那天的季镜哭了很久很久，可自始至终都没有人来哄她。原清坐在季镜身旁和她一起哭，直到她昏睡过去。

原清以为季明方诚心悔过，满心地以为日子总会好起来的。

可是她不知道，家暴只有零次和无数次，她也没想到，这样的日子一过就是五年。

这五年来，原清挨打了无数次，每次季明方都会承诺不会有下次。原清每次都想离婚，但看到季镜她又舍不得走。她那个时候尽管怨恨，可依旧是爱着季镜的。

时间就这样匆忙地向前走着，一转眼已经到了季镜八岁那年。

那一年，原清怀了二胎，季明方在外的生意也逐渐好转。她很天真地以为这样痛苦的生活马上就要结束了，之前那种幸福的生活马上要回来了。

如果她没发现季明方出轨的话。

或许是天意吧,上天看着原清过了这么多年的苦日子也开始不忍心,想要她醒过来。

那天,原清心血来潮带着季镜去商场买衣服,想挽回一下和季镜冷淡的母女情。季镜试衣服的时候,原清走到童装区,可下一秒却呼吸停滞,那是一个让她目眦欲裂的场景——季明方搂着一个怀孕的女人选新生儿的衣服。

新生儿、衣服。

原清在原地怔愣许久。

那一瞬间,她在脑海中走马观花地掠过了这些年所有的回忆——少年倾心,一见钟情,相知相许,誓言余生,还有,难以开口的家庭暴力。

可是她依旧不明白,季明方是从什么时候开始不爱她的。

她始终想问一个为什么。

季明方看到了她,他眉心一皱,下意识觉得心烦。

他张口训斥:"你怎么出来了?谁让你出来的?"

原清不理,只是看着二人的身影落泪。她轻声问他,语气里夹杂着不能承受的痛苦:"季明方,你不觉得自己很过分吗?"

周遭开始有人围观,季明方面子上挂不住,心下也越发烦躁:"有什么话回家再说。"

说完揽着那个女人的腰明目张胆就要走。

原清不让,她太想要一个理由了。

于是她上前伸手去拉季明方的衣角:"给我一个理由吧。"

她不再落泪了,整个人生气全无的模样,看着就让人忍不住心疼。

商场围起来的众人也猜出了事情的经过,开始对季明方指指点点。

季明方恼怒极了,丝毫不顾及原清怀孕的事实——他早已经习惯了,下意识地反手一甩,将原清推倒在地。

那天的季镜在商场里等了很久都没等到原清来接她,商场里爆发出巨大的喧嚣,她甚至听见了救护车的声音。

第四章 旧事如天远

季镜哪里也不敢去，安安静静地坐在店铺里等着原清过来接她。一阵喧闹过后，商场再度恢复平静，而她被丢弃在原地。

没有人记得她的存在。

后来原清还是没能保住那个小孩。

她得知那是个已经成型的男胎的时候，意外地没有哭闹，整个人都显得特别平静。这些年下来，她对季明方的爱意早在一次次的争吵中消磨殆尽。

原清没有回那个家，她清醒过来后做的第一件事情就是和季明方离婚。

这样的牢笼她待了许久，早已经麻木了。此刻幡然醒悟过来，她迫不及待地逃离，一天都不想继续待下去了。她回望自己过去的这些年，无比唾弃自己。她卑微、廉价、任人践踏、没有自由。当初季明方以爱为名锁住了她，圈禁了她，这些年爱意逐渐被痛苦所取代，每一天活着都是煎熬，她再也没有理由留下来了。

那一年，双方在法庭上吵得不可开交，撕破了脸皮，鸡毛蒜皮落了满地，让人唏嘘感叹不已。

而季镜，她被留在了那一年。

原清每次看见季镜，都会想起自己的不幸，她没有将自己的不幸福都归因于季镜是个女孩上，但是她无法面对季镜。每次看到季镜，她仿佛都看到了过去那段无比黑暗的生活。而季明方也不认为自己能够将她抚养好，况且他也有了一个即将出生的儿子。

这场官司一打就是一年，法院基于种种考虑，最终还是将季镜判给了原清。

那段时间，季镜被送到乡下的姥姥姥爷家，这一待就是八年。

姥爷是个和蔼慈祥的小老头，总会叫她丫头。

"丫头，过来，带你去买糖吃。"

"丫头，我看你成绩不错啊，有我当年的风范。"

"丫头，小小年纪就板着脸，当心以后小男生不喜欢你咯。"

这个小老头给了季镜童年中唯一的爱。

季镜的姥姥与之相反,她是一个刻薄又古板的人,她觉得因为季镜自己的女儿才会不幸福,因此对季镜从来热络不起来,整日冷脸相对,但也仅此而已。

如此,季镜才过了一段轻松的日子。

季镜来到这里的第三年,姥爷走了。

那天暴雨,他在接季镜放学的路上不小心被石头绊倒摔了一跤,他年纪大了,这一摔便摔出事情来,害了病,从此一病不起,很快便撒手人寰。

他走的那天,季镜跪在他的床边号啕大哭,不住地恳求他不要走。

小老头摸了摸季镜的头,艰难地说:"丫头……姥爷……爱……"

他大口地喘着气:"你……要……好好的。"

说完,他看着季镜的姥姥,努力地露出一个笑。他说:"要供……丫头……上……学。你……答……应……我。"

季镜的姥姥泪流满面:"我答应。"

姥姥不住地哭着和季镜一起恳求他:"我都答应,你别走,好不好?"

他看着祖孙二人的面孔,却再也说不出任何的话。

尽管他无比地留恋她们,可大限已至,也只能淡笑着阖上了眼,就此与世长辞。

姥爷走后,姥姥如约让她继续上学,只是再没有人关心她,再没有人来接她放学。

这些年,她拿到了能拿到的所有奖学金,每次都会悉数交给姥姥,从不例外。

她每天回家,都会早早完成作业,尽可能地帮姥姥做些事情。但是她从来都没说过自己的苦,她只是在履行对小老头的诺言,她会照顾姥姥。

久而久之,姥姥也发觉季镜的好,放下了对季镜的偏见,开始对季镜发自内心地疼爱。

她们就这样相依为命过了五年。

直到那年冬天，姥姥也去世了。

姥姥临走前打电话给原清，要求她带季镜去城里生活，要她发誓让季镜继续念书，直到季镜考上大学为止。

原清连夜赶来，为自己的母亲送终。等忙完之后她对季镜说："我会带你去洛水念高中，但是现在转学不方便，在你考上高中之前，就先在这陪着姥姥姥爷吧。"

原清说完给了她一张银行卡："这是你姥姥姥爷留给你的，你拿着它，够花好久了。"

说完，她踩着自己的高跟鞋，上了门口的豪车，随即绝尘而去。

她的容色一绝，离开了季明方后整个人容光焕发。这些年她早已另寻新夫，过得倒也圆满。季镜低垂着眸子，默默地挺起自己的脊背，从此以后，这世间就只有她自己一个人了。

季镜十六岁那年秋天，以洛水市第一名的成绩考进洛水一中。

原清如约接她回了自己的新家，她在那里遇见了徐驰。

那件事情后，季镜出院回家，原清却声称她是个拖累，接受了李莎家里给的钱，选择了私下和解。

季镜质问原清为什么要私下和解，问她究竟明不明白和解意味着什么。

原清说自己当然清楚，只是季镜住院花了太多钱，她也没办法。她还说季明方回来了，如果她在洛水一中不习惯，不如跟着她爸走。

当天下午，她带着季镜去找季明方，然后头也不回地转身离开。

季明方看起来变了很多，他不再暴躁易怒，好像变得和过去不一样了。

现在的他温润、慷慨、体贴，好像过去的他都是她记忆里的错觉。

季镜不愿意跟他走，他就送季镜回家，温声相劝，让季镜再好好想想，北城的教育环境比洛水要好太多，他说季镜要多为自己想一下。

他开始经常出现在季镜面前，甚至去学校见了季镜的班主任。季镜看着他和老师交谈甚欢，不由得觉得这是一场虚幻的梦境。

　　这个场景在她年少的梦中出现过许多次。

　　在季镜无比需要父爱的年纪，他像是人间蒸发了一般，无论如何都找不到他的影子。现在季镜不需要父爱了，可他却回来了。

　　季镜眼眶生疼，只觉得讽刺，即使她早已经不会因为这样的事情落泪了，可依然会鼻尖发酸。

　　说不需要其实都是假的，只是这些年太难熬，她得给自己找一个能支撑着走下去的理由罢了。

　　季明方提出要给季镜转学去北城，手续已经找人在办了。

　　季镜依然拒绝，但她好像也无能为力。

　　她马上就要离开洛水，被迫去北城了。

　　尘埃落定前的某一天，季明方带季镜出去吃饭的时候接到一个电话，他低头看了看手机，又抬眸看向她，神色有些复杂，季镜看不懂。

　　季明方让季镜在这里乖乖地等着他回来，而后拿起电话匆忙出门。

　　这一幕太过熟悉，和之前他在家里接外面女人打来电话的那个场景太过相像。

　　季镜下意识觉得不安。

　　这是一种从来都没有出现过的感觉，像是某种危险的讯号，这个讯号如同涨潮般的浪，迅速席卷了她的神经。

　　季明方在隐瞒什么。

　　季镜跟出去之前，下意识打开了手机的录音功能。外面人声嘈杂，她却清楚地听见了季明方的话。他根本不是在帮她办转学，而是休学。他要带她去北城，让她帮自己赚钱。

　　季镜在原地站着，看着漫天的晚霞出神，反应过来后却开始低头笑。

　　这个结果，其实一点都不意外。

　　她早就知道没人爱她，不被爱不是意外，被爱了才是。

人来人往,她看着西餐厅里大家的气氛其乐融融,坐在窗边的温柔母亲在给孩子擦拭嘴角,父亲在一旁一脸幸福地注视着他们。

　　她突然就觉得有些遗憾。

　　说不难过其实都是假的,只是也没有想象中的难过。

　　季镜在季明方挂掉电话前转身离开,若无其事地回到座位上,她像是什么都没有发生一般安静地等待着季明方回来。只是等待的过程中,她忍不住会看向那个幸福的家庭,仿佛自己变成了餐桌上的小玩偶,也参与到了温馨的生活中。她就这样跟着他们一同大笑,如果可以,她也想忽视自己笑容中那些难以言说的苦。

　　季明方回来后,在她的对面落座。他放下手机笑着问她饭菜是不是不合胃口,有没有什么想吃的东西,以后去了北城就要在那里定居,很难有机会再回到洛水了。

　　季镜在他和原清离婚这么多年后,第一次主动叫季明方:"爸爸。"

　　季明方听见这个称呼,有一丝松动,眼神浮起许多不忍,还有犹豫。

　　但是季镜看得清楚,这些怜悯也仅仅存在一瞬,很快被他压了下去,他还是一如既往地爱钱。他笑着应答,面上假惺惺地挤出来两滴眼泪,像是真的喜极而泣般说:"哎,好孩子!"

　　季镜也笑了。

　　那笑容里有说不出来的忧郁,像是玫瑰开在了寒冰里。

　　她在冷白的灯光下问季明方:"到了北城,生活会比现在好吗?"

　　"当然了。"季明方笑着回答她,开始向她描述去北城的日子。

　　"到了北城,你会接受最好的教育资源,接触到更多优秀的人,有更多的机遇,绝对会比现在好很多。"他说。

　　而他在电话里说:"你别着急,我已经给她在办休学了。要什么理由啊,她前阵子刚和同学吵架闹了一场,就说她精神不稳定,出问题了要在家静养。"

　　季明方笑着看她:"到了北城,爸爸带你去买当下最流行的衣服,带你去看电影,把之前缺失的爱全都补给你。"

"等休学办好,我就把她给你带过去。我告诉你啊,我这个女儿长得可好看了,根本不输一线明星,你信我的……"

"好!"季镜忍住眼里的泪,笑着看他,"我回去和妈妈说,我跟你走。"

季镜当天晚上打电话给季明方,他的声音里带着掩饰不住的兴奋,一个劲向她描绘未来的生活。季镜笑着听他讲,最后约定好第二天上午九点见面。

第二天上午,她早早起床,什么都没带,只拿了自己的手机。

季镜出门的时候碰见徐驰,他出声叫住她,问她去干什么。

她想了想,面上有一瞬间的迷茫,而后对徐驰说:"不知道,就是要出去一趟。"

徐驰皱眉,直觉告诉他季镜今天不对劲,他去屋里拿外套想要和她一起去,可是当他出来,季镜已经没影了。

季镜走在路上,平静地打了报警电话。

和警方阐明基本情况并得到对方会派人赶来的消息,她说了"谢谢",而后挂断电话径直走向约定好的地点。

季明方早已经等候在那里,一见到季镜就开始嘘寒问暖。他面相不差,不然原清也不能死心塌地地跟他这么多年。

季镜很配合地坐在那里听他画饼。季明方还在滔滔不绝,慈父的角色他饰演起来得心应手,可是季镜一点都听不下去了,忍不住出声打断他:"季明方。"

季明方愣住,刚要张口训她,就看见季镜抬起眼来,眼眶微红,整个眼睛里似乎有泪。

"怎么了这是……"他依旧在装,言语透露出来许多关心,试图去缓解季镜的情绪。

"我值多少钱呢?"季镜低声问他。

"什么?"季明方明显一愣。

第四章　旧事如天远

他以为季镜伤心只是简单地不舍，不舍得离开家，不舍得学校，不舍得离开母亲，不舍得洛水。

他无论如何都没想到季镜早已经知道了他的计划。

"我值多少钱呢？需要你处心积虑地将我带到北城。"季镜平静地看着他。

一瞬间，季明方的表情像是调色板上的颜料，精彩纷呈，他心里的图纸被打乱了，思绪一片混乱，可他依旧试图掩盖道："胡说什么呢？你妈妈告诉你的？季镜，你可是爸爸的宝贝女儿啊——"

他话没说完便被季镜截住了。

"我听见了！"她的声音带着控制不住的颤抖和略微的哭腔，可更多的是厌恶。

"我听见你打电话了，你给我办的并不是转学，是休学。"

季明方再也没办法装下去了。

他就那样看着季镜，终于露出了自己真实的面目："你别无选择，走不走从来不是你说了算。"

"我报警了。"季镜说。

季明方端着水杯的手猛然一抖，声音里带有些许的不可置信，他抬起脸看着季镜，无比意外道："你说什么？"

"我说，我报警了——"

话音未落，滚烫的茶水洒出，季明方声音狠戾地说："怪不得你妈妈说你不一般，我真是小瞧你了，季、镜。"说完他就要去拽季镜。

变故来得太快，在场的人还没反应过来。

很快人群中有人冲上前制止，在季明方剧烈的挣扎下将他反手按在桌子上，给他戴上手铐。

是坐在他们旁边的母子第一时间报了警。

刚才发生冲突时，母亲一把拉住了想要冲过来帮忙的儿子。

季镜还在笑，泪水在她的眼眸中闪亮发光，照出了她这个人的不屈："季明方，我不可能会跟你走！我就算死，都不会跟你走。"

外面警铃大作,徐驰冲进来时看到的就是这样的场景——年轻女孩一身狼狈,她一字一句地说,就算是死都不会走。

他拿上外套出来找季镜,周遭都转了一圈却还没找到。

正当他心急如焚的时候,江淮发信息给他,说自己和妈妈出来吃饭恰巧碰到了季镜。

而后他发来一张照片,季镜和季明方相对而坐。

他和江淮要了地址便匆匆赶来,可依旧晚到一步,一进门就是那样惨烈的场面。

徐驰快步上前把季镜拥在怀里,然后拿出手机开始拨打120,他颤颤巍巍的,双手都在抖。

江淮走到他身边:"徐驰,我妈妈打过120了。我也打过了。"

江淮认识徐驰这么多年,第一次见徐驰这个样子,他不断地重复同一句话:"不会走的,我不会让他带你走的。"

江淮站在旁边眼眶通红地看着季镜,那一幕,他记了许多许多年。

救护车很快赶来,季镜又一次进了医院。

徐驰坐在急救室外双眼发红,等待的时间太过漫长,江淮在他身边同样沉默。

原清匆匆赶来,看着坐在门外的徐驰,松了一口气,她说:"小驰,幸好你没事。"

徐驰和江淮同时感到这个女人荒谬得可笑——自己的亲生女儿在急救室里,她关心的却是徐驰一个继子。

徐驰盯着她,甚至连阿姨都懒得叫了,他直截了当地看着原清:"季镜不能走!哪怕你和徐东齐离婚,季镜都不能走!"

原清一脸意外地看着他,出声道:"小驰……"

徐驰站起来俯视她:"我一直都很想问你——"

他似乎在努力地控制自己的情绪,试图让自己看起来谦和一些,可最终失败了,他整个人的言辞无比的激烈:"你对季镜,从来都不感觉愧疚吗?

"她之前的十几年怎么过的暂且不论,可是她来到徐家之后,你有关心过她吗?

"她在学校被欺负,你不知道。

"她被人锁在厕所里,是我发现她没回家去救的。

"她遭到李莎的恐吓,从三楼上摔下来,命悬一线的时候,是我签的病危通知书。可是你呢?

"你身为她的母亲,她的亲生母亲,你做了什么?"他双目发红,手上暴起了无数的青筋,对着她情绪失控道。

江淮没有拉住徐驰,因为他也想知道答案,他也想知道究竟是为什么,他们要这般对待季镜。

她明明是那么好的一个人,可偏偏被他们弃之如履。

徐驰看着原清沉默,面上丝毫不见后悔,继续控诉她:"她在医院的这些日子里你从没来看过一眼,她回到家之后你第一时间给了她一个耳光,而你现在——"

徐驰字字泣血。

他不明白为什么会有人这样对待自己的孩子:"那是你的亲生女儿啊!"

他的声音越来越大,到最后简直是质问的语气,徐驰大口大口地喘着气,整个人即将失去理智。

"我……"原清在旁边被他吓得说不出话来。

自从她嫁给徐东齐之后,徐驰对她很疏离,虽说平常对待她就像是一个陌生人,但是最基本的礼貌还是有的。

原清从来不知道徐驰生气的模样,更没想过有一天徐驰会为了季镜来斥责她。

那天的事情究竟是如何收尾的,季镜不知道。

只是从那天起,她再也没有直视过原清。

那段时间,徐驰和她一起办了休学,每天陪在她身边,无论是去警局还是去任何地方,徐驰总会陪着她一起。

他的好朋友们偶尔会来看望他，周念，还有那个沉默寡言的季镜不知道姓名的男同学。

他每次来都会带一束花，那是一束开得特别好的向日葵。

季镜和徐驰两个人依旧很少交流，大多数时间都是在病房里各做各的事情，偶尔徐驰会丢给她两道奥数题，看着她三下五除二做出来再丢回给他后，附带一声"幼稚"。

徐驰就会找出更难的题目给她，直至她写不出来为止。

这样的日子持续到季明方离开北城。

孤证不立，洛水警方明知道季明方身上存疑，可是在没有明确证据的情况下，只能放他走。临走之前季明方打电话给她，嘲笑她自不量力。

季镜挂了电话，什么也没说。

她相信季明方总有一天会得到应有的惩罚。等到他被抓的那天，她一定会亲眼去看看。

他们再次复学。

时间像是开了倍速，过得格外快。

这一年，徐驰拿到了全国奥赛一等奖，提前收到了北城大学的录取通知书。那年秋天，他离开之前拍了拍季镜的头，说："一定要来找我。"

季镜只是看着他，没说任何话，面色平静地目送他离开，直至再也看不见他的背影。

第二年，周念和徐驰的好友江淮也去了北城，他们三人再次相见，只不过徐驰已经大二了，他们还是什么都不懂的新生。秋天开学，季镜去送徐驰的时候他依旧笑着揉了揉她的头。

"就差你啦！"他说。

季镜高三这年，徐驰拿到了北城大学和国外顶尖高校交流的名额，他在一众好友的目送下从北城出发。

他时常给季镜寄来很多小玩意儿，有时是笔记本，有时是国外的试卷，更有一次他寄来了自己的研究课题，说让季镜给他想一个新思路。

季镜每次收到都会觉得他真的很幼稚，但她也会开心好久。

次年六月，高考放榜，季镜不负众望拿到了洛水市状元，全省高考第二名。

她在一片期许中填了南城大学的英文系，只为让自己远离北城。

从此山高路远，一走就是许多年。

季镜在大二那年冬天如约去了北城。

在那里，她终于明白了什么是这一生都摆脱不了的宿命。

那天被赵遥救下后，他们很快再次相逢。

彼时盛津上蹿下跳，不住地感叹道："天啊！赵二！"

他的震惊程度显然无以复加，已经到了抛弃自己素质的地步了："我……这……啊啊啊！！"

他抱着头蹿到季镜旁边，不可置信地开口问："你是季镜？季镜居然是你？"

盛津接着蹿回赵遥身边惊叹这神奇的缘分："去给小丈母娘买礼物，没想到居然阴差阳错救了小丈母娘？"

盛津又蹿到周念身边揽住她："肯定是我上辈子积了德，佛祖不忍心磨难我！"

他一边说着一边转头对上了盛婉和赵遥嫌弃的眼神："……"

"不是，为什么你们都这么淡定？"盛津好奇地问。

这么巧合的事情发生在他们身边，这俩人居然没有一点反应，对比之下有一些说不过去了。

盛婉一脸无语地看着他，再看看季镜一脸尴尬，心里嫌弃这个哥哥给自己丢人，对着他低声吐槽道："蠢货！"

赵遥也用一种看智障的眼神看他，那眼神里明明白白地写着"笨蛋"两个大字，仿佛他还不如三岁小孩。

周念实在看不下去了，转过头去和自己的男朋友解释原委："因为他俩都有季镜的联系方式。"

他略有怔愣之后更不淡定了，盛婉有联系方式可以理解，赵遥有算怎么回事？

盛津冲着他们几个扬声道："合着就孤立我呗？"

季镜看他们之间的气氛融洽，心下些许羡慕，不由得觉得盛津真的搞笑，是周念会喜欢的类型。不过话说回来，好像每个团体里边都会有一个盛津这样的角色。

盛婉上来拉住季镜，围着她转了好几圈，虽然已经提前见过照片了，可此时乍一见到真人，还是不禁咋舌。

"我早就知道你好看，但是真人也太美了吧！"

季镜被她一个大美女夸得面红耳赤，本就不善言辞，此刻更是不知道该如何接这话，气氛眼看就要尬住，赵遥在旁边看似无心地替她解了围。

他冲盛婉嗤笑了一声，漫不经心地上下打量，这一不经意地对比之下，越发觉得季镜容色出众，于是道："你以为人家都和你一样？"

他的声音淡淡的，尾音却些许上扬，带出一丝玩闹的意味，恰到好处地解了局。

"赵二，你不说话，没人把你当傻子！"盛婉早就知道他说不出什么夸人的话，但她也对自己的美貌无比自信，明白此刻赵遥在调节气氛罢了，于是白他一眼不搭理他。

"但是你一说话别人就知道你是傻子了！"赵遥笑着怼她。

盛婉在一旁气得跳脚，周念笑着帮她说话。赵遥看着在盛婉身旁的季镜，冲她小幅度地点头示意。

赵遥望着她，看她的一举一动都浑然天成，美得恰到好处，脑海中不由得浮现出许久之前读过的赋文：

秾纤得衷，修短合度。肩若削成，腰如约素。延颈秀项，皓质呈露。芳泽无加，铅华弗御。云髻峨峨，修眉连娟。

第四章 旧事如天远

  他嘴角扬起的弧度不由得更胜三分,连他本人也不自知,这完全是一个下意识的小动作。

  赵遥在此刻明白了文中真意,她确实是美得无以复加,担得上盛婉的夸赞。

  后来,他们同游北城大学,几个年轻人走在路上,盛津和周念在前面打闹,盛婉也加入其中,只剩赵遥和季镜慢慢悠悠地走在后面。

  "这几天他没再来找你吧?"赵遥在她身旁忽地出声问。

  季镜听他突然开口,在听清楚他询问的内容后,心里有些出乎意料:"季明方吗?"

  "嗯……"赵遥的声音里有隐约的笑意,不仔细听根本察觉不到,像是远山传来的钟声。

  "没有。"她抬头看着赵遥,看着他流畅的侧颜出声道,"他没有再来找我。"

  赵遥转头望向她的眼睛,四目相对,他的语气极其云淡风轻,却又无比肯定道:"他在你离开北城之前都不会来找你了。"

  "哦。"

  "不好奇吗?"赵遥看她淡淡的反应,笑了。

  季镜摇摇头,看着前面打闹的人,觉得此刻一片静好。

  她在这片静好中转过头看向他,说:"他在公安局了,短时间内出不来。我很快就要离开北城了,他不会再找到我。"

  "唔……"赵遥没想到她会这么回答,有一瞬他觉得她单纯,这份单纯显得有些可爱,有些天真,但赵遥却觉得没什么不好的。

  "赵遥,谢谢你!"她突然停下脚步,抬眸望向他,"虽然之前已经和你道过谢了,但我还是想说,谢谢你。"

  赵遥看着望向自己的那双眼眸里盛满了真诚和感激,一时间有些许的语塞。

  听着耳边传来的道谢声,他居然有些许奇异的感觉。

  他从小到大都跟在家长身边,自然见过许多道谢的场面,觥筹交错，你来我往，虚与委蛇，这些早已不足为奇。

可是他今天在季镜眼中见到了真诚——他从来没有在别人的眼眸中见过这种真诚。

他难得反应迟钝，心下奇异，最后有点不自然地笑笑，轻描淡写道："举手之劳！"

季镜弯了一下唇角，没再说话。

他们继续在北城大学的路上散步。天气晴朗，风也温柔，是一个难得明媚的冬日。

赵遥的手机铃声突然响了，他看着那通突如其来的电话，有了些谜题即将揭晓的兴味，电话旋即被接起："喂？"

他落后季镜两步，看着她双手插兜，跟着盛婉他们继续向前走。

"赵二公子，你救的那个女生，还记得吗？"

来电人是他圈内的一个朋友，他平日素来八卦，打探消息方面有些能耐。赵遥昨晚回去之后就给他发了消息，拜托他帮忙查一下情况。

赵遥看了一眼走在自己前面的季镜："嗯？"

"你之前找人查的那个人是她的父亲，结果出来了。"电话那头的人声音略显气愤，"几年前他在洛水的时候被这女孩举报，进了局子，后来查出他涉及人口拐卖和赌博，进去了几年。"

"嗯……"赵遥盯着季镜的身影，无法将她和那个人放在一起，他的脑海里浮现出一个猜测，这个猜测让他的眼神突然变得晦暗不明，他的声音依旧沉稳，问，"还有吗？"

"他的那个案子好像有了新的线索，说不定会牵扯出新的案情，她会被再次传唤进警局。"

赵遥听着手机里传来的声音，看着走在前面的季镜停在原地，拿出手机似乎在接电话。

他说："知道了！回见。"

"你小子……"

他挂掉电话，三两步迈到季镜面前。

第四章 旧事如天远

季镜听着电话那边的人问她在什么地方,需要她即刻去警局一趟。

"好的,我这就过去!"她看着赵遥快步过来,很快地答应,挂了电话。

"抱歉啊……"

"要去警局吗?"

他们二人同时开口,又都在等对方先回答,于是再次陷入短暂的沉默。

赵遥看这个情形也不再谦让,又问了一遍:"你要去警局吗?"

"嗯,让现在就过去。也给你打电话了吗?"

"没有。"他看着她说。

赵遥看着她再次变得冷淡的面容,似乎也知道她的心情非常糟糕。他下意识地说:"我陪你去。"

季镜抬起头来看他,只见他面上依旧是一片平静,云淡风轻的,仿佛刚刚的话只是随口一说。

她想起来昨天晚上他在警局门口等她出来,心下不知道哪块地方被触动,鬼使神差地应了句:"好。"

警察局内碰巧是昨天的警官在值班,他见赵遥陪着季镜一同前来,快步迎上去:"赵二公子!"

赵遥伸出手来和他相握:"张警官。"

季镜看着他们二人握在一起的手,又看了看变得和之前有些不同的赵遥,默默地垂下眼帘遮住了自己眼中的情绪——这是她第二次听见别人叫他"赵二公子"。

"又要麻烦您了!"赵遥客气道。

"您说的哪里话,不麻烦,应该的。"

张警官看了看他身边的季镜,说:"今天找季小姐就是了解一下当年在洛水发生的事情,以及事发过程中的一些细节,不会耽误你们太多时间的。"

赵遥点头,面上看起来不是特别愉快:"那咱们,速战速决?"

"好。那季小姐这边请。"

"季镜。"周念突然叫住她。

季镜转过身来，看着面容沉沉的周念。

她说："别害怕。"

季镜对她露出一个安抚性的笑容："好。"

很快赵遥就明白了为什么周念的面容这样的沉重，也明白了那句"别害怕"到底因何而来。

张警官带他们去了另一个房间，在这里能知道审讯室的全貌。

周念窝进盛津的怀里，脸上的笑容早已不在，眼神也变得前所未有的锐利，看着季镜在警方的问询下逐步说出自己的前半生。

民警姐姐："季小姐，根据我们的调查显示，大约四年前，季明方给你办了休学，对外声称想要接你来北城生活，对吗？"

季镜："是。"

民警："可是你却打电话向洛水警方举报他，对吗？"

季镜："嗯。"

民警露出一个和善的笑，企图让季镜放下戒备，一步步地深入道："可以详细地说一下当时的情况吗？"

季镜看着她，脑海里逐渐浮现出当年的场景。

她露出一个嘲讽似的轻笑，但那笑容转瞬即逝，找不到存在过的任何影子，淡淡道："四年前，我出了些事情，我母亲怕我给她的新家庭带来麻烦，联系到了季明方，要带我走。"

周念把头埋进盛津怀里，听着季镜回忆那段往事。那段往事对于他们每个人来说，都犹如一道永远也抹不去的伤痕。

"我拒绝了，很多次。我并不想来北城。可是季明方和原清商量好带我走，我别无选择。我一开始也以为，季明方是真的要带我来北城上学，可是……"

季镜有点说不下去了，她停顿了一下。

周念看着画面里的季镜深吸一口气，逼着自己往下说："可是我发现事情并不是他说的那样。一次偶然，我听到了他在打电话。他说给我办了休学，于是我察觉出了异样……"其实当年她并不知道季明方要做什么，她只是心有警惕，提前报了警，后来才通过警察得知，他可能涉及一宗人口拐卖案。

得知来龙去脉的盛津、盛婉一同瞪大了眼睛，内心一片震动。

他们对视一眼，看到了彼此眼中的不敢置信。

赵遥靠着椅子把玩佛珠的手一顿，抬眸看向画面中的季镜，她垂着眼帘，看不清到底在想什么。

季镜还在继续说："其实当年我还搜集了一些证据……"

民警出声问："你说的证据是怎么回事？"

季镜："那天我录了音，还录了视频。后来他从洛水警局出来给我打电话，我也都录下来了。"

民警："你怎么碰见他打电话的？"

季镜："他带我出去吃饭，说是商量带我去北城的事，其间他接了个电话。"

她突然笑了一下，似乎也意识到事情的真相说出来究竟有多荒唐："我记事比较早，小时候，他在外面的女人打电话给他，他也是相似的神态，我觉得不对，就跟出去了。"

民警被这个情况震惊，难得沉默了一下。

她同情面前女孩的遭遇，但也始终牢记自己的工作，于是不得不继续追问："据我们所知，你本人是在南城上大学，为什么会突然来北城？"

季镜："我和人约好了，不能失约。"

民警："是你的好朋友，周念？"

季镜："是。"

民警："有一件事情我们非常想问你。

"据我们了解，你的高考成绩极好，是你们省的第二名，清大北城抢着要你，可是你最后却填了南城大学，这其中有什么隐情吗？"

季镜在她开口的那一瞬间就开始沉默。

这是个秘密，她不能说。

周念一行人在门外的注意力高度集中，不约而同地看着镜头里的季镜，不光民警，他们都很想知道缘由。

赵遥垂眸，看着自己手里的佛珠，这佛珠跟了他有些年头了，眼见着成色越来越好。

他在民警出声的一瞬间，从莹润的珠子上面移开眼，看向了镜头里的人。

许久之后，赵遥见她终于出声，可说出口的却是拒绝："可以不说吗？"

"季小姐……"

季镜抬起头来看着民警，回忆起脑海中最深处的记忆。

即使时间如此久远，那年的场景依旧历历在目。

她的声音依旧很冷，明明也没说多少话，可是那嗓音莫名有些嘶哑："当年……高考成绩下来之后，洛水政府奖励了我一大笔钱。季明方不知道从何处得知这件事情，他联系我，说有急用，让我把这笔钱转给他。我不答应，他就找人跟踪我。后来他发现跟踪我没有用，就混进清大，跟踪周念。"

室外的周念脚底一软，真相来得猝不及防，她的呼吸几乎停滞。

盛婉不可置信地瞪大眼睛，不相信自己听到的事实。

赵遥盘着佛珠的手突然停了，在无人注意的地方，那上面似有青筋浮现。

"这个畜生……"盛津反应过来之后给周念顺气，咬牙道。

毫不夸张，他的后背上起了一层细密的鸡皮疙瘩，那是后怕。

"我没办法，只能把钱全转给了他。

"他不满足，要我再给他二十万。姥姥姥爷留给我所有的钱加起来也才不到十万。"

季镜面色依旧冷淡，赵遥在外面看着她冷艳的面容上没有丝毫波澜，仿佛她置身事外，被毁掉的人不是她，也与她无关。

那双拿着佛珠的手突然就有一瞬间的不稳，他的呼吸乱掉了。

"南城大学愿意给我这笔钱，所以，我改了自己的志愿。"

她很平静地将事情的真相说出来，不带任何感情地陈述事实，可这些事实，这些轻描淡写的话语却掀起了听者内心的滔天巨浪。

"是……因为我……"周念的神情变得恍惚，她死死地看着镜头里的季镜，不禁落下泪来。

"她做梦都想来的学府，居然是因为我才放弃的。"她的语气中满是绝望，她没有办法接受这个真相。

她们是莫逆之交，情谊非同一般，这点周念心里清楚。

可她万万没想到季镜会为了她放弃自己的前途，北城大学是她一直以来的梦想，可是她居然能够为了自己的安危，将唾手可得的东西再次变成了梦寐以求。

盛津把她揽进怀里，听着她失声痛哭。他平常惯会花言巧语，此刻却说不出任何话来。

民警没想到事情的真相会是这样，她被这份情谊冲击到了，有些没缓过来神。

她沉默了一下，决定转移这个沉重的话题："四年前，他要带你离开的时候，你的母亲同意了吗？"

季镜："对，她同意了。"

民警："她知道季明方是在给你办理休学吗？"

季镜："是，她……知道。"

民警问不下去了。

外面的人也听不下去了。

盛婉掉头转身就走，泪水已经花了她精致的妆容，她从来不在人前哭。

赵遥跷着二郎腿坐在椅子上，他看起来依旧是淡淡的，像是对这件事情没有丝毫的触动，他只是不停地盘着自己手里的佛珠，脑海里不停地回响着警方和季镜的谈话——

"我和人约好了，不能失约。"

"南城大学愿意给我这笔钱，所以，我改了自己的志愿。"

"她知道季明方是在给你办理休学吗？"

"她……知道。"

赵遥觉得自己的心口好像有什么地方不对劲，像是爬过了一只蚂蚁，有些隐约的，细密的痛，还有些喘不过气来。

有一口气，无论如何都喘不上来。

这种感觉很陌生，在他之前的人生中从未出现过，这不像他。

不对劲，可他不愿意深究。

究竟是不愿意，是不敢，还是不能，赵遥都不知道，人总是下意识地逃避真相。

那天晚上他们离开北城警局的时候，众人都是不约而同地沉默。

季镜本身就很沉默，他们因为发生在季镜身上的荒唐沉默。

周念首先忍不住，扑上去抱住季镜。她的眼睛已经肿得很厉害了，可是泪依旧在流，她一直在问值得吗。

季镜拍了拍她的脑袋，不说话，只是笑。

盛婉忍不住加入周念，抱着季镜一起哭，她们在漫天星光下泪流不止。

明明是季镜的苦难，在当事人还无比平静的时候，旁观者却为此哭得一塌糊涂。

季镜看着面前的好友泣不成声，心里一阵难过。

她在昏黄的灯光下面色温柔地出声安慰："好啦，别哭了！"

柔和的光为她披上了一层圣洁光辉——如果是你的话，你能为别人放弃自己不可限量的前途吗？

我不能，盛婉看着季镜的面容心想。

冬日的灯光照在季镜的身上，给她增添了些许温柔的神色，她在这片灯光中展颜的瞬间，赵遥突然觉得上天真的很不公平。

第四章 旧事如天远

这些戏剧性的事情一股脑的全发生在了她身上。

赵二公子在北城顺利长大,他家世显赫,父母恩爱,从未吃过任何苦。他知道,在这世上有人光是活着就已经很艰难了。

但是他没想到会这样艰难。

此刻赵遥看着季镜低声哄人,看着她和周念牵手走在一起,突然就没来由地想向老天祈愿——希望她苦尽甘来。

他觉得季镜这么好的人,余生都要苦尽甘来才好。

他看着她的背影,想起来他偶然窥见她过去的生活。

说来奇怪,他平生不信神佛。

可是有那么一个瞬间,他希望上天能对她宽容些,对她仁慈些。

他希望季镜从此以后都能无病无灾,今生长命百岁才好。

雨条烟叶

Chapter 5

季明方的事情正式结束于 2021 年的春天。

这年春天，北城警方宣布破获"2.21 特大人口拐卖案"。

季明方被执行死刑那天，是 3 月 20 号，这一天恰巧是春分，春水初生，春林初盛。

太阳直射地球赤道，昼夜等长，至此日到秋分，白昼长于黑夜。

季镜苦等好多年的正义终于出现了。

这一年，周念毕业。

他们一行人规划了很久的毕业旅行地点，最后一致决定首站去南城。

南城好啊，南城的风景好，民风淳朴，山水环绕。但这些都不是南城吸引他们的理由，吸引他们的理由是，南城里有他们想见的人。

那年夏天他们摸清楚了季镜的课表，在某个晚霞漫天的晚上，猝不及防地出现在了季镜的面前，像是梦境一般。

赵遥和盛津站在教学楼外，单手插兜，看着周念和盛婉两个人扑上去抱着一脸蒙的季镜笑得开心。季镜在拥抱中吃惊地捂住脸，试图不让眼里的泪掉下来。

她站在台阶上和他遥遥相望，眼眸里水光潋滟，自成风情。

他脸上冷淡的神色有一瞬间的松动。

漫天的霞光中，季镜红着眼眶笑，千言万语哽在喉间，最后却什么都没有说。

第五章　雨条烟叶

此刻言语最是无用。无须多言,他们这么多年的朋友,彼此之间什么都懂。

在那短短的三天里,留下了许多泛着光的回忆。

季镜生平第一次逃了课,带着他们走在南城的大街小巷。她在这里待了这么久,对南城一草一木都熟悉,这里就像是她的另一个家乡。

季镜带他们一起爬山,可是天气突变,一群人半路上碰见了大雨,狼狈而返躲在酒店打牌。

赵遥坐在座位上半靠椅背,手里夹着根烟,在不经意的谈笑间将他们一行人打得落花流水。

盛氏兄妹一个比一个不服气,吵吵嚷嚷地再来一局。

他们一起去夜市,看什么都很新奇,周念在前边买东西,盛津就乐此不疲地跟在后面付钱。

盛婉看着他们两个如此恩爱,一时间不知道该说谁,又羡慕又嫉妒,干脆眼不见心不烦,放任他俩去玩,自己挽了季镜的手臂在后面走。

赵遥看着这个情形也无奈地摇头笑,双手插兜,跟在后面护着她俩不被后来的人潮冲撞。

他们一起在凌晨去看海,看着海平面初升起的太阳,一片潋滟,波光粼粼,壮观又无比的绚丽。

他们难得对着大海放飞自我,高声喊出了自己埋藏在心底最深处的愿望。

"我想——我想和周念永远在一起!"盛津双手放在嘴边率先开始。

赵遥看他的眼神怪异,仿佛盛津像个疯子,盛婉却看着他们莫名其妙地热泪盈眶。

"我也是——"周念接着盛津的话道,"我想和盛津一起幸福下去——"

赵遥和盛婉对视一眼,立马懂了对方在想什么。

"一直在一起"这个最简单不过的愿望对他们来说就像是痴人说梦，难于登天。

但他们此刻都选择了沉默。

"我要成为中国最优秀的学者——"盛婉也学着他们开口喊出愿望。

"无病无灾，长命百岁。"赵遥道。

他们转身看着季镜，眼里的期待无论如何都藏不住，他们一行人无比迫切地想要知道季镜想要的到底是什么。

"快快快季镜——"

季镜被他们的情绪所感染，终于不再冰冷，她整个人都鲜活起来，只见她跑进海里，高声道："我希望大家的愿望都能实现——"

"哈哈哈哈哈哈——"

"这不算！"

"季镜你给我重新喊！"周念追着季镜跑。

"对，重新喊，别想混过去！"盛婉也加入追捕季镜的队伍，两个人对季镜展开了包围。

季镜看这情形果断投降："我喊！"

她停下了奔跑，在原地站了一会儿，思绪百转千回，似乎在想自己最想要的是什么。

其他人慢慢地靠过来和她并肩站成一排："快说！"

"我想——"

季镜沉吟了许久终于出声。

她说出了自己长久以来最渴望、最想要的。

她轻声看着升起的朝阳，在那炙热的照耀下轻声道："我想未来会有一个坚定选择我的人，无论怎样，都不会放弃我，会一直爱我的人！我希望会有这样一个人的出现。"

这句话的声音不大，却传到了每个人的心里。

第五章 雨条烟叶

愉快的时光总是很快过去,周念一行人的毕业旅行也要启程去下一站。

这些日子里,他们一起拍下了许多照片,临行前季镜将照片全都洗出来做成相册送给了他们。

赵遥在飞机上打开相册,第一眼就看见了那张合照。

这张合照是那天他们在海边找人帮忙拍的,盛婉站在最中间,赵遥和季镜站在左边,盛津搂着周念的腰站在右边。

照片里的季镜身形单薄,风扬起她的发吹向一侧,她目光柔和地直视着镜头。

如果赵遥没看错的话,她的脸上带有些许笑意,直通眼底。

赵遥甚至觉得有那么一刻,她整个人不再冷情,眉眼都鲜活起来。

他合上相册,一眼就看到了扉页上的赠语,是她亲自写的,卡尔·萨根的《宇宙》一书中的名言。

> 在广袤的空间和无限的时间中,能与你共享同一颗行星和同一段时光,是我的荣幸。

她的字很好看,并不是女孩惯有的婉约,而是带有筋骨,落笔锋利,一气呵成。

字如其人,一样极具风骨。

赵遥在返航的途中盯着那行字看了许久,而后合上相册,将其珍而重之地放进自己的包里。

他飞行在万米的高空,看着窗外洁白而又纯净的云,光线透过云层照在他的脸上,无人听见他低声呢喃:"也是我的。"

时间倒退回一个小时之前,季镜送他们来机场候机。

周念临行前忍不住叫她:"镜儿!"

季镜回头看她,声音带着些许疑惑:"嗯?"

"我和盛津收到了英国的 offer,我们打算出国去读研究生了!"周念看着她道。

"是吗?那很好啊!"

"你知道我想说什么，别装傻。"周念一点不留情面地拆穿她。

"嗯？"季镜显然不明白，又或者是说，她不想明白。

"你还有一年就要毕业了，考回北城吧。"周念靠近季镜，环住她细瘦的腰，"我总在想，如果没有我拖累你，你现在是不是会更好一点。"

"周念！"季镜安慰她，"别这样想，这些年来，我早已经爱上了南城。"

周念将自己的头靠在她的肩膀上，回想起过去，声音里带着些许哽咽，还带着许多的愧疚："可是北城才是你的梦想！回北城吧，我知道你能考回来的。"

季镜沉默，周念也沉默。

机场广播开始提示登机，盛津和盛婉在前面叫她，时间迫在眉睫，可季镜始终没有说出来那个"好"字。

周念直起身来看着季镜沉默的面容，心下知道她恐怕是不会答应了。

周念的眼里满是不解，她搞不懂，明明季明方已经受到了处决，可是她依旧不想考回去。

她问："为什么？"

为什么？这个问题，季镜也不知道。

季明方被处刑后，她不是没想过回去。

这些日子里，每当她想起北城，她都会想起那天晚上北城昏黄的灯光，想起凛冽的寒风，想起空无一人的街道，想起自己震耳欲聋的心跳。

她看着周念泫然欲泣的面孔，苦笑着摇了摇头，最后什么也没有说。

云泥之别，此生无法逾越。

季镜伸手抱了抱周念，她没有祝周念一切顺利，只是对周念说："好好吃饭，好好睡觉，好好学习，好好生活。"

第五章 雨条烟叶

周念最终是一步三回头地走了。

季镜看着他们消失在登机口，心里一阵不舍。她盯着那里看了很久，可是始终没有看见自己想看的那个身影。

算了，她想。

本来就是镜花水月，以后的日子里，这个人再也不会出现在她的生活中。祝他余生珍重，一切都好。

她垂眸站在那儿，直到航班起飞。她消瘦的背影看着单薄得可怜。

"再见。"她在心里说。

可是一回头，她看见了赵遥。他双手插兜倚着墙看她，四目相对，彼此无言。

她的瞳孔骤然一缩。

季镜有一瞬间不敢看他，可更多的是鼻尖发酸。

不知道为什么，她有一种想哭的冲动，费了好大力气才将这阵冲动压下去。

她忍下自己内心的震动，缓缓地抬起头对上赵遥的眼睛，慢慢地走到他身边，无比疑惑地出声问他："你……为什么没走？"

他不慌不忙地倚在墙上，垂眸看她，却没有回答她的问题，只是叫她的名字："季镜。"

这是他第一次这么正式地叫她。

季镜搞不清楚他这是什么意思，没应，心下有种极其不好的预感。

季镜沉默地看着他，示意他接着说。

"考回来。"他说，"我知道你能考回来。"

季镜双眸中逐渐盛满了不可思议，赵遥就那样和她对视了好久，不躲不闪，他的眼里满是真诚，内心也是。

他发自内心地觉得季镜不该屈居于南城一隅，她如今虽珠玉蒙尘，可总觉得季镜应当接受最好的教育，绽放出属于她自身原本的光芒。

季镜像是做梦般听到赵遥耐心地发问："再为自己的梦想努力一次，好不好？"

他的声音带了些许轻柔，就像是不自觉地诱哄。

季镜依旧沉默。

她不知道赵遥为什么想让她考回北城，按理来说他们并不相熟，不应该再有联系才对。

况且，她清楚地知道，不能去。

赵遥看着她低眉不知道想些什么，也不再催她，就这样和她站在机场大厅里无声对峙着。

"为什么没走？"过了两分钟，季镜再次出声问他。

季镜永远记得赵遥那天的回答，他说："不为什么。"

"但是我们好像不是很熟。"季镜冷淡道。

她的身上带了攻击性，那是人在碰到危险的时候不自觉竖起来的刺，是下意识的自我保护机制。

"那不重要。"

赵遥再次出声叫她："季镜。

"永远不要因为别人的错误惩罚自己，不是你不好。你很好的，是他们不懂得珍惜，是他们不好。"

他出声劝慰着，神情认真，那些平日环绕他周围的漫不经心此刻消失全无。

"考回来。"他说。

季镜仿佛听见了飞机起飞时巨大的轰鸣声。

她在巨大的轰鸣之下彻底失语沦陷，时间分秒地流逝着，她听见自己说："好。"

很久之后季镜才反应过来，也许那不是飞机的轰鸣声，而是她的心跳声。

她不知道自己对于赵遥是怎样的存在，那不重要。

她只知道上天安排她遇见了他，她不可自拔地爱上了他，那她无话可说，她认。

赵遥终于展露出一个堪称耀眼的笑容，在她出声答应的那一瞬间,他稍微弯下腰来和她平视:"那说好了,你考上北城的时候,我来接你。"

"好。"

"一言为定?"

"一言为定。"

这个约定充满着不真实的宿命感。

而这宿命到底从何而来?到底是从哪一刻开始的?季镜说不清。

是赵遥救下她?还是赵遥背地里和警局打招呼示意彻查季明方?是他出现在南城?还是他改签航班只为劝季镜重新考回北城?或许是更早之前,他们莫名其妙地有了联系方式的那一刻?她说不清。

在他们离开的前一天晚上,她拿着笔在相册的扉页上,为大家写了不同的祝福语。

最后写到属于赵遥的祝福,她顿住了,忽然感觉无从下笔。

她不知道该写什么。

季镜在脑海里想了好多,希望他幸福,希望他平安,希望他一直快乐,可是脑海里莫名其妙地就冒出来了卡尔·萨根的《宇宙》。

她清楚地知道,她和赵遥不是一个世界的人,未来如果没有意外的话,他们此生都不会再相见了。

她的身影在昏黄的灯光下显得柔软又虔诚。

这天晚上她抱着告别的心态,在扉页上一笔一画地认真写下了她的心声:"在广袤的空间和无限的时间中,能与你共享同一颗行星和同一段时光,是我的荣幸。"

他们离开之后,季镜又一次回到了那种平静的生活。

她依旧是一个人吃饭,一个人上课,一个人去图书馆,一个人去超市,一个人去兼职。

日子过得单调乏味,就像是他们从未来过南城一样。

可是偶尔又有那么一些不同——

她开始着手准备考研，查好相关信息之后，最终敲定了北城大学的中文系。

她换了专业，决定跨考，她没有选择继续学英语。

这并非意味着她不热爱目前的专业，只是她觉得应该对十八岁那年的季镜有个交代。

季镜开始了她简单而又漫长的考研生活，她的课外活动本身就很少，现在更是一律取消，一天二十四小时，除了上课、兼职，她所有的时间都花在考研上。

她永远是图书馆最后离开的那批人。

早出晚归，这句话形容季镜的生活再合适不过。那段时光，她见证了南城月亮的盈亏，清冷皎洁，半圆半满，让人分不清楚今夕是何年。

这个中滋味季镜无法言说，只是有时，特别是黄昏时走在路上，看别人三五好友成双成对，也会怀念周念他们出现在南城的那段时光。

而这个时候她总是停下来低头笑笑，再抬起头，看看霞光交汇的天空，安心地走自己的路。

她没有透过风在思念谁。

平淡的日子也会有波澜，比如原本属于季镜的优秀学生荣誉却在颁奖当天颁给了其他人。

这一年的深秋比往常的气温低很多，南城的风打着旋儿吹起地上的落叶，偶尔钻到季镜的脖颈里。

这风太冷，冷到季镜以为冬天提前来了。

她在一个平常的下午走进导员办公室想寻求一个答案，她知道结果不会改变，根本什么用都没有，可她还是去了。

导员只是笑着让她坐下，扶了扶自己的眼镜框，端起面前的茶轻吹着并不存在的热气，而后喝了一口。

他对季镜缓慢开口，说："季镜啊，你先平复一下自己的情绪。你想问什么老师也知道，这怎么说呢？

"学校这边知道你在考研,学校相信你的实力,所以院里的领导一致认为,这些奖应该颁给更加有需要的同学。

"你这么优秀,实力这么强,老师相信你的未来一定是不可限量的。"

季镜不卑不亢,逐字逐句地反驳:"老师,我不明白,什么时候优秀也成了一种罪名?"

导员看到季镜这副模样,也叹气,只是这叹息是为了她的天真:"季镜啊,你还太年轻,有太多的事情你考虑得还不够全面……"

后来导员和她说了很多话,可是她满心无力,什么也没听进去。

那些字分开来,季镜每一个都认识,可是合在一起季镜却不明白。

季镜甚至不知道自己是什么时候离开的办公室,她失魂落魄地找了一个空教室坐着发呆,看着天色渐渐迟暮。

季镜认识那个获得优秀学生的同学。

她的父亲是某上市公司老总,家世显赫,而那个女生本身性格好,学习也不差,长得也很漂亮。如果没有季镜,这些荣誉落在她的头上理所应当。

季镜以前觉得这些都是虚名,就算她没有显赫的家室,只要自身能力在这就够了,前途是自己创造出来的,别人有的,只要她肯努力,早晚也会有。

可直到这一刻她才明白,原来不只是有实力够努力就可以的。

季镜在教室里放空了很久,想了很多,最后只是露出来一个苦笑。她不习惯笑,所以这个笑看起来倒是比哭还要难过些。

她很久都没哭了。

季镜在一片黑暗中摸到自己的手机,打开看了下时间,发现不知不觉已经到了晚上八点。

她已经没有再去图书馆的心情了,况且现在去图书馆也学不到两个小时,以她目前的状态,去了也是白去。

这一天算是彻底浪费掉了。

季镜背起自己的包向外走去。南城校园很大，她今晚没有选择骑车，她想静静，想慢慢地走回去，从教室到宿舍的路很长，足够她走一段时间的了。

她咽下满心的苦涩和不甘，默默地告诉自己说："走完这段路，就要放下了，不再去想已经失去了的，要向前看。"

季镜看着满地萧瑟的落叶，有种说不清的情绪在发酵，就像是一口气闷在胸口，喘不上来。她莫名地觉得自己和那树叶同病相怜，一样的破败不堪，一样的腐烂。

她就这样一边乱想一边慢慢踱着步子回宿舍，走到图书馆那里，她下意识地抬头看了看月亮。

可是今天多云，月亮不在。

月亮不在，她满心的委屈也无人诉说，今天注定是个难熬的夜晚。

再次抬起头的时候，季镜怔愣在了原地。

只见图书馆前灯火浮动，远在一千公里以外的人出现在了季镜的眼前。

月亮落了下来。

季镜呆呆地看着眼前的赵遥，觉得这是一场梦，她的眼里流露出来些许不可置信。

她揉了揉眼睛，再次睁眼的时候，才发现这不是一场幻觉。

这不是她的白日梦，他真的来了南城。

赵遥在一片明亮中掐灭了手中的烟，从靠着的墙上起身，大踏步向她走来："你今天居然没在图书馆吗？"

他的音色清凉，此刻带着些不甚清晰的笑意，可是季镜却不受控制地想要流泪。

她甚至一瞬间湿了眼眶。

在深秋，在南城，在她感到委屈之时，在一片灯火中，他跨越了一千多公里，出现在了季镜的面前。

季镜没有回答，她双手捂住脸，以防赵遥看见眼里的泪水。

第五章　雨条烟叶

她不想让赵遥看到她这么狼狈不堪的模样，不想让他以为她是一个软弱的人。

赵遥三两步跨到她面前，看她捂住脸，低声问："怎么了？"

"没有——"季镜下意识回答，那声音又急又快，完全失去了往日的冷静，带着许多刻意遮掩的意味。

赵遥从没见过她这副模样，这样的情形，一看就是受了委屈还在硬撑着。

她想瞒着他。

赵遥看着她转过身去收了收自己的眼泪，而后转过来对他若无其事地说："你怎么突然来了？"

赵遥看着她发红的眼眶，不对劲的感觉越来越盛，他眉头一皱，想伸手拂去她的泪，却又意识到自己这个想法很危险，于是克制住自己那只想要伸出去的手，很快将眉心舒展开来："有个著名论坛在南城举行，导师受邀前来，我也来跟着长长见识。"

"这样啊……"季镜看着他，眼神里写满了安心。

不是为她来的就好。

赵遥看她渐渐平静下来的面容，略带散漫地说："机会难得。"

"嗯……"季镜看着赵遥俊朗的面容，慢慢地感觉到自己逐渐恢复过来的心跳。

她和他站在一起，赵遥的影子完全覆盖住她的，二人并肩而立，郎才女貌，般配至极。

他刚刚抽过烟，身上淡淡的烟草味道透过风传到她的鼻尖，季镜此刻忽然心安无比。

即使季镜依旧不知道要和他说什么。

面对赵遥，她什么都不敢说。

怕泄露自己的思念，怕泄露自己的委屈。

赵遥看着季镜的眼睛，心下一片柔软，他也知道直接问她的话她肯定是不会说的。

他岔开话题:"吃饭了没有?"

"还没有。"季镜看着他说。

"走吧。"赵遥朝她伸手,接过来了她的包,"陪我去吃个饭。"

"好。"她听见自己说。

他们一同去吃了当地的招牌菜,赵遥给她点了海鲜粥,季镜只喝了一小碗。她看着自己面前堆积的小山,再看看给自己夹菜的赵遥,无奈地出声制止:"够了……吃不完。"

赵遥把手里夹的菜放到她碗里,放下筷子,看着她的第一眼就发现她这段时间比原来更加消瘦,心里闪过略微的怜惜。

只是他面上依旧是淡淡的,道:"多吃点。"

说是季镜陪他吃饭,可一顿饭下来却都是季镜在吃,他像是一个工具人不停地给季镜夹菜,仿佛在做一件极其有趣的事情。

吃完饭赵遥送她回宿舍,在路上问她的生活,问她的学习,无微不至。

他问什么,季镜就答什么,偶尔也会说一些无聊生活中的趣事,赵遥很给面子地配合她笑。

昏黄的灯光将气氛渲染得缱绻又浪漫,他们路过一家蛋糕店,赵遥进去给她买了一个无比漂亮的小蛋糕当作饭后甜点。

赵遥将季镜送到宿舍门口,把手里的包还她,目光凝视着她轻笑:"好了,快上去吧。"

季镜看着自己平平无奇的包在他的手里格外好看,像是什么顶级的奢侈品一般,一瞬间就变成了自己高不可攀的模样。

她从他手里接过自己的包,看着它在刹那间变得黯淡,不由得就有些难过:"嗯……"

她沉默了一下,察觉情绪的变化,于是下意识地垂眸不想让赵遥看出来这份难过。

停了几秒,季镜出声问:"你什么时候走?"

"今晚的飞机。"赵遥看着她垂下去的眼睛回答。

第五章 雨条烟叶

他看着季镜的眉间远山，仿佛再一次回到了初见的那天，她那双眼睛淡淡地望着他，清冷淡漠，只是如今这双眼睛蒙上了些许的雾霭，山水之间忽然泛起了十里的大雾，让人沉溺其中。

"这么匆忙吗？"季镜抬起头来看他，眼里露出意外，还有雾霭掩盖下的不舍，只是这雾太厚，这情太难。

她以为他要明天才离开，没想到他时间这么急，今晚就要走。

"还好。"他依旧在笑，眸光专注地看着眼前的季镜，计划着下次相逢，"下次见面，可能就是你来北城念书了！"

"嗯……"

"别有压力，相信自己。"

"嗯……"

"在这边碰到什么不开心的事情，也可以打电话和我说。"

"嗯……"

季镜的声音越来越低。

"开心一点，嗯？"赵遥俯身对上她的眼睛，看着里面的淡淡雾气。

他在季镜的眼睛里看见了自己的影子。

"好。"季镜答道。

"上去吧，我看你走！"赵遥直起身来说道。

"嗯。"

赵遥站在她前面带着笑意看着她，她也露出来一丝笑意。她在赵遥的注视下缓慢走到大厅，逐渐停步，突然转过身来叫他："赵遥——"

"嗯？"赵遥随着她的声音抬眼，放下手里那根烟对着她挑了下眉毛，面色疑惑地看她，等着她继续往下说。

"我考上北城大学的话，你会去接我吗？"季镜在清冷的灯光下扬声问他。

"当然！"赵遥给出了一个明确而具体的答案。

"那北城见！"季镜笑着说。

赵遥点点头，看着那个堪称耀眼的笑容，突然就觉得她应该是这样子的。

她应该是这样一直开心着的，而不是像他刚才见她的第一眼那般失魂落魄。

他突然就移不开眼，下意识地被她牵动心神，也随着她笑，道："北城见。"

赵遥目送她消失在转角，而后转身离开，他要去赶今晚的航班。

可是还没走两步他却停了下来。

他拿出手机开始打电话，估计那头也是个手机不离身的主，很快就接了起来。

"哟，赵二公子？想起我来了？"那头的人吊儿郎当，声音放浪不羁，略显撩人。

"是啊，沈三。"赵遥的声音一如往常，可就是莫名带了些邪气。

"得了吧，准没好事！"沈三公子和他从小一块长大，赵遥一抬眼沈三就知道他想干什么，此刻乍一听他这个语气就知道，这位爷又不舒坦了。

又有人要遭殃咯。

沈三看热闹不嫌事大，当即道："这次怎么了？"

"没怎么，关心一下你在南城的生活。"赵遥慢悠悠地点燃了一根烟，漫不经心地吐出烟圈。

"拉倒吧你，你没安好心。"沈三在那头嗤笑。

赵遥轻哼了一声，却不否认："有个事想让你帮我查一下。"

赵遥和沈三多年的兄弟，他们之间无须废话，赵遥直接开门见山道："我要你帮我查一个人，季镜，我要知道她在南城这一个月的动态。"

赵遥看着手里的烟头明灭，眼前闪过季镜在路上失魂落魄走路的模样，声音不由得突然一沉，眸光狠戾摄人："尤其是她在学校的事儿。"

第五章 雨条烟叶

"就这？"

沈三晃着自己手里的酒，手一抖，杯里的酒险些给他洒了出来。

沈三深吸一口气："我都做好给你公司赔两千万的准备了，想着你张口老子就把钱打过去，结果你让我去调查一个在校女大学生？"

沈三咬牙加重了"在校女大学生"这几个字。

他气笑了："我没听错吧，赵二？"

"没听错。"赵遥回头望着宿舍楼下的灯光，心想着这个时间她应该已经到宿舍了。

他对着沈三道："你懂的。"

沈三听着他这一股正人君子的腔调，就知道这人是真的动了气。

赵遥已经许久没生过气了，上一次生气还是因为周阔转学离开北城，沈三心底不由得冒出了巨大的好奇："哟，谁这么没眼力见，居然惹赵二公子生气？"

"滚你的！"赵遥也不解释，丢下一句"速度快点"，紧接着不顾沈三跳脚，直接挂断了电话。

赵遥捏紧手中的烟，抬起手来凑到唇边猛抽一口，直到烟雾侵入肺里，淡淡的烟圈自他口里吐出，掩盖住他眼底的情绪。

一支烟罢，他将烟头在手中擒着，手指微蜷，在灯光的映照下出奇地好看。

等到一点火星都没有后，沈三的消息也发了过来，他目光晦暗地看着沈三发过来的那一堆资料，面上却依旧不显。

只不过丢烟头的力道稍加暴露罢了。

赵遥手指飞快地翻腾着，一目十行地看着沈三发过来的调查情况，等到他翻到她近期的动向，他忍不住转了转自己腕上的珠子，一个电话又给沈三打了过去："沈三——"

赵遥要沈三查那个获得优秀学生的女生近期都和谁有来往。

"查着呢，"沈三依旧吊儿郎当的，只不过声音里多出了几分八卦，"这种事情不是常有吗？当年还差点发生在你身上。我记得你那个时候可不是这个态度啊。"

赵遥的眉心一蹙，下意识反驳："谁能抢走我的？就算真的抢了我的东西，我也自有办法收拾他，可是这样对一个小姑娘——"

他本身性格就冷淡，这些年身处高门，什么事没见过。这样的事情他早已看淡，可此刻却说不清楚为什么，为季镜的遭遇生起几分火气。

"也当真欺人太甚些。"

"得，这位爷，难得见您生气，别的不说，这个热闹我凑定了！话说这小姑娘可不一般啊？到底什么来头？能让我们赵二公子动气的人，这世界上可没有几个啊！还是说……你看上人家了？"沈三的声音幽幽的，透着些许八卦，细究起来却是漫不经心里带了些提示和警告。

"机缘巧合下认识的一个朋友，受人所托罢了。"赵遥回头望着灯火通明的宿舍楼，"看不过去，仅此而已。"

"玩玩倒也不是不行，回头拿钱给打发了，就当解闷了。"沈三又恢复了那副情场高手的浪荡模样，笑着调戏赵遥。

"别，你玩你的，我不来。"赵遥垂眸看着自己手上的珠子。那珠子藏在袖子里面，不仔细看还真看不出来。

"扯远了沈三，"赵遥将话题拉回来，正色道，"我只一句话——"他又从兜里掏出一支烟点上，逐渐升腾起的烟雾再次笼罩他，一片缭绕中，赵遥的声音低沉得有些可怕，像是山雨欲来前的平静。

"不该拿的东西，我要他们一样不少地还回来。"

赵遥想起在一片灯光的映衬下季镜红着的眼睛。

他不由得心想，假如他今天没有突然出现呢？

如果他没有来南城，她是不是就只能咽下去这个哑巴亏，有理也没地方说？此后她碰到这样的情况，是不是首先涌上来的就是无力感？一想到这儿，他整个人周遭的气息更加难测。

平静，压抑到极点的平静。

第五章 雨条烟叶

这一刻,他不再是季镜眼里的那个温润如玉,冷淡如斯的赵遥,而是在北城有权有势、呼风唤雨的赵二公子。

赵二公子睚眦必报,欠了他的都得还回来,谁也不能例外。

后来发生的事情在季镜看来就像是电视剧一样玄幻。

女生的父母被匿名举报,很快接受有关部门调查,网上对此众说纷纭。

可是季镜早已不在意这些事情。

她把自己所有的精力都奉献给了考研,所有的苦和累都被她深埋于心,没有一句的怨言。

这是她自己选择的路。

如果非要季镜用一句话来形容这段时光,那就是虽千万人吾往也。

考前焦虑这些统统都有,她当然也害怕。

考不上怎么办,考砸了怎么办,没完成约定怎么办,最后一无所有怎么办。

这些声音反复出现在季镜的脑海里,它们张牙舞爪想拉季镜堕入深渊,不约而同地阻止季镜成为更好的人。

季镜陷入前所未有的紧张之中,可她依旧尽力让自己冷静下来,做好自己应该做的事情。

到了正式考研的那一天,季镜反而不紧张了。

所有的寒冬她都经历过了,春天来不来,其实已经不那么重要了。就算春天不来,没有百花齐放,冬天也有梅花凌寒。

她在一片萧瑟中落笔,亲手为这段时光书写了结局。

无论结果如何,她都不会后悔,也不会有遗憾,最起码备考阶段没有。

中国那句老话说得好,尽人事听天命。她已经做到了自己能做到的极限,剩下的一切就交给上天来安排。

初试出成绩那天,南城难得放晴,此时最冷的时候已经过去了。

彼时季镜正在外面兼职，她找了一个咖啡厅的工作，下午的班，只有短短几个小时，钱虽然不多，但胜在轻松，乐得悠闲自在。

她在咖啡厅调制咖啡的时候，突然就听见一个女生短促地尖叫。

季镜抬起头来望去，只见她趴在桌上埋头痛哭，良久之后，她起身对自己的朋友露出一个堪称璀璨的笑容。一片喧闹声中，季镜远远地看着她哭花的脸，清楚地听见了那句："我有学上了！"

真好。

季镜收回目光，看着眼前的咖啡机，在心里说道。

她看起来一点也不着急，还在悠闲地工作，只不过偶尔会有顾客发现她的手在轻微颤抖着——下意识地颤抖着。

季镜在紧张。

等到店里没有那么繁忙的时候，她才走到前台坐下来，慢悠悠地拿出手机。

季镜特意给手机开了免打扰模式，果不其然，一打开手机，扑面而来的消息像要淹死她一般。

季镜一个都没理会，明明她刚才还不在意得，此刻却迫切地想要知道自己到底会有一个什么样的结局。

她很快打开查询成绩的网站，在输自己的身份证号和考号的时候，手依旧是止不住地颤抖，还没等网页加载出来，她就直接将手机倒扣在桌上。

季镜有些不敢。这种被称为害怕的情绪在她身体里急速生长，迅速扩到胸腔，随后蔓延到四肢百骸，她全身发麻，甚至连呼吸都有那么一瞬的停滞。

季镜机械般地转动着手机，努力收起涣散的目光看向那个她不敢面对的结局——

四百一十八分。

季镜的心里掠过一场海啸，将所有的平静都摧毁掉，狂喜席卷全身，这是她这一生中第一次体会到这种情绪——

第五章 雨条烟叶

考上了。

季镜看着那个高到离谱的分数，不由得怀疑是不是系统出错了，否则怎么可能拿到这么高的分数？可是她重新进了几遍网站之后，结果依旧是这三个数字。

没有错。

没有错，这就是她的成绩。

她忽地就落下泪来。

为图书馆的寂静，为午后的骄阳，为南城的风雪，为暴雨下的灯光，为一步三回头的背影。

为她自己。

季镜脑海里一瞬间出现了不同时候的自己，八岁、十六岁、十七岁、十九岁、二十一岁，她们出现在各个地方，在不同的场景里同时转身，发自内心地笑着对她说恭喜。

日没入地，光明受损，前途不明，环境困难，宜遵时养晦，坚守正道，外愚内慧，韬光养晦。韬光养晦之后，得以纵声放歌，醉酒相逢。

季镜以第一名的成绩进入北城大学复试。那天面试结束，她走在北城大学的校园里，看着往来的人群和晴朗的好天气，居然隐隐觉得生活有了盼头。

她站在湖边，看着湖边柳树在风的轻抚下不住地摇曳，一片祥和中，她回想起老教授问她的最后一个问题。

享誉学术界的梁亦安老教授摘下眼镜，一双眼睛带着慈悲望向季镜。

她盯着季镜看了许久，最后却问了一个再简单不过的问题，她问："孩子，你为什么会选择来北城？"

季镜看着那双温柔且看遍世间沧桑的双眼，回想起十八岁的自己，回想起北城的灯光，沉思许久，最后说："因为这里有我想要的一切。"

梁老教授惊叹于她的直白，也敬重她的坦诚。

她暗自在心里叹道：这是个好苗子，有天赋，有灵气，为人处世落落大方，最重要的是，她有自己的目标，对未来有明确的野心。

她不露声色地笑笑，面上不显，心里却笃定要收季镜为徒。

后来季镜回想起自己的表现，觉得自己的回答并不出彩。她太直白，太年轻，没有太多的人生经验，参悟不透那么多的道理，所以有一部分问题她答得并不顺利，但也算是表达出了自己的理解。

她轻叹一口气，这场面试，好坏参半吧。

季镜继续在北城大学里逛，难得有机会进来，她得好好看看，不负光阴才是。

季镜在校园里从南逛到北，里里外外全都粗略地看了个遍，决定去图书馆坐坐。

只是还没等她走到图书馆，就见迎面走来一行人。

为首的男生身姿如松，面容似玉，气度出尘，在一众青年中格外显眼，不是赵遥还能有谁？

季镜看着他的同窗为一个问题和他争得面红耳赤，而他只淡淡解释两句，三两句话阐明原理，旁边的人似醍醐灌顶般恍然大悟。

这是她从未见过的赵遥，和那个她认识的赵遥大相径庭。

季镜第一次见到学生模样的赵遥，他依旧气定神闲，在一众人中龙凤中三两句话拨云见日。

她忽然有些明白了当初周念对赵遥的形容——学神。

彼时她还大言不惭地嘲笑这个称号，现在看来倒是显得自己无知。

人外有人，天外有天。现今看来，他简直就是上天追着喂饭吃。

季镜在一阵清风中看着旁边的人对赵遥窃窃私语，其中两个女生你碰我一下我推你一下，嗫嚅着不敢上前，不知道其中一个说了什么，另一个脸一红，却还是犹豫着走了过去。

那个女生在大庭广众之下拦住赵遥，紧接着掏出手机打开了自己的微信，将二维码放在他面前，示意想和赵遥认识。

可是赵遥只是轻瞥她一眼，自然而然地往后退了一步。

旁边的一群同窗见怪不怪地调侃，似乎在缓和气氛，想让小姑娘

第五章　雨条烟叶

不这么尴尬。

"又有小姑娘要伤心咯——"

"妹妹，看看哥，哥也很帅啊。"

虽是解围，语气里也尽是艳羡之意。

赵遥在一片注视之下，轻声地说了两个字："抱歉。"而后头也不回地离开了是非之地。

他出乎意料的冷淡，拒人于千里之外。

季镜躲在旁边看着他面无表情地和同窗走远，心想，好像是有哪里不同。

她没打算叫他，今天本来就是工作日，估计他们也有课。

况且，他们二人也不算很熟。

季镜估测着他注意不到自己，然后转身离开了。

只是她不知道，她刚转过身去，那个已经走远了的人就独自折返回来，站在了她之前的位置上。

赵遥早就知道季镜会来，梁教授在面试结束后第一时间就给自己打来了电话，言语间尽是满意，一个劲夸赵遥给她推荐了一个好徒弟。

赵遥在电话这头笑了笑，却不接话，只说是她们有缘。

季镜刚出现在他的视线范围内时他就看到她了，她似乎没有任何要和他打招呼的意思，只是目光淡淡地看着他。

赵遥在心里叹了口气，面色不显，却三言两语地打发了问他问题的同学。

他心想，这下她可以过来和自己打招呼了吧？

只是赵遥也没预料到，又有陌生女孩要加他微信。

都是千年的狐狸，谁也别谈什么聊斋，赵遥一打眼就知道她们在想什么。他的厌烦一下子到达顶峰，可是她还在暗处看着，自己也不能对一个女生太过分。

他深吸一口气，退了一步，稍微控制了一下情绪，疏离地说了抱歉。

赵遥余光瞥向季镜所在的角落，看着她低眉不知道在想什么，面色愈发冷淡秾丽。

她不会过来了。

赵遥在季镜抬眼前移开了自己的目光，假装没有发现她一样，径直路过了她。

罢了，姑娘总有自己的小心思。

赵遥看着季镜的背影，无奈地摇头，无意识地露出了一个堪称温柔的轻笑。

似落日熔金，又似冬日晴雪般让人移不开眼。

"小丫头片子……"

他在低声呢喃中透露出了一丝连自己都不曾察觉的柔软，和刚才冷硬拒绝别人毫无人情味的赵遥判若两人。

季镜在一个风雨交加的下午收到了北城大学的录取短信，梁亦安老教授打电话给她，问她愿不愿意跟着自己做研究。她说自己年纪大了，精力也大不如前，不出意外的话，季镜会是她收的最后一个学生了。

季镜当下应允，这是许多人的求之不得，况且成为梁教授的关门弟子，这种机会可遇不可求。

一切就这样尘埃落定。

她难得没出门，就坐在窗前看着窗外的暴雨发呆，此去之后人生如何，谁也说不定。

会变差吗？她不敢说，可是对她来说，就算再差又能差到哪里去呢？

会更好吗？

季镜不知道，她没办法给"好"下一个定义，在过去的人生里，平平淡淡对她来说就已经是很好的了。

去北城大学报到的那一天，赵遥如约来北城高铁站接她。

第五章　雨条烟叶

人潮汹涌，熙熙攘攘，一片嘈杂中，季镜抬眼就望进了赵遥那双含笑的眼眸之中，一眼万年。

有什么东西在两人心中一同生长。

他跨越人潮来到季镜面前，自然而然地接过她的行李，垂首问她这一路是否劳累。

季镜看着他俯下的头轻声否定。

可赵遥看着她略显疲惫的面容，心下了然。

他们回到了北城大学，前来报到的人络绎不绝，人人脸上带着惊喜和得偿所愿，与季镜一点都不相同。

这一天，赵遥带她跑上跑下，轻车熟路地找到了她每一个要去的地方，而后事无巨细地帮她办好，直至报到结束，他们两个出去吃饭。

赵遥带她去了本地口碑很好的一家私房菜，这家菜馆实行会员制度，来这的人大多数都非富即贵，没有会员根本进不来。

她看着那贵得让人咋舌的菜单，心下大为吃惊，可他却丝毫不在意。

赵遥美其名曰帮她庆祝，祝她得偿所愿的同时，也庆祝季镜完成了他们两个人的约定。他依旧是不停地给她夹菜，而后眉眼含笑看着她吃，自己却很少动筷。

临了赵遥开车去蛋糕店，又买了一个精致的小蛋糕给她。

他们一同回学校。赵遥在路上和她有一搭没一搭地闲聊，他说北城的风土人情，说北城大学的历史，说梁老教授的学识渊博，言语间尽是钦慕向往之意，而后话题一转说起周念。

季镜听他淡声说："如今她和盛津远在英国，有什么需要帮忙的事情就来找我，也是一样的。"

季镜无声地笑笑，而后说："好。"

两个人一同走了一段沉默无言的路，赵遥在分别的时候将手中的那款玫瑰蛋糕递给她，轻声含笑道："恭喜！"

她也冲赵遥露出了一个笑，在一片温暖的灯光中望向他的眼睛，看着那里面的山河,说:"多谢。"

赵遥冲她摆摆手,示意她快回去吧。那天他看着她转身走入宿舍,忽然就想起来了那天在南城大学,他也是这样看着她一步步地走回宿舍。

那段时间的赵遥其实很忙,导师受邀前往南城峰会,问他去不去,彼时他手里有一个很重要的课题,整个人都忙得脚不沾地。

可是在导师说到南城峰会的时候,他莫名就迟疑了一下。

四下无人发觉,只有他自己心里知晓。

赵遥的推辞一下说不出口。

最后迟疑了许久,他说好。

到底为什么答应下来,连赵遥自己都不清楚具体原因,他当时给自己找借口说,受人之托,去看她一眼也好。

只是没想到他在图书馆外等她的时候突然看到了她失魂落魄地出现,赵遥承认,当时看到她的一瞬间,内心的欣喜超出了他的预料。

直到沈三有意无意地提醒他,赵二公子才意识到,自己的反应比平常激动很多,那个时候的自己还拿季镜是小姑娘当借口。

直到今天。

他在人来人往的车站中第一眼就看到了自己要找的人。

赵遥终于发觉了答案。

他动心了。

那一瞬间的情绪无法用言语形容,就像是列车呼啸过站带起的罡风,巨大的风穿过他的心脏,悲哀大过惊喜。

所有准备好的贺词他一句话也说不上来,他慢慢地逆着人流走向她,张口想说很多很多的话,最后却只是轻声地问她:"累吗?"

她应该是很累的,不然怎么眼中也有朦胧的水光呢?

赵遥望着宿舍楼下的灯火,重重地吐出了胸中的那口郁气。

他想起盛津说他想要和周念结婚,那时的自己还反问他是不是疯了。

第五章　雨条烟叶

　　他想起沈三言辞中的警告，想起盛婉许久之前的男朋友，想起发生在他身边的无数有情人的悲哀。

　　他的人生中第一次生了退却之意，千难万险，他不愿意看季镜最后受伤。

　　那天晚上，赵遥也说不清自己到底在那里站了多久，只是不舍得转身离开。

　　他很清醒，不得不清醒。这次离开之后，他们的距离就要退到朋友的位置，甚至要再往后退一些了。

　　季镜与他，无论如何心动，如何不舍，也只能是受人所托之谊，仅此而已。

　　北城一夜入秋。

山雨欲来

Chapter 6

季镜正式开始了她在北城大学的读研生活。

研究生的课不多，大都集中在一个时间段内，一周有两三天的休息时间，只不过她把这些时间全部用来跟在梁教授身边搞学术研究了。

季镜本科期间学的英语，纵使她自身阅读量巨大，也还是缺少一些专业知识，但英语也为她带来了优势，比如当她查阅外国文献的时候，很少需要翻译。

她每天都在忙，甚至比考研那段时间更努力，不知不觉间，时间也就这么过去了。她在这段沉寂又不起波澜的时光里，逐渐变成了自己想成为的人。

北城大学中文系人人都知道梁老教授新收的关门弟子能力超强，每每提起她，一向低调的梁老教授总会赞不绝口，毫不吝啬自己对这个小徒弟的喜爱。

而季镜的名字也凭借自身的实力迅速席卷圈内，甚至都传到了专心做学问的赵遥的耳朵里。

赵遥也没想过能从同窗的嘴里再次听见季镜的名字。北城进入冬天之后，他就开启了自己枯燥的研究生活。

两耳不闻窗外事，一心只读圣贤书。

彼时他沉浸在论文撰写的过程中，旁边有人言语交谈，言辞间提到了文学院梁教授新收的关门小弟子在辩论赛上大放异彩，冷着脸反驳对方的言论，不留丝毫余地。

第六章　山雨欲来

他们聊得激动，声音不由得过大，赵遥清晰的思路突然就被打乱。

他鬼使神差地停在那里，看着电脑上的数据分析，忘了自己接下来要写什么，脑海里只听见旁边人对她的夸赞和惊叹。

"据说她性格特别冷，和窗外的风雪一样，我倒是没看出来冷，漂亮倒是有目共睹。"

"网上那个很火的词是怎么说来着？冰山美人。"

"哈哈哈对，没错。"

"她一个人就让我们学院输得一塌糊涂，学文学的思维逻辑果然很强，佩服，很佩服。"

"梁教授的弟子，你看哪一个不是人中龙凤？她怎么可能空有一副皮囊？"

……

赵遥听着他们说话，没有插嘴。旁边的人看他停了下来，过来和他搭话："赵遥，今天的辩论赛你没去真的可惜，你都不知道文学院新来的那小姑娘有多厉害——"

赵遥揉了揉自己的额头，放下手头写不下去的论文，心下烦躁，但也耐下性子来听他们讲："嗯？"

另一个人接话："简直神了，一个人驳倒了三个，全场最佳MVP啊，据说还是梁教授的小弟子，叫什么来着，挺安静的一个名字……"

赵遥停下了扶着额头的手，眼眸低垂了下去，没有去看他们。

"叫季镜。"他在心里默默地说，"她叫季镜。"

"季……季镜？"另一个人说。

"对对对！季镜。"那人一拍自己的额头，"安静吧，一听就安静得很。"

赵遥停下了所有动作，在原地怔了一会，而后起身收拾自己的东西想要离开。

他不想听他们继续说下去。

这段时间里，赵遥刻意地避开她，甚至去了他在校外的房子居住。

校园里偶尔碰上，远远瞧见她的身影，也是在她发觉前转身就走。他在她的生活中消失得彻底。

这些时日，她的声名逐渐传遍学校，打辩论的视频被人拍下来发到网上，许多人将她奉为圭臬，将她抬到了一个前所未有的高度，她却丝毫不在意，依旧是那副无比冷淡的模样，和之前的季镜没有任何不同。

所有人都能看见她，倾慕她的人能光明正大地去看她，人人都在赞颂她，明珠终于不再蒙尘，他之前的愿望实现，他应该开心才对。

可是并没有。

他并没有自己预想的那样开心，反而一股巨大的失意掩埋了他。

赵遥忽地觉得大地生了一道巨大的鸿沟，隔开了他们两人之间的距离，他无法轻描淡写地向她说出一声恭喜，他控制不住。

他的家族不会允许他和季镜结婚，他的婚姻也从来都不能够是自己做主。

更何况，如果决定迈出这一步，赵家的人不知道会对季镜做些什么，他们这样的人暗中对一个手无缚鸡之力的女孩使点绊子简直轻而易举，甚至都不用自己亲自动手，就有人上赶着来帮忙。

他承担不起这个后果。

他也不能沉沦。

索性他就不听了，左右她好就是了。

赵遥收拾好自己的东西，面色略微冷淡地和他们道了别，留下两个人在那里莫名其妙。

"学神咋了这是？头一次见他面色这样冷呢。"

"不清楚，可能是觉得咱俩人菜话还多？"

"不能吧……"

赵遥丝毫不知道他们两人的心理活动，出了门，径直走自己的路。他没有回宿舍，也没有去图书馆或者是别的自习室，他带着所有的数据回了西山——他的家。

第六章　山雨欲来

在北城，素有东富西贵这一说法，这里的西，指的就是西山。

赵遥出生在钟鸣鼎食之家，从他祖上起，就世代为官，到了他这一代，身家自不必说。

他带着家族的期望长大，从小到大无论什么方面都样样拔尖，无数人穷尽一生求而不得的东西他挥挥手就有人赶着送到他面前，那些出现在小说里的夸张情节都是他真实的生活。

他想要的，从来就没有得不到的；他不想要的，也由不得他不要。

他许久之前就明白"身不由己"这个词。

好像人生就是这样，得到了什么，就一定会失去另一些相同的东西。

赵遥回到家后径直回了房间，上楼梯的时候管家叫住他："少爷回来了？"

赵遥转过身和管家打招呼："陈伯。"

陈伯满脸笑意："先生昨天还说您好一阵没回来了呢。"

赵遥也笑，只是那笑怎么看怎么疲惫："最近忙，这不，数据都带回来了，准备今晚加个班呢。"

陈伯关心道："也别太晚，太晚对身体不好。"

"知道了陈伯。您忙，我先回房了。"

陈伯笑着点头，目送赵遥离开。他看着赵遥的背影不禁感叹，时间居然过得这样快，一转眼，当年那个矜贵无比的小少爷居然也长这么大了。

赵遥回到自己的房间，将随身携带的包放在卧室内的书房，径直走到床边倒了下去。

一股疲惫无力感侵占了他所有的感官，充斥着整个身体。

他看着窗外晴朗的阳光，却感觉天应该是昏暗的才对。

这种情况下任谁都无心研究，赵遥倒头就睡。

他在逃避。

他下意识地逃避现实，仿佛这样就不会继续悲哀，就好像一觉醒来一切都会变好。

再次醒来已经是晚上了,门外的用人敲门叫他下去用晚餐,赵遥迷迷糊糊拿起手机一看,才发现自己居然睡了小半个下午。

梦里也不清净。

他揉了揉自己因为睡了太久而昏沉的额头,哑着嗓子对门外应道:"就来。"

他快速起身,缓过来后走进浴室洗了把脸,看着因为熬夜而出现的黑眼圈,无声地扯了扯嘴角。镜子里的人也嘲弄地看向他,二人谁也不相让,气氛剑拔弩张。

他始终憋着口气。

走到楼梯拐角的赵遥看到父母已经在席间落座,低声交谈,等着他来之后再开饭。

琴瑟和鸣,岁月静好。

赵遥的脑海里下意识就蹦出来这两个词。

赵遥的父母是真心相爱,二人相濡以沫度过了许多年,先有了赵云舒,而后第三年又有了赵遥,自此儿女双全,家庭和睦,幸福美满。

此时兰玉一抬眼就发现了他站在楼梯拐角发愣,笑着对他招手:"傻站着做什么呢?快来,这么久了你爸都饿了!"

她娴静的面容上满是柔情,和电视上那个雷厉风行的兰玉一点也不同。

赵遥走到餐桌旁落座,看着桌上自己爱吃的饭菜,不由得露出这段时间的第一个笑。他终于不再冷淡,与下午截然不同。

他道:"爸今天工作太辛苦了,你们先吃就可以了,等我干什么啊。"

赵父收起来往日的气势,慈祥道:"还不是你妈妈,非要等你,说你好不容易回来一次。"

"这是在怨我回来得少啊,爸,哪有您这样点我的?"

"你爸这是想你了!"兰玉接话,"学校离家这么近,你都不回,

第六章　山雨欲来

等以后结婚成家，回来的次数就更少了。"

赵遥的笑在听到结婚二字的时候定在了脸上，他一瞬间没有继续吃饭的心情，可还是努力活跃气氛，不想扰了二老的兴致："那不能。"

赵父赵母平常面对的都是人精，比赵遥复杂千百倍，他们能通过一句话迅速挖出对方的漏洞。此时看赵遥这副样子，他们彼此对视一眼，明白了赵遥的不对劲。

兰玉给了赵父一个眼神，示意他说点什么。

赵父也对她扬扬头，用眼神控诉道：儿子什么性格你不知道？你怎么不说？

兰玉在心里措辞一番，而后放下筷子对赵遥笑道："回来去院里见过爷爷了吗？"

"还没有，没来得及去呢，打算最近忙完这个课题再去。"

"嗯，多去看看他老人家。我和你爸上次去院里吃饭，还听他说想你呢。"

"好。"赵遥继续埋头吃饭。

赵母看他这样，接着问："最近在学校有什么特别有趣的事吗？"

赵遥把赵母最爱吃的糖醋排骨夹到她碗里，抬眼看她："比如？"

"比如今年开学，有没有遇见漂亮的、心仪的女孩儿啊？"赵母笑着问他。

赵遥顿了一下，他看着自己母亲温柔之中暗含着些探究的眼神，不动声色地转移话题："什么样的才叫漂亮？"

而后不等她回答，斩钉截铁道："没有。"

这话一出，赵父的筷子就停住了，眼神紧盯着他，试图看穿他是否在撒谎。

赵遥面上一片云淡风轻，丝毫不惧和他对视。

"真没有？"赵母知道赵遥是个有主意的，眼下问不出来，她顺势转移话题，不欲破坏一家人在一起的气氛，"没有的话那就算了！最近给云舒打电话了吗？"

"没有，赵大小姐忙得要死，才没空理我呢。"

赵遥重新拿起碗筷，夹起一个蟹黄汤包放到碗里，对着兰玉吐槽："上次打电话给她还是开学前，她嫌我烦，不到一分钟就给我挂掉了。"

赵父看他神色坦荡，言辞之间磊落得不像作假，干脆也不再多想，此刻闻言随即朗声大笑："这是你姐的性格能干出来的事儿。"

兰玉也笑，姐弟之间从来都是闹个不停，但她还是为自己女儿找补："可能是她太忙了吧。"

"切——"赵遥才不听他俩圆场呢，"多忙？再忙能有你们忙？你们都有时间接我电话，她倒好，直接就几个字——喂？赵遥？怎么了？哦，我在忙，挂了，回头打给你！"

赵遥学着姐姐冷淡的语气绘声绘色地模仿着。

"还打给我，这都过去大半年了，连个信都没有。"

赵遥坐得端正，对着满桌菜肴哼笑一声，带了几分清贵公子的嘲讽："怎么？我不要面子？"

"哈哈哈。"赵父憋不住了，一点也不给自己儿子留颜面，放声大笑。

赵母也被这姐弟俩的相处模式逗得不行："反正你姐这两天就要回来了，等她回来你去机场接她，说不定她一感动，对你就好了。"

赵遥在他们看不见的地方默默地松了一口气。

虽然他一点也不期待见到赵云舒，但是看在这次她给自己做了挡箭牌的分上，下次见面就对她态度好些吧。

赵遥在西山的家里待了没两天，就接到了赵云舒的电话，他看着屏幕上来电人的名字，一猜就是她即将回国。

"喂？赵遥？"

"嗯，怎么了？"

"我今天晚上就要回国了，你明天记得来接我！"赵云舒一点都不和他客气，直接开门见山道。

"没空，找别人去。"赵遥张口干脆利落地拒绝她，一点都不顾及她是自己的亲姐。

"没空也得来。"赵云舒从小到大听得最多的就是他胡扯,才不相信他的鬼话,"我真信你就奇怪了。"

"不去——"

他话没说完,赵云舒直接挂了电话。

赵遥把贴在耳边的手机拿到面前,看着自己的手机:让人去接她还挂人电话?这是求人该有的态度吗?

赵遥气笑了。

翌日,赵遥还是在赵母的催促下去了机场。

只是他故意慢悠悠的,直到飞机降落的前十分钟才赶到。

赵遥吩咐司机把车停在机场外面,装模作样地酝酿了一下情绪,演绎出来一个苦心等待姐姐在海外留学归来的好弟弟形象。

他走到接机的地方,看着赵云舒发来的航班号,甫一抬头,就看见了一个意想不到的身影出现在他眼前。

那是季镜,赵遥绝对不会认错。

距离周念他们回来还有好久,就算他们提前回来,也不可能不告诉自己,赵遥在心底迅速地排除了周念和盛津回国的可能性。

他没有上前去和季镜打招呼,只是默默地站在她后面,看着她的背影,想要知道她等的人到底是谁。

答案很快揭晓。

赵云舒的航班准点到达,她很快出来,和一个身型高大、气质不凡的男人结伴同行,二人有说有笑的。

赵遥看着季镜向赵云舒的方向迎过去,步履比起往常有些急促,充分暴露了她对那个人的思念。

赵遥眸光沉沉地盯着季镜一路往前,直到在赵云舒他们面前站定。

他不会傻到以为赵云舒和季镜之前认识,她们二人的交际圈根本不重叠,所以季镜等的人只能是赵云舒身旁的那个男人。

他远望着，看见那个男人将手搭在季镜的头上揉了揉，而后笑着说了什么。

距离太远了，人声嘈杂，他听不清，也判断不出来到底说了什么。

赵遥快步向赵云舒走去，在抵达之前，朗声道："赵云舒——"

他们三人同时转头看向他。

"这小兔崽子——"赵云舒看着大步过来的赵遥嫌弃道。

"接你的人来了。"徐驰看着赵遥也笑。

只有季镜愣在原地，看着那个快步而来的身影缓不过来神。

缘分到底是多么奇怪的东西，在北城大学这么小的地方无论如何都遇不到，反倒是今天，她来接徐驰，就在茫茫人海中又碰到了他。

赵遥走到他们面前站定，强压下对旁边陌生男人的敌意，看着季镜微微点头，像是出乎意料般，说："好巧。"

季镜恍惚着回神，也随着他的动作点头："是啊。"

"你男朋友？"赵遥似笑非笑，写满暧昧的目光在她和徐驰之间来回穿梭。

徐驰看俩人之间的氛围，一眼就觉得不对，这还是他第一次看见季镜这副模样，他下意识地觉得有趣。

只见徐驰看热闹不嫌事大般，一把搂过季镜的肩膀，对赵遥说："现在还不是……"

季镜的目光稍带无语地看他，但还是很给面子地配合着露出一个略带无奈的笑。

让赵遥咬牙的是那笑容里还带着些许不自觉的纵容。

徐驰转过身去和赵云舒告别，而后堂而皇之地揽着季镜的肩膀离开。

赵遥沉着脸，看着离开的那两个人郎才女貌，如天作之合，突然就觉得这个场面有些刺眼。

他无意识地咬着牙转着自己腕上带着的佛珠，丝毫未觉内心此刻的不平静。

第六章　山雨欲来

赵云舒看着走远的季镜和徐驰，转过头来一巴掌拍到他身上："看什么呢？人都走了。"

"没什么。"他突然烦躁，把赵云舒吓了一跳，随后在赵云舒的怒视之下伸手接过她的行李转身就走。

"啧，你还不耐烦……"赵云舒在背后吐槽他。

他的步伐越走越快，赵云舒眼瞅着跟不上了，不由得出声叫他："赵遥，你走慢点，跟不上了。"

前面的人听见她的话，虽然没回头，可是步伐明显变慢了许多。

赵云舒小跑跟上："你和徐驰女朋友认识？"

赵遥忽然就停下了。

赵云舒一个不注意撞到他身上，整个人都傻了："你突然停下来干什么？"

"那不是他女朋友。"赵遥一脸冷硬道。

赵云舒愣了，茫然地眨眨眼："什么？"

"我说，"赵遥看着自己的亲姐姐，一字一句，无比认真地重复道，"那不是他女朋友。"

赵云舒一脸莫名其妙地看他，不明白他突然抽风一样的行为："你怎么知道那不是他女朋友？人家那女孩儿刚才也没否认啊。"

赵遥不欲再搭理赵云舒，只是下意识皱眉，对着姐姐好奇的面孔敷衍道："我就是知道。"

"有病！"赵云舒甩他一个白眼，继续跟在他身后往停车场走。

赵遥又想到什么，回头问她："你和那个徐驰，你们怎么认识的？"

"干什么？"赵云舒一脸谨慎地看着赵遥，搞不清楚他为什么突然问这个。

"问一下，不行吗？"

"你什么时候对一个陌生人这么好奇了？"赵云舒抓住了他话里的漏洞，反问道。

"就刚刚。"赵遥垂眸，而后抬起眼来一脸不在乎地看向赵云舒，

"说不说？不说我找人查了。"

赵云舒看着他的脸色，直觉他状态不对，虽然这小子平日里也是个混世魔王，但好歹披着一层稳重的皮，装得人模狗样的，这样情绪外露还真是罕见。

旋即，赵云舒想到了什么，睁大自己的眼睛看向赵遥——这狗东西该不会是真看上人家徐驰女朋友了吧？

她一巴掌拍向自己的额头，"啪"的一声，前边开车的司机都听见声响，抬眼看向后视镜。

"你干什么？"赵遥看她一巴掌拍向脑门，毫不留情的力道拍得她整个脑门有些泛红。

他眉头一皱："不说就不说，拍自己干什么？"

"还不是因为……"赵云舒声音减弱，生怕自己的猜测是真的。

"没怎么，就留学认识的，他很厉害，家境也好，在整个留学圈都很有名。"

"是吗？"赵遥的眼睛瞥向窗外，淡声反问。

他好像不需要赵云舒回答是或不是，换句话说，他本身就不想知道这个答案，他不在乎。

赵云舒看着他，突然就感觉到一股山雨欲来的危机感。

她有一种极其不好的预感，整个人的眼皮都跳了两下，浑身上下充满了莫名的不安，好像接下来会发生什么她接受不了的事情。

她摇摇头，示意自己不要多想，而后看着赵遥警告地说："你不要有那些乱七八糟的想法，爷爷不会允许的。"

"我知道。"赵遥轻声道。

下一秒，他整个人面容沉静地说了些什么。

赵云舒突然睁大了眼睛，一脸不可思议地望向他，仿佛他整个人疯了，就连开车的司机都忍不住手一抖，车子向外滑了一些。

山雨欲来风满楼。

第六章　山雨欲来

季镜在确定离开赵遥的视线后一把拍开了徐驰揽着她肩膀的手："幼稚！"

徐驰回头望望，果然看不见赵遥的身影了，他转过头带着一脸笑意地看她，出声调侃道："利用完了就拆台？你也太没良心了些。"

"没良心能来接你？"季镜反问他，还顺带给他一个白眼。

"好好，你说的都对，行了吧。"徐驰看她这副不想多说的模样，笑着接话。

季镜对徐驰略微有些无语，却也没再反驳。

他们太久没见，却依旧没有生疏，保持着一个微妙却又亲密的距离。

"在北城的生活怎么样？"

"还行，挺适应。"

"看你这样子也不像是有什么不适应。"徐驰又笑。

"废话，这都开学多久了！"她张口回怼，此刻的季镜没了冷冰冰的气息，看起来无比的鲜活。

四下无人的时候，季镜一点面子都不给他留，徐驰也不在意，依旧是有一搭没一搭地逗她，他们并肩走着，就像他们高中一样。

只不过这一次的相聚跨越了许多年。

徐驰这次回国不会待太久，最多一个星期。

他在国外的研究已经到了最重要的部分，这次回来是为了参加一场重要的会议交流学习，等到会议结束，他就要回学校了。

不过，他转眼看着旁边的季镜，回想起在机场时她的反应，嘴角掀起一抹笑，这次回来倒是有意外之喜。

他忽然就有点感慨，季镜这么多年踽踽独行，希望她喜欢的人是一个能同她携手渡过难关，给她幸福且能护她平安的人。

最近北城大学贴吧里有一则很火的传闻，文学院的清冷女神季镜有了男朋友，对方是前几届计算机专业的天才徐驰，传闻季镜为了徐驰从南城跨考北城，目前男方在国外留学，二人感情稳定。

赵遥看到这个消息的时候，八卦已经传了有一段时间了。

彼时他在和盛津视频通话，突然盛津就聊到这个话题，而后对着他一阵八卦，问他消息是否属实。

他坐在桌前垂眸看着盛津发过来的网站，右手滑着鼠标点开，入目全是一片祝福。

赵遥伸出左手托着下颌，目光沉沉地盯着屏幕，突然就摇着头轻笑了两声。只是那笑听起来一丝愉悦的感觉都没有，反倒是令人心凉不已。

盛津在电脑那头打了一个寒战，他和赵遥自小一同长大，太能明白他的一举一动了。

不对劲，太不对劲了，这不像是赵遥此刻该有的反应。

盛津看他这样，心里有一个大胆的揣测，他瞬间觉得这个想法荒谬，可是结合赵遥刚才的反应，却又觉得没什么不可能，只见盛津在电脑的另一边小心翼翼地试探道："这俩人真般配，郎才女貌的，对吧？"

"哦？此话怎讲？"赵遥扬了扬声，声音带着些许的疑惑，仿佛他真的没看出来这两个人哪里般配地诚心发问。

盛津看他的反应就知道自己无意间得知了一个惊天大秘密，他握住自己有些抖的手，继续不怕死道："你别不信，你看，和这个男人在一起的时候季镜是笑着的。"

赵遥翻开那个帖子里的照片仔细一看，的确如盛津所说，是笑着的，还很开心。

赵遥也笑了出来，若有所思地点头："确实。"

"对吧！"盛津咽了咽口水，继续道，"赏心悦目的——"

话音未落，赵遥就出声截断了他："盛二——"他突然沉声，"你没事的时候，就去医院看看眼睛。"

"完了完了，恼羞成怒急火攻心了——"

第六章　山雨欲来

盛津心想，这真是太有意思了，铁树不开花也就算了，一开花就看上别人女朋友算怎么个事？

真造了孽了。

他一阵焦头烂额，按照赵遥这性子，别看他平常装得温文尔雅风度翩翩像个什么都不在意的贵公子，可实际上只要是他看中的东西他都会想方设法不惜一切给弄来——他简直就是个披着清冷矜贵外衣的疯子。

盛津开始插科打诨，企图在这修罗场蒙混过关："小爷视力 5.2，好着呢！"

"什么视力 5.2？"周念刚进书房就听见盛津不正经，不由得出声询问。

"我夸季镜和她男朋友郎才女貌，赵二说我视力不好！"他一边说一边伸手将周念揽进怀里。

"季镜找男朋友了？"周念听到这话有些发愣，不敢相信自己的耳朵，季镜找男朋友居然不跟她说？

周念不淡定了。

"对呀，学校论坛不都传遍了吗？"

"什么论坛？"周念看着盛津一脸好奇道。

盛津看她这迷茫的样子，觉得可爱极了，笑着示意她看自己的电脑屏幕："喏，你往上滑一滑就是。"

周念拿着鼠标迫不及待地想要看一下季镜的男朋友到底长什么样，居然能搞定季镜这座冰山？

下一秒，她看着被人偷拍的季镜和徐驰，无语在原地。

"是不是郎才女貌？"盛津得意扬扬道。

"这是她的男朋友？"周念问他。

"对呀，据说季镜为爱发力跨考北城呢！"

周念干笑两声："我和你在一起后到底是有多没脑子才会真信了那丫头有男朋友这件事。"

"怎么说话呢你?"盛津伸手紧了紧她的腰,用实际行动表示抗议。

"这哪是她男朋友?这是她哥。"周念对着盛津翻了一个大大的白眼。

盛津不可置信地看着周念:"她哥?"

"她什么时候有个哥哥?一个姓季一个姓徐,你确定这是她哥?"

"就是她哥,她继父的亲生儿子。"周念出声解释,在屏幕这头澄清了这个在北城大学流传了有一段时间的大乌龙。

"这关系够复杂啊!"

赵遥听到这里,在那边忽然笑了两声,他的心情一瞬间变得极其愉悦,说话的声音都扬了两个调子:"也就你相信他俩是一对,出去别说自己是北城大学的,说自己是隔壁的。"

盛津:"……"

隔壁的周念不愿意了,张口反驳道:"怎么说话呢,赵遥?别侮辱我们学校。"

盛津被他俩一块嫌弃,却丝毫不在意,他早就习惯了。

比起这个,他更好奇徐驰这个人:"之前怎么没听你提起过季镜有个这么厉害的哥哥?"

"我没事说这个干吗?"周念转过去看着盛津,"你们见过的啊!"

这下盛津彻底蒙了。

"我什么时候和他见过?我怎么不记得?"

"就咱俩第一次见,我拉着盛婉陪我去北城找人,就是去找他和江淮,然后盛婉正巧也要去北城找你,我俩就一块去了。"周念掰着指头回想,"你还跟人家打招呼来着。"

随着周念的话回想,盛津好像发现自己的脑海中是有这么个人出现过:"啊……"

另一边的赵遥也想起来了,怪不得他总觉得徐驰看起来有点熟悉,像是之前在哪里见过。

第六章　山雨欲来

"徐驰不是在国外求学吗？怎么突然回国了？"盛津疑惑道。

"北城有个重要会议，他受邀出席，况且……"

周念停了停，继续说道："况且他和季镜也有好几年都没有见面了，季镜考上北城之后，他很高兴，不得回来看看啊！"

"这样啊……"

"你们准备什么时候回来？"屏幕那头的赵遥再次出声打断了他们。

"不知道呢，这段时间我和念念都比较忙，估计还有段时间，年前都不一定能忙完呢。"盛津唉声叹气道，"小爷一点也不潇洒了。"

"清醒点，"赵遥隔着屏幕的声音显得格外冷漠，"潇洒和你不沾边。"

"你怎么说话呢，赵二？我盛津好歹也是北城出了名的……"

话没说完，赵二公子就掐断了电话，他实在是被盛津这个活宝吵得头疼。屏幕那头的盛津爆出来一连串的抱怨，周念笑得肚子都疼。

赵遥不知道盛津的反应，他坐在座位上看着别人发过来的关于徐驰的资料，一脸的冷漠。

赵遥盯着那些冰冷的文字想象着他和季镜的过去，那些一同度过的青春之中，他是否有那么一丝的可能对季镜动心。

他在书桌旁坐了良久，终于合上资料起身出去。在这个平常的日子里，他突然就很想见她。

赵遥拿起自己的车钥匙就往外走，赵父叫住他："大晚上的去哪儿？连饭也不吃。"

"去趟学校。"

"吃完饭再走吧？"兰玉在旁边柔声问。

"不吃了，我先走了妈。"

"多穿点衣服，外面冷！"兰玉不放心地叮嘱道。

她看着自己儿子走远，回过身来念叨："大冬天的这么晚了还要出去，什么事那么着急啊！"

"嘿，你还别说，这臭小子！"赵父在旁边对着赵母吐槽，"你看他匆忙得像是媳妇儿被人抢了一样……"

赵云舒看了看急匆匆的赵遥，再转头看毫不知情的父母，坐在座位上默默地往嘴里扒着饭，内心的小人一阵附和："真相了爸……"

兰玉看向赵谦："说什么呢，你可真会形容。"

赵谦也意识到自己的话有些不妥："吃饭吃饭，我都饿了。快，云舒，多吃点你爱吃的梅菜扣肉！"

"来来吃饭，多吃点，我今天是真的很饿！"赵谦招呼着他们坐。

赵遥到学校已经是晚上八点多了，他直接去了教学楼。

这段时间季镜一直在忙着做研究，分毫都不松懈，赵遥早已将她平常的去处都烂熟于心，自然知道该去哪里找她。

许久没见，不知道她最近过得到底怎么样。

他下意识地忽略了自己几天前才见过她的事实，只觉得恍如隔世，甚至比她之前没来北城的时间还要久一些。

赵遥走的每一步都在清晰地无声昭告，他的心乱了。

从小到大，他从来没有这样迫切地想见一个人。

赵二公子从来都是清冷自持，冷眼旁观情爱，可是这些天里，他无比地思念一个人。

他走到教学楼边上，找了个角落抽烟，一根接着一根，抽得很凶。

他没打算去找季镜，只是想远远地看她，就看她一眼就好。

赵遥也说不清楚过了多久，大概是两个小时，也可能是更久，就在他怀疑季镜不在教学楼的时候，她从楼里出来了。

许久不见，她剪了头发，及腰长发变成原来一半的长度，盖住她薄弱消瘦的脊背。

她好像瘦了许多，整个人看起来像一阵风就能刮走一般，最近应该也没有休息好，眼底挂着不是很明显的黑眼圈。

赵遥双手插兜，远远地跟在季镜后面，看着她独自回宿舍。他边

第六章　山雨欲来

走边想，好像不知不觉间，她又冷淡了许多。

好像之前出现在她身上的鲜活只有一瞬，而冷淡却在她身上存留了许多许多年。

她整个人比起之前更有疏离感，拒人于千里之外。

他想起之前同门形容季镜为冰山美人，突然觉得他们好像也没有胡说八道。

他跟在季镜身后，默默地陪她穿越了大半个校园。

她没有选择交通工具，反而是一个人走回宿舍。

赵遥想起自己在学校时也是这样，整天坐在书桌前埋头做研究，很少能抽出时间来运动，唯一的运动就是一天结束后走回宿舍。

不知道她是否也是这样想的。

赵遥淡淡地盯着前面那个身影，直到看见她突然被人拦了下来。

季镜看着面前拦住她的人，是个从未见过的生人，一米八左右的身高，年龄看起来有些大，像是三十岁左右。

她心里一紧。

这实在不怪她，只因她从小碰到的倒霉事太多，对危险有一种天生的敏感罢了。

季镜摘下耳机，用眼神询问他有什么事。

那人露出一个温和的笑，说自己是新来的交换生，美籍华裔，在这个地方迷路了，看到季镜在这，想找她求助。

季镜点了点头，听到男人询问的地点后，直接说她也不知道，实在是没有办法帮忙，让他去问一下别人。

她看着面前男人的脸上闪过一丝的错愕，紧接着还想再说点什么。

季镜不欲再停留，转身就走，只是她没把耳机带上。

她听着男人跟上来的脚步声，不由得也停了下来。她说自己真不知道。此刻她才突然发现路上的人已经散去，路灯照得周围一片惨败。

她下意识地打了一个寒战。

面前的男人露出来一个莫名奇妙的笑，那口蹩脚的中文竟然变得格外流利:"季镜,你去哪里?我们顺路。"

季镜听到他叫自己的名字,下意识拼尽全力将包往他脸上一砸,转身就跑,那个男人低声骂了一句,转而开始追她。

十米,七米,三米。

他离季镜越来越近,伸手抓住季镜的头发将她逼停。

他看着季镜的面容阴恻恻地笑:"都是因为你。"

季镜根本不认识眼前这个莫名其妙发疯的男人,她不知道自己什么地方得罪了他,也不知道为什么男人会说出这样让人费解的话。

"如果不是你,季明方不会进去,我们也不会被北城警方通缉。"

他面容阴狠,说出的话似毒蛇缠绕,让人不禁打了个寒战。

季镜冷眼盯着他,一言不发。

那个男人似乎有好多的怨气想要发泄,他猛扯季镜的头发,看着她强忍着痛,似报复成功一般笑:"当年你命大,逃过一劫,没落到老子手里,现在还不是一样?"

他对着季镜歇斯底里地发疯:"那我们就一块去死。"

季镜看着面前的男人,终于明白了事情的缘由。

这是季明方的团伙,当年那起案子的漏网之鱼,他被警方通缉,于是把怒气发泄在她身上,偷摸混进北城大学来报复她。

可笑。

她看着他那癫狂的面容想:居然真的有人没脑子成这样?

男人见她不说话,以为她吓傻了,面上露出一个得意的笑:"别害怕,我会让你走得不那么痛苦的。"

"是吗?"

他身后突然响起来一个阴沉压抑的声音,听得人内心胆寒。

男人回头,有什么东西直接冲他脑袋上招呼了过去。

硬物和骨骼相撞的声音,听得季镜脑袋一蒙,她随着那只手看过去,率先映入眼帘的就是那串成色很好的佛珠。

它的主人似乎极其爱惜它,将它盘得油光发亮的。

第六章　山雨欲来

季镜的眼眶突然就有些湿润。

你说怎么会呢？怎么偏偏就那么凑巧，每次都是他出现在她身边救她于危难，像是她的神明一般。

可是怎么不会呢？他此刻真切地出现在了自己的眼前，如同神明一般。

男人吃痛松开了季镜，在一片怒气中看清了来人，气极道："我看你也不想活了！"

赵遥嗤笑一声，看他的目光犹如看一个死人般，不屑地说："嗯？"

下一秒，赵遥丢开手里的石头，径直上前与他赤手相搏，招招出奇制胜，游刃有余，丝毫不落下风。

他从小在大院长大，偶尔他也会跟着自家老爷子去训练，相比之下，这样毫无章法、空有一身蛮力的人他丝毫不放在眼里。

赵遥三下五除二将那人按住，伏在他耳边，近乎低声呢喃："可惜了，生不如死的人，注定是你。"

赵家二公子再次进警局的消息平地起惊雷，这件事情甚至惊动了赵家老爷子。

盛婉和赵云舒赶到时，看着赵遥漫不经心地坐在审讯室配合问讯的样子，再看着赵老爷子身边的许伯，不由得一阵头大。

完蛋了。

两人对视一眼，不约而同地冒出来这个念头。

等这个闹剧结束，已经是凌晨了。

和许久之前的画面出奇相似，局长非常感谢赵遥的见义勇为，出手抓到了人口贩卖案的特大漏网之鱼；赵遥依旧没什么表情，漫不经心地点头，将目光投向季镜，看她平静的眼眸。

局长离开之后，许伯上前一步径直拦住他："二少爷，老爷子吩咐了，请您过去一趟。"

他看着许伯沉稳的面容，眉心一皱。

许伯有眼力见地去车前等他。

赵云舒在旁边插话:"这么晚爷爷还请你过去,你惨了。"

赵遥皱了皱眉头,看了看季镜,示意她闭嘴,不要在季镜面前胡说八道。

他径直走到季镜面前,低声说道:"我有些事,让盛婉和赵云舒送你回学校?"

那目光里盛着遮盖不住的柔情。

季镜抬眸看着他,忽然想起来他们初见的那年冬天,他也是这般突然从天而降,救她于水火之中。

彼时那双眼眸淡漠,漫不经心,此时此刻,相同的场景之下,他的眼睛里却多了些什么。

那是彼此都不敢宣之于口的东西。

季镜点点头,什么话也说不出来。

她有一瞬间想哭,却还是忍住了。

赵遥看她点头之后,用眼神示意盛婉:"安全送回去,别节外生枝。"

盛婉拍了拍胸脯,回他一个放心的眼神,那意思是只要姐在人保证给你完好无损地护送回去。

赵云舒在一旁看着弟弟,虽然他只说了一句话,但此刻,她还有什么不明白的。

她叹了口气,却也没多说什么,只是张口撵人道:"快走吧。"

赵遥点点头,不再看季镜,转身就走。

他没留下来任何话,可季镜就是知道,他一定会回来的。

她看着赵遥高大的背影,耳边环绕着他刚刚说的那句话,语气里充满着止不住的庆幸,他说:"你没事就好。"

你没事就好,其他的一切都不如你重要。

赵遥抵达老宅的时候,整个院子灯火通明,仿佛刻意给他留了灯,在等他回来。

第六章　山雨欲来

许伯在他耳边低声叮嘱，老爷子今晚原本已经睡下了，后来电话打到他这儿来，他才知道赵遥半夜进了警局，还协助警方抓住了在逃嫌犯，立刻就让许伯赶了过去。

赵遥心里暗骂那些逮到机会就想出头的人，大半夜还扰人清梦，平白惹人厌烦，只是面上不显，淡淡地和许伯说了声"知道了"。

他一进门就看着老爷子坐在上座那儿等他，一副典型上位者的模样，周身不怒自威。

他上前恭敬地出声唤道："爷爷。"

赵老爷子将茶杯随手一放，抬眼看他，眸光里带着数不清的审视，声音威严："回来了？"

"嗯。"

"什么情况？"他一双略显浑浊的双眼紧盯着赵遥。

"没什么，就碰上了，见义勇为了一次。"

"见义勇为？"赵老爷子并不相信自己孙儿的话，质疑声再次响起，"你上一次进警局，也是见义勇为？"

"嗯。"赵遥一点都不害怕，整个人依旧是挺拔地站在他面前，看着爷爷脸上的神色，不算太好。

"该做什么，不该做什么，身为赵家的继承人，你自己心里要有数。"

赵老爷子拿着茶盏，似乎只是在漫不经意地喝茶，而不是提点他、警告他。

赵遥清楚地看见了那道鸿沟再次出现在他面前。

他无数次听见过这个称呼，以往听起来像是荣耀的头衔此刻却像是枷锁一样牢牢地束缚着他。

手上的青筋一瞬间浮现，又很快消失。

他好像又变成了那个什么都不在意的赵公子，轻描淡写地说着："知道了爷爷。"

赵老爷子听到令人满意的回答，称心地放下手中的茶盏，拄着拐杖起身:"太晚了,你在这歇下吧,明天吃完早饭再走。"

"好。"赵遥上前扶着他。

"你啊……"赵老爷子叹了口气,似乎变成了一个慈祥的人,对孙儿无奈地叹息道。

赵遥看着外面沉沉的夜色和呼啸而过的风,并没有想要歇下的心思。

他走到窗边伫立了许久,看着小时候居住过的院子回忆起了童年,那个缩小版的赵遥坐在院子的秋千上摇晃着,孤独、寂寥浮现在他脸上,看起来并不愉快。

他在一片晦暗中再次点燃一根烟,任自己沉溺在烟雾缭绕中。

窗外忽然就落了雨。

赵云舒开车将季镜送回学校随即回了家,兰玉和赵谦还在家里等她回去给他们一个交代。

盛婉在北城大学一并下车,陪季镜一同回了学校。她对赵云舒丢下一个回头联系的眼神,拉着季镜的手头也不回地走了。

等赵云舒到家,就看到在客厅等待的父母。

二人面色沉重,和窗外即将落雨的天色有得一拼。

赵谦沉着脸率先开口:"赵遥呢?"

"被爷爷叫走了。"

赵谦和兰玉交换了一个眼神,心道不好。

"今天是怎么回事?"兰玉在旁边开口问道。

其实事情他们都已经知道得差不多了,只是想听听,他们到底会给出来一个什么样的回答。

"没什么大事,妈,赵遥只是见义勇为。"赵云舒和赵遥虽然平时打打闹闹,但显然也分得清楚场合,此刻她下意识地为弟弟打圆场。

"哦……"兰玉声音转了几个调子,紧接着沉声,威压一瞬间从她身上漫出来,"上一次也是见义勇为?"

第六章 山雨欲来

她提到了上一次。

兰玉在家难得生气，压倒性的气势扑面而来："平常他怎么没这么热心？"

赵云舒在心里给自己捏了把汗，一脸难色地不知道如何解释，支支吾吾道："这……"

"之前他有一个同学家里犯了事，求到他头上，他当时什么反应？"兰玉接着说，"他摇摇头，看都不看人家一眼，只说了四个字——爱莫能助。

"但凡他热心一点，他都不会说这四个字。你现在对我说，他只是见义勇为？"

赵云舒看着兰玉面容上的质询神色，不由得露出一丝尴尬。

她在心底将赵遥骂了千百遍，明明是这混蛋英雄救美，为什么回家面对修罗场的是她？

"妈，别生气啦，这又不是什么坏事。"赵云舒看解释行不通，干脆插科打诨起来。

她坐到兰玉身边哄她："他不是主动惹祸的性格，这次也是出手相救，说起来也没做错什么，对吧？"

赵谦冷笑："给人打成那样，你确定这不是故意的吗？"

窗外忽地起了一声惊雷。

赵云舒这次是真的在心里破口大骂了，她怎么也没想到赵遥这般失控，从小到大他还从未有过。

她下意识地辩解："爸，情急之下——"

"你别和我说什么情急，情急说明什么？说明事情不对劲！"

赵谦的面色愈发沉重，声音透露出前所未有的烦躁之意。

在场的三个人都心知肚明他为什么失控，但是谁都没有点破。

兰玉在旁边看着这个场面，也忍不住叹气，她回头拍了拍自己的丈夫，一边示意他冷静下来，一边开口对着赵云舒道："不是爸爸妈妈不近人情，云舒，是遥儿不能。"

兰玉的脸上浮现出些许难过的神色，这个强势的女人担着整个国家的颜面，却无法为自己的儿子遮风挡雨，这其中辛酸，岂是三言两语就能描述出来的。

"他生在赵家，有些事情注定由不得他。"

赵谦将兰玉揽到怀里安抚，良久之后叹了口气，缓缓开口道："云舒，是赵遥不能。

"他身上担负着的责任不仅仅只有赵家，你明白吗？"

赵云舒看着这个局面，内心忽地生出来一股莫大的无力感。

生在钟鸣鼎食之家，权势滔天，所求皆得，可唯独痛失所爱。这对他们来说，未免太过残忍一些。

她向来能言善辩，此刻却不知道要说什么，她和赵遥命运相同，无法反抗。

相对无言。

那一晚，赵云舒低垂着眼眸，站在自己的窗前看着窗外落下一场暴雨，院子里的路灯好像哭了。

浮生若梦

Chapter 7

季镜和盛婉一同回到了宿舍。她们二人关系本就要好，现如今又同在一所大学，平常偶尔也会约着一起吃饭。

　　那天的盛婉格外悲伤，整个人情绪低落到极点。

　　她在分别之前拉着季镜的手，似乎有千言万语想说，眼睛通红，一开口有抑制不住的哭腔，可是她什么也说不出来，只能不停地叫季镜："季镜、季镜。"

　　季镜明白她想说什么，内心也不停浮着难以控制的悲哀。

　　她想告诉盛婉，她不会的，她不会沉沦的，可是她说不出口。

　　她知道，自己已经沉沦了。

　　她们相拥许久，直至暴雨淹没整个北城。

　　季镜在这片暴雨中忽然意识到，她不该来北城的。

　　季镜许久没再见过赵遥，她又恢复到之前考研那段时间的作息，早出晚归，勤勤恳恳，只是她再也不会停下来看月亮。

　　北城的冬天格外的冷，冷得让人心寒，狂风一直呼啸，冻得人眼泪都快要掉出来。

　　时间在忙忙碌碌中偷偷溜走，一转眼就到了新年。

　　这是她在北城过的第一个年。

　　梁亦安教授知道她不回家，便热情地拉着季镜去自己家里住。

　　她神色慈祥，言语关切，仿佛季镜的长辈一般，给了季镜许久都没有的温暖。

第七章　浮生若梦

她看着梁教授的面容变成另一个人，可再一回神，梁教授依旧在她面前好好地站着。

季镜恍惚意识到，她想姥姥了。

梁教授拉着她和大家一起守岁，包饺子，过了一个无比热闹的新年。

这期间梁教授的小孙女容儿特别喜欢她，缠着季镜和她一块儿出去放烟花，季镜推辞不过，再加上她也想出去走走，便陪着出去。

大院里人来人往，热闹至极。

她怀里抱着小孩，二人一起点燃那支仙女棒，笑得开心，再一抬头，她就撞进了赵遥的眼眸中。

他们度过了极其漫长的一秒，仿佛是在对方的眼里过了一生一般。

许久之后她拉着小孩站了起来，容儿挣脱她的手，径直跑到赵遥身边抱住他的腿，甜甜地叫他："赵遥叔叔。"

赵遥应了一声，将容儿一把抱起来，大跨步地来到她面前，看着她通红的鼻尖和眼眸，轻声地说："新年快乐！"

时隔五十二天，他们再次相见。

"你也是，新年快乐！"她看着赵遥怀里的容儿眨眨眼睛，努力地将自己眼眶中的湿意收回去。

小孩在他怀里并不老实，扭来扭去的。她不习惯赵遥的怀抱，转身朝着季镜扑过去："姐姐抱抱！"

季镜在赵遥怀里接过她，轻拍她的脊背安抚着，她的神色中染上了自己都不察觉的温柔。

"还要放烟花吗？"赵遥出声问她。

她笑着转过头去问怀里的小孩："宝宝还想看烟花吗？"

小女孩奶乎乎地回答她："想！"

季镜摸摸她的脸蛋，声音带着笑意："那让赵叔叔和我们一起放烟花好不好？"

"好！"

赵遥看着她们两个一问一答，心里软极了，他不自觉地扯出来一个极其轻微的笑容，而后不再掩饰般渐渐扩大。

他们一起放了新年的第一场烟花，在烟火下看着彼此的面容一同欢笑，宛若一家三口一样。

容儿玩闹之后渐渐精疲力竭，倒在季镜怀里睡着了。

季镜看着睡着的容儿，也起身和赵遥告别，只是刚一站起来，赵遥便将容儿从她手中径直接过去抱着："我送你们回去吧。"

季镜点点头，看着抱着容儿的赵遥："我来抱吧。"

赵遥轻声说道："我来吧，你抱的话回家之后手都要酸了。"

季镜不同他争辩，只是轻微地调整了一下角度，让容儿在他怀里待得更舒服一些。

怕吵到容儿睡觉，两人一路无言。

走到梁教授家的时候，家里似乎来了客人，热闹极了。他们刚刚进客厅，孩子妈妈就从桌边起身过来了："镜镜回来啦？容儿没闹你吧？"

"没有闹，"季镜轻声对着她说，"她很听话的。"

"那就好。"她从赵遥手里接过容儿轻声说道。

梁教授在客厅笑着对着她的方向调侃："我说怎么今年只见到你妈妈，没见到你，原来在后面啊！"

赵遥也笑，接话道："这不是恰好碰见容儿了吗？带小孩玩一会儿。"

"快来！"梁教授笑着招呼他们两个。

待到季镜走近了，才看清楚背对着她坐的人是兰玉，家喻户晓的北城发言人。

梁教授拉住季镜的手笑着和兰玉介绍她："这是季镜，你的小师妹，今年来陪我过年来了。"

说着又把头转向她："这是你的师姐，兰玉，平常你在电视上见过的。"

"快叫师姐，让师姐给你发个大红包！"梁教授笑着打趣她们。

季镜红着脸开口向兰玉问好："师姐好！"

第七章 浮生若梦

兰玉笑着看她，脸上写满了和蔼："哎，你好！"

而后对着梁教授夸她。

季镜本就通红的脸色此刻被夸赞得更加红了。

赵遥在一旁看得有趣，不由得笑了两声。

梁教授注意到他，笑着将话题扯向他："这是你兰玉师姐的儿子，赵遥，和你一样是北城大学的研究生。"

赵遥对着她点头示意。

灯光忽地晃得人睁不开眼。

季镜脑海里回想着梁教授刚刚说的话：这是你兰玉师姐的儿子。

兰玉，赵遥，赵遥，兰玉。

她突然就明白了那天暴雨之下盛婉的低喃，原来是这样啊。

兰玉看着季镜对着赵遥出神，不由得笑着出声问道："你和镜镜之前认识？"

"见过两次。"赵遥对着兰玉点点头肯定道。

兰司长面前不能轻易说谎。

他没说谎，他们最近确实见得少。

梁教授笑着打圆场："一个学校统共就那么大，碰见过也正常。"

兰玉也笑："这是自然。"

说罢她对着赵遥叮嘱："以后在学校要多照顾一下镜镜。"

赵遥看着垂眸的季镜，又看了看自己的母亲，似是浑不在意般地点点头："嗯。"

他转了转手上的佛珠，脑海里不知道在想些什么。

兰玉看他这副吊儿郎当的模样放下了高悬着的心，转过头继续和梁教授攀谈。

季镜看着兰玉和梁教授相谈甚欢，偶尔她们也会就一些事情问季镜的看法，每每这时候，赵遥的视线就理所当然地移到她这里，明明高朋满座，他却丝毫不惧，光明正大地盯着她看。

电光石火的那一刹那，她总会率先移开眼。

就这样过了许久，兰玉在一阵喧闹中带着赵遥起身告辞，梁教授送她去门口，季镜作为小辈跟在后面。

她站在梁教授后面听着教授和兰玉告别，眼光却想要抬起来望向兰玉身后的那个人。

无人知道季镜的脑海中天人交汇，理智和情感在这一刻撕扯着，双方谁也不肯低头。

兰玉和梁教授交谈甚欢的声音传入她的脑海，为理智加上了最后的筹码，最终理智的大军踏破感情的防线。

她没有抬眼。

她没有抬眼，所以她不知道，赵遥的目光始终都在她身上从未移开，这有如实质的目光在她身上停留得太久了，久到梁老教授察觉出些许的猫腻。

梁老教授看了看身后的爱徒，又看着兰玉身旁看着季镜的赵遥，想起来很久之前他突然跑过来陪自己喝茶，漫不经心地问自己今年是否打算带学生，而后又漫不经心地提起季镜。

他不说他有一个朋友，他说盛婉有一个朋友，是挺不错的。

梁教授看着赵遥长到这么大，把他当成亲孙子一样疼爱，这么多年头一次听见这孩子夸人，她自然是要看看的。

原来如此。

她看着兰玉笑得更加开怀："没事带着赵遥过来吃饭。"

"好，一定带他来看您。"兰玉看恩师如此高兴，不由得也笑着一口应下来。

而后她似乎想起什么一般身形一转，笑着叫躲在梁老教授身后的季镜："镜镜——"

季镜抬头看着兰玉，眼神中浮现出些许疑惑，她没想到兰玉会叫她。她心下有些慌乱，以为自己的心思被发现了一般，无措地抬头看着兰玉。

只见兰玉从自己包里拿出一个红包递给她，笑得一脸和蔼。她看着脸上浮现出些许茫然的季镜开口说："师姐来得匆忙，没带什么礼物，这个红包你先收着，见面礼等师姐下次再补给你，好吗？"

季镜看着兰玉递来的那个红包，有一瞬间的惶恐，她下意识地后退一步拒绝："这……"

梁老教授看着这个场面，自己最喜欢的两个徒弟相处得如此愉快，更加高兴了。

她笑着打趣："快收下吧镜镜，新的一年不是谁都能收到兰司长的红包的。"

兰玉上前拉住她的手把红包径直塞给她，对她无比温柔地说："新年快乐。"

赵遥在兰玉身后看着这个情形，转着自己腕上的珠子也笑。他学着自己的母亲，也掏出来一个红包递给她，在一片瞩目下对她朗声说："新年快乐。"

"新年快乐。"季镜看着手里两个沉沉的红包，又看着自己面前的人，低声重复道。

赵遥笑着看她，点了点头，而后和梁教授告别离开。

兰玉再三和梁教授道别，紧随其后。

等到他们走远，梁教授转身拉过季镜的手轻拍着叹气："好孩子……"

"老师……"季镜轻声唤道，她的声音中带着些许压抑不住的无措。

那声音细听之下，有着无数的感动，也有着些许难过。

"哎。"梁教授温柔地应着，拉她进屋坐下，拿出一个提前准备好的红包给她，"新年快乐，新的一年里，希望我的镜镜万事如意。"

她说"我的镜镜"的时候，像是对着自己的宝贝一般。她了解季镜这些年经历的所有苦楚，发自内心地心疼季镜，是真的把季镜看作自己的孩子。

季镜看着梁老教授慈祥的面容，再一次想起了姥姥姥爷，不由得眼眶一酸。

她的身边都是待她很好很好的人。

新年很快过去，季镜在梁教授家过完年之后就向她辞行，准备回学校做研究，梁教授满脸不赞同："回学校之后食堂又没什么好吃的，你也不按时吃饭，在家多好。"

季镜面上流露出一丝被揭穿的尴尬："我会按时吃饭的！您放心好了老师。"她竖起三根手指信誓旦旦，"我在课题遇到困难会回来的！到时候您赶我我都不会走的！"

梁教授戳了戳她笑嘻嘻的脑门："你呀你！"

季镜看着她无奈的表情，明白了梁教授这是放她走。她依偎在梁教授身旁，和她一起欣赏窗外的景色，师徒二人谁也没有说话，分外珍惜这美好的时光。

北城很快迎来了春天。

她在万物复苏之际完成了自己考上研究生之后的第一个研究项目，论文发表在国内最著名的学术期刊上，季镜这个名字在圈内彻底打响，是人人提到她都会赞叹一声前途无量的程度。

徐驰打视频来恭喜她，说她最近一定是喝了不少六个核桃，聪明了许多，季镜丢给他一个白眼让他自己体会。

周念知道这个信息之后高兴得手舞足蹈，不顾时差直接打电话给她。彼时季镜正在睡觉，被周念一个电话打醒听她在那头兴奋地叽叽喳喳，仿佛得奖的不是季镜而是她一样，她在电话中说，回国之后请她吃饭。

季镜迷迷糊糊地说了声好。

相比之下盛婉就简单直接得多，她带着季镜去了北城最负盛名的奢侈品中心，在一众蓝红血之中对着季镜说："随便挑，今天姐买单。"

而后拉着季镜疯狂地给她买东西，看得季镜一阵瞠目结舌，连声拒绝。

就这样，她还是给季镜买了三条裙子两双鞋，还有一部最新款的

第七章　浮生若梦

手机。

季镜不收，盛婉就闹着要和她绝交。

虽然盛婉平常买东西偶尔也会给她带一份，可是像今天这样，却是从来没有过，搞得季镜倒吸一口凉气。

好在赵遥及时出现，才结束这个闹剧般的心意。

赵遥赶到吃饭的地点时，她俩正僵持不下。赵遥看了一眼就明白盛婉干了什么，他不由得好笑："又来？"

盛婉冲他翻个白眼，而后转过身去不想搭理他。季镜一脸疑惑，不明白他什么意思。

赵遥看着季镜，指着盛婉淡声说："她和周念刚认识的时候，也是拉着周念来这儿买了一堆东西，成功地把周念给吓着了，反应比你这还要夸张。"

他对着盛婉嗤笑："大小姐喜欢你的方式就是给你买东西，你安心收下就是了，反正是花她的钱。"

季镜："……"

盛婉："反正你这辈子收不到姐的礼物！"

赵遥不在意地怼回去："我缺你那点东西？"

盛婉："算了，懒得理你。"

她转头看向季镜，眼里的购买欲丝毫未消："快点餐，吃完我带你去下一家。"

赵遥看着季镜一脸为难，觉得有趣极了。这些时光中他在她脸上见了许多的表情，比她冷冰冰的样子好多了，他不由地轻笑："别理她，吃完饭我带你去个地方。"

盛婉："我是喊你跟我吃饭的，不是让你来跟我抢人的。排队！"

赵遥懒得理会她，他的目光径直看向季镜手里的菜单："我买单，一会儿多吃点。"

季镜拿菜单遮住自己的脸，不去看他。

盛婉在一旁看着赵遥和季镜说话，整个人气到要跳脚。赵遥将目光转向她,看着她张牙舞爪的样子,对着她似笑非笑,无声地吐出两个字:"别管。"

在季镜看不到的地方,盛婉的眼眸忽然就沉了下来。

她指了指自己,递给他一个眼神,大意是,你确定吗?

你确定要重蹈覆辙吗?前车之鉴就在你面前,我被拆散得还不够惨烈吗?

赵遥知道她的意思,他没回答,只是端起面前的茶杯平静地喝了口茶。

他在一片氤氲中抬眸,眼里映出的雾气遮盖不住坚定的爱。

盛婉懂了。

她拦不住赵遥,于是继续做回那个没心没肺的大小姐,又恢复到了跳脚的状态,不一会就笑着转移开话题,一顿饭吃得热闹极了。

季镜看着赵遥轻描淡写地就能将盛婉气到跳脚,又看着他三言两语转移话题,一顿饭下来,他明明也没说几句话,可就是把气氛掌握得恰到好处。

季镜早早地放下了筷子,她依旧是那点饭量。

赵遥看着季镜没有继续要吃饭的意思,不由得挑了挑眉,这丫头食量依旧这么小,怪不得最近又瘦了这么多。

盛婉惯会察言观色,见状说道:"赵遥,别忘了刚才答应的包啊,看在包的面子上,人就借你一会啊,忙完了抓紧时间给我送回来。"

赵遥随意地点点头敷衍她:"废话真多。"

而后转身看向季镜:"走?"

季镜看着他也没有继续吃饭的意思,顺着他点点头。

她起身和盛婉告别,说很快回来,而后拿了手机匆匆跟在赵遥后面。

赵遥停下步伐转过身来等她,待到二人并肩之后才又开始走,步履间尽是对她的迁就之意。

北城入春后多大风天气,可今天的天空却阴沉,像是即将落雨的样子。

季镜在赵遥身旁垂眸，回想起来他们之前见面的时候也经常在雨天，很少有放晴的时候。

他们平日好天气的时候没怎么见过，可是偏偏赶巧，每次一下雨，就总能碰得到。季镜觉得有一丝好笑，脸上浮现出来些许神色。

"怎么了？"赵遥看她出神，在旁边轻声问她。

季镜掩盖下了自己的小心思，对着他轻轻摇头："没事。"

她小幅度地伸手指了一下天空："要下雨了。"

赵遥随着她的动作抬头看到乌云密布的天空，也点头附和道："好像是的。"

他转了转手上的佛珠，随即轻笑道："不过没关系，我们找个地方躲起来就是了。"

许多年后季镜依然记得这一幕，天空阴沉，莫文蔚的歌声从旁边的商场中传来，柔声唱着"多幸运我有个我们"，在一片安宁祥和中他开口柔声说，我们找个地方躲起来。

如果不看前因后果的话，这话说得像是要抛下全世界私奔一般，天塌下来也不管。

这雨说下就下。

那天赵遥和季镜在大雨中一同去了琉璃厂，他们两个共撑一把伞，雨淋湿了赵遥半个身子，却未沾染到季镜新买的旗袍半分。他们浑不在意地在雨中漫步，整个巷子里只剩下他们两个人，仿佛可以走到天荒地老。

赵遥带着她在一个小院子前停下来，雨水顺着房檐落成一道小小的屏障，他带着季镜，站在这个小院前敲门。

门很快就打开了，一个中年妇人站在门口笑着招呼他："赵二公子。"

"林姨。"他的心情似乎一点都不被这雨所困扰一般，露出了一个少见的笑。

"先生在书房等您许久了。"林姨操着一口北城方言，温柔且不失爽朗地说道。

赵遥心情颇好地点点头，说："知道了。"

他轻车熟路地带着季镜向前走去。

小小的院子实则内有乾坤，季镜跟着赵遥在这个院子绕了两三个弯，终于抵达目的地。

赵遥将伞立到一旁，伸手接过来林姨递给他的那条全新的毛巾，简单地擦了擦衣服上的雨水之后，又伸手将毛巾还给林姨。

"你小子，可终于到了。"未见其人，一道苍老矍铄的声音率先传来，声音里带着些许的欣喜。

下一秒，季镜就看见了著名的书画大师柳不眠出现在自己眼前，不由得眼皮一跳。

上学期她沉迷书画，极其喜欢柳不眠，那段时间内她一得空就去柳不眠的展馆里学习，将他之前的作品看了个彻底，没想到今天在这见到了本尊。

她的视线不由得盯着柳不眠，内心地动山摇。

赵遥看她愣住的样子，就知道带她来对了地方，他的目光虽然转向了柳不眠，可是嘴角却溢出一丝的笑意："这雨来得突然，路上耽搁了些。"

"哈哈哈，你这惯会找理由！"

老爷子笑着拆穿他，目光从他转到季镜，再看看赵遥身上湿了大半的衣服，不由对季镜另眼相看。

他对着季镜好奇道："这位是？"

赵遥指着季镜给柳不眠介绍："这是梁亦安教授的小徒弟季镜，这不，人痴迷您的作品，上学期逮着空儿就往您的展馆跑。恰巧您今儿个得空，就带她过来探望一下您。"

柳不眠听他说季镜是梁亦安教授的徒弟，意外地挑了挑眉，紧接着被他的说辞恭维到了，心下一片喜悦，一个劲自谦道："哈哈哈，难得这个年纪的孩子能喜欢我这个老头。"

赵遥也笑:"您这说的哪里话。"他在一片和乐中看向她说,"这不,带人来见您了。"

赵遥偶然听到盛婉说季镜喜欢柳不眠,闲暇之余常常泡在展馆中,一待就是两三个小时,那时他脑海中忽地就冒出来一个念头,等有机会,一定带她来琉璃厂里走上这么一遭。

那天季镜看着赵遥提笔,写下"岁岁有今朝"这五个大字,他将作品悬挂起来,转过身来看她,目光里带着些许的缱绻,而后说:"恭喜。"

只希望,岁岁有今朝。

临走的时候柳不眠送他们到门口,这位书画大家丝毫不掩饰自己对季镜的欣赏,笑着对季镜说以后常来。

直到季镜和赵遥走出去琉璃厂许久,才反应过来自己手上拿着的画卷是柳不眠亲笔所书,她的声音带了些许的缥缈,整个人都轻飘飘的,仿佛踩在云端一般。

她出声询问赵遥:"上一次柳老先生的作品拍了多少钱来着?"

赵遥在旁边撑伞,轻描淡写地看着她笑:"三十万。"

季镜的步伐轻微踉跄了一下:"三十万?"

她看了看自己手里的东西,顿时觉得像个烫手山芋一般:"这……"

赵遥看她一脸纠结,整个人更加乐不可支:"他自己心甘情愿送你的,收好就是了!"

"但是这也太贵重了吧……"

"老头挺喜欢你的,以后别去展馆了,多来陪陪他。"

季镜听到这话下意识抬眸看他,率先映入眼帘的却依旧是他手腕上的佛珠,那珠子和伞外的烟雨相配极了,一瞬间像是去到了江南。

"嗯……"

赵遥扶着她避开积水,小心翼翼地不让她湿了鞋袜,可他自己却丝毫不在意般,拿他那有价无市的鞋眼都不眨地踩下一个又一个水坑。

对于赵遥来说，比起这身行头，季镜才是他放在心里无比在意的宝贝。

他们二人在雨中相携而去，只留给琉璃厂一个渐行渐远的背影，这背影陪着檐上的琉璃瓦一起淹没在时光的长河中，沉寂了许多年。

周念和盛津在那年夏天回国。

季镜和赵遥、盛婉一同去机场接机，在机场熙熙攘攘的人群之中，周念一出来，就一眼看见了他们。

原因无他，他们实在太过于出挑了。来来往往的人都会下意识地看他们两眼，走过去许久还会继续回头。

周念飞奔过来就给了二人一个大大的拥抱。

她兴奋得上蹿下跳的："回国就是好，感觉空气都新鲜了许多，呜呜呜……"

盛婉和季镜不约而同地对她笑，看着眼前阔别许久的好友依旧是过去那般的活泼，她们二人也跟着明媚起来。

盛津拉着行李紧随其后，看着三个女孩抱在一起，欣然一笑后将目光转向靠在一旁的赵遥，看他依旧是那副漫不经心的模样，只觉得无比想念。

赵遥看见盛津对他扬扬头，声音中没有一丝的疏远："回来了？"

盛津听他的语气感觉自己一点都不像是阔别许久，而是他们只是短暂地分别了一下。换而言之，那声音里没有一点见到好友的激动，他对盛津冷淡极了。

"哥们大老远飞回来你一点反应都没有？"盛津一个箭步跨到赵遥身旁谴责他似的说道。

"给您放两挂鞭炮？"赵遥似笑非笑地看着盛津，调笑完之后紧接着再来一记重击，"多大脸啊？"

"那倒也不必。"盛津挨了怼，顿时觉得好受多了，整个人都舒畅许多，仿佛空气都更新鲜了。

第七章 浮生若梦

他看了看赵遥，又看了看和周念在一块的季镜，眼睛滴溜溜一转，下一秒凑到他身旁低声说："晚上出来喝点？"

"不去。"

赵遥直起身来看着盛津那双没安好心的眼睛，心里觉得好笑，张嘴拒绝道："晚上有事。"

"不是吧你？哥们儿第一天回国，你连接风洗尘都没有？"

赵遥对着他嗤笑："来接你就已经是给足你面子了，别贪心。"

"几千万的单子啊，能让你抛下我？"

盛大少爷在他这里吃了个瘪，不管三七二十一，非得问出个所以然来。

"没，不是公司的事。"赵遥轻描淡写地说道。

赵遥两年前和盛津、沈三他们一起在北城开了家公司，如今过去两年时间，公司倒也做得有模有样的，逐渐走上正轨，开始盈利起来。

盛津的好奇心更上一层楼："不是，你快告诉我，到底是谁，能让你抛弃我？"

盛津从小和他穿一条裤子长大，这般被他拒绝还是第一次，此刻他的好奇心达到了顶点，拿出来一副不问出个一二三不罢休的架势，把赵遥堵在那不让他动。

赵遥漫不经心地让他擎着，浑不在意："没谁，图书馆写论文。"

盛津脸上一瞬间五颜六色的，十分精彩。

盛津的反应看得赵遥喉结滚动，发出一阵抑制不住的轻笑。

盛津更气了。

回程的路上，周念她们坐在后座叽叽喳喳地说个不停，盛津坐在赵遥的副驾上，赵遥不搭理他，他自觉无趣地低头玩手机，只是玩着玩着他不动了。

他像是想起来什么，转头看了一下身后的季镜，嘴角不自觉地露出一个笑容，而后那笑容越来越大。

他偷偷瞥了一眼赵遥，暗自腹诽：小样儿，我今天就不信了，还能拿不下你？

下一秒，盛津眉眼带笑地转身对着季镜盛情相邀："小丈母娘，晚上有约吗？没有一块出来玩？"

赵遥听见他这话侧目瞥了他一眼，舌尖不由得顶了顶上颌。他发出一声哼笑，仿佛在嘲笑盛津幼稚，而后无奈地摇了摇头，转过眼去继续开车。

季镜听到盛津叫她，下意识地抬头，就见盛津将手臂搭在后座上看她，眼里闪着忍不住的期待。

季镜在后视镜中和赵遥的目光交汇，看见他眼里的笑意，不由得垂下眸子躲闪，她道："今晚怕是不行。"

盛津没想到他会在一个小时之内接连被两个人拒绝，更没想到她居然这么不给面子，脑袋有一瞬间发蒙："啊？"

季镜不看他，心里一阵紧张，连带着声音有些底气不足："今天晚上有个重要的论文要写。"

盛津："哦……"

拿捏失败。

他转过身去老老实实地坐好："那你写吧，改天再约也不迟——"

电光石火间，他像是参悟了什么一般腾地一下弹起来，又被安全带重重地拉回去，跌坐在座位上。

盛津颤颤巍巍地抬起手，指了指赵遥，又看了看后座的季镜，声音有一丝颤抖："你别告诉我，你也去图书馆写论文……"

季镜面色冷淡，只是耳垂上却泛起了潮红，像是被人窥破了什么隐秘却依旧强装淡定一般："嗯。"

"你研究生考的哪个学校来着？"盛津的声音抖得更厉害了。

"北城大学。"

季镜不再看他，转过头去看车窗外的风景，高楼林立，川流不息，人流如织。

她在玻璃上看见了自己的倒影在轻描淡写地回应着前座人的问题。

第七章　浮生若梦

那神情，活脱脱的和赵遥一个模子里刻出来的一样，冷淡，疏离，漫不经心。季镜有一瞬间的恍惚，那倒影明明是自己的脸，可上面却出现了另一个人的神情。

盛津看了看季镜，又看了看赵遥，再看看赵遥，又回过头去看季镜。

盛婉早就在旁边观望了，此刻看着他不停地转头，整个人被他转得心烦意乱的，好心情都没了。

她拉着周念的手对着盛津凶道："别转了你！"

赵遥在旁边挑眉，看着一脸如遭雷劈的盛津被嫌弃，心情极好地吐出来两个字："蠢货！"

周念一早就看出他俩明显像是有情况的样子，此情此景，她还能有什么不懂的？

她丝毫不理会遭到嫌弃的男朋友，第一时间转过头和盛婉低声八卦。

盛婉拿着手机噼里啪啦地打字，双手几乎都要冒出火星来，将二人这一年的种种如流水一般倾泻出来。

周念兴奋得倒吸一口凉气，死死地掐住自己的手努力地控制自己不尖叫出声。

而盛津仍为自己的发现沉浸在巨大的吃惊之中，心里一直在碎碎念："完了完了，赵遥动凡心了，这个爷真的认真了，苍天哪。"

赵遥看他那走神的模样就知道他脑海里的胡思乱想，他开口打断道："今天不行，这周末应该是可以的。"

"一言为定！"盛津的大脑虽在高速运转，可是嘴比脑子快，下意识地答应着。

赵遥将他们送到盛津在二环的住所之后，又将他们送上楼，坐下叙旧了一会才起身告辞。

他开着车带着季镜回学校，没想到北城今天的交通异常拥挤，俩人被堵在半道上，一动不动。

赵遥看着北城的这个交通情况，下意识地有些烦躁，他无奈地吐出一口气,转身看向季镜,出声询问:"下午去写论文来得及吗?"

季镜点点头,看着他轻声答道:"来得及,能写完。"

赵遥单手擎着方向盘,另一只手肘搭在车窗上抵住额头。后面的喇叭声听得人心烦意乱的,他看着季镜伸手捂了捂耳朵,而后又若无其事般放下来。

确实是吵得很。

赵遥深吸一口气,而后想起什么一样,打开了车载音乐。

下一秒,音乐响起,等到前奏放完季镜才反应过来,他放的是那首她很喜欢的《玫瑰窃贼》。

柳爽唱的。

世人提起来柳爽,下意识都会想起他的代表作《漠河舞厅》,那句"晚星就像你的眼睛杀人又放火,你什么都没有说,野风惊扰我"火遍大江南北。

可季镜却偏爱《玫瑰窃贼》。

这天阳光正好,赵遥和季镜被堵在路上,静静地听他在歌里唱:

  冰山坠入碎河

  孤星奔赴焰火

  蜗牛向海,投掷它颤抖的壳

  要么你来拥抱我

  要么开枪处决我

  爱或死亡会令我变成花朵

  像风一样窥视我

  或将我推入漩涡

  解救我在天亮之前带走我……

这首歌是季镜许久以前分享在朋友圈的,她单曲循环了好多遍总是听不厌,没想到赵遥今日放的恰巧是这一首。

赵遥看着季镜冷淡的面容,脑海里突然就想着,保加利亚的玫瑰好像是到了花期,等有机会,一定要带她去看看才是。

第七章　浮生若梦

在这首《玫瑰窃贼》循环播放了许多遍之后,他们二人终于赶到了学校。

一起简单地吃过饭,二人去图书馆找了个座位,一泡就是一下午,各忙各的,互不打扰,却总是在一些小细节上念着对方。

比如说赵遥起身去打水要拿着季镜的杯子一起,再比如说有人在图书馆打字声音略大,季镜忍受不了要带耳塞的时候,也会给赵遥一对。

这样的时光到底是从什么时候开始的,具体到哪个月,哪一天,哪个上午或下午,其实两个人都说不清,只是等反应过来之后,他们就已经在一起结伴同行了。

赵遥会在晚上结束后送季镜回宿舍,季镜会在早上起来的时候提前帮赵遥买好饭等他来吃,然后一起吃午饭,之后各自去上课。

如果这一天二人都没课的话,便会一起上自习,或者是去梁教授那里,或者是去柳不眠那里。

直到今天二人一起去机场接周念回来,看着盛津的反应,看着车窗上的倒影,季镜才后知后觉地意识到,这样着实太亲密了些。

如同一个美梦被惊醒般,季镜清醒了。

她彻底地清醒了过来。

季镜之前,不是没有清醒过。

只是她下意识地放任自己沉沦下去,她心里明白,这样的时光像是偷来的一般,如水上浮萍,如镜中花、水中月。

他注定没有办法拥抱她。

她回过神来看着面前沉浸在论文之中的赵遥,看他如玉的面色上轻微皱起的眉头,看他无比认真的神色,看他桌面上熟悉的布置,季镜突然就有些舍不得。

这样的日子,以后不会再有了。

季镜看着自己电脑界面上显示的梁教授询问她是否要去西海交流的信息,毅然决然地回了一个:去。

这一路走得已经够久了,她不贪心,人生如此漫长,能陪他走这一程,就已经很好了。

就到此为止吧。

季镜最后一次伸手去拿赵遥的水杯,她想要去为他再接最后一次水。

以后,她就不会和他一起了。

她动作极轻地起身,生怕打断赵遥的思路,可她刚拿过水杯,下一秒赵遥就抬眼看了过来。

季镜和他四目相对,赵遥伸手把耳机取下来,抬眼轻声询问她:"渴了?"

季镜点点头,拿着杯子转身要走,可赵遥动作更快地出现在她面前,伸手接过了季镜手中的水杯:"我来。"

季镜看着他离去的身影鼻尖发酸。

也好,她心想,这样她就不会有遗憾了。

赵遥很快回来,递给她的水杯中盛满了温水,水的温度极其讲究,把控在一个恰到好处的区间内,既不会让人觉得烫,又能在口渴的时候大口吞咽。

季镜低头看着杯中的水,又看了看自己眼前的人,而后什么话也没说,默默将杯中的水喝光,直至一滴不剩。

她将杯盖拧紧放在桌上,却不再看他,转过头去似要欣赏窗外的夜色一般。

赵遥也将杯子放下,看着她出声询问:"论文写完了?"

"嗯。"

他点头,略显清冷的声音轻柔地说:"那你稍微等我一下,我还有一个地方。"

"好,不着急。"

季镜垂眸道,她内心慌乱一片,所有的根节缠绕都被她强制拔起,此刻剧痛无比,在心里止不住地滴血。

季镜不敢继续看他了。

第七章　浮生若梦

她怕自己忍不住哭出来。

明明她的人生经历的大多数事情都比这要艰难，可是她却觉得从来没有这般地令她绝望过。

她想，她其实一点也不着急，她宁愿时光就停在此刻不走动才好，这样悠闲地过一生才好。

季镜看着赵遥重新投入论文创作中，那般认真，一想到这样的神情以后自己再也见不到了，她就极力克制自己，可还是忍不住红了眼眶。

赵遥改好论文抬头，就看见季镜对着窗外的月亮出神，月光照在她身上，给她周身萦绕出些许孤寂的气氛。

她在难过。

赵遥看着季镜的面容，脑海里下意识地察觉到了这个讯息。

听到他轻微的响动之后，季镜转过头来看他。赵遥看着她略微发红的眼睛不明所以。他快速收拾好东西和她一同出去，并肩踏出图书馆之后，赵遥停下来低声问她："怎么了？"

季镜望着他的眼睛，情绪再也绷不住了，她忽地哽咽："太难了。"

她不停重复道："太难了。

"为什么这么难啊——"

她不顾形象地落泪，此时正好是闭馆时分，在里面出来的学生纷纷侧目看着季镜。

赵遥以为她指的是研究课题多日以来没有进展的事，他上前挡在她身前，隔开人群中窥探的视线，柔声耐心地告诉她："慢慢来，总会有答案的。"

赵遥陪季镜站了很久很久，久到图书馆的人走完，久到季镜的双腿发麻。

她所有的难过都不能侵扰他半分，真正想说的话只能埋在心底。她不善言辞，也不会撒谎，只能将所有的一切都归结到论文的身上。

她想借着论文的名义痛痛快快地哭一场，可是如果那样的话，他那么聪明，一定会猜到的。

于是她连哭都强忍着。

那天晚上赵遥送她回宿舍的路上,看她一直低着头,又开口重复道:"总会有答案的。"

季镜摇摇头,一言不发。

人生路上的许多问题注定无解,有些事情,注定没有结局。

宿舍楼底下依旧灯火通明,许多小情侣情到浓时,难舍难分。

季镜在一片明亮之下抬头看着赵遥,思绪回到了许久之前她在南大备考研究生时,赵遥突然出现在她眼前的那天。

不同年岁的赵遥在这一刻面容重合,他的神色早已不再冷淡,带上了连自己都不知道的柔情。他在一片夜色下对着季镜开口说道:"明天见。"

季镜突然意识到,原来距离那天,已经过去这么久了。

她出声叫他:"赵遥——"

赵遥的眼神里浮现出些许的疑惑,示意她继续说下去。

季镜却停顿了一会,赵遥站在她身旁,耐心地等她把话说完。

他等了许久,季镜也沉吟许久,千言万语,可最后她只是说:"睡个好觉。"

睡个好觉,做个美梦。

明天会遇见更好、更合适的人。

赵遥扬了扬眉角,看着她露出一个笑:"你也是。"

那天季镜上楼后并没有着急回宿舍,她躲在楼梯口的窗边偷偷向下望,看着赵遥的身影逐渐走远,直至消失不见。

她自始至终都没有说出那句明天见,因为她知道,他们不会再见面了。

这场美梦到了醒来的时分,一切都即将结束了。

季镜看着窗外的灯光,却觉得似有流星下坠,入目一片朦胧,像是北城泛起了十里的大雾。她在一阵窒息中抬手触到了许多的水光,那是镜中花,是水中月,是这些所有的美好时光化成的幻影,是命中注定的一场空。

相思似海深

Chapter 8

季镜开始刻意躲着赵遥。

她不再去他们平时约好的食堂,不再去最常去的图书馆,甚至连柳不眠那里都不去了。

时间一长,柳不眠都察觉出来不对,在某一天对着赵遥神色疑惑道:"那丫头怎么又没来?"

赵遥垂着的眸子中滑过一丝沉郁,而后又很快消散,他神色自若,仿佛真的不知情:"可能是在忙吧。"

柳不眠点头:"这丫头忙起来可真是的……"

而后接着招呼赵遥练字,赵遥在他那里静坐许久,一笔一画对着碑帖描摹,字里行间皆是自控。

柳不眠待他停笔后看着他的字许久,一个劲地叹息摇头,丝毫不留情面道:"空有骨架,毫无内里。"

他笑着提点赵遥:"心不在焉的。"

柳不眠看着他,伸手对着挂在一旁的字一指:"还不如这个呢。"

赵遥循着他的手看过去,那幅"岁岁有今朝"骤然闯入他的眼帘。

柳不眠不知道什么时候吩咐人将这幅字装裱了起来,挂在他惯常用的书桌旁边。

赵遥静静地看着这幅字,忽然就想起来琉璃厂下的那场雨,往日在他眼前一一浮现,只是如今看来却恍若隔世一般。

他突然发觉,自己已经好久没见到她了。

第八章　相思似海深

赵遥不再看那幅字，他垂着眼动了动手上的佛珠，对着柳不眠自嘲道："您这真是，一众大家真迹之中挂我的字……"

柳不眠也笑："这字哪儿差了？要章法有章法，要笔力有笔力的，有什么好自惭形秽的。"

他看着陷入回忆的赵遥，继续道："我教你十余载，且以你老师自居。你七岁那年，我给你上的第一堂课就讲过——写字啊，讲究一个心静。"

赵遥听着柳不眠苍老矍铄的声音，那声音里含着些许慈祥的笑意，他没有说教般地长篇大论，反而痛快地一锤定音道："赵遥，你心不静。"

柳不眠上前两步收了赵遥的笔，不让他继续写了。

心不静，写再多字都没用。

柳不眠对着赵遥语重心长地说道："好好看看这幅裱起来的字。"

说罢，柳不眠不再看他，转过身去径直离开，将赵遥留在这里让他自己去找答案。

赵遥在原地站着，盯着他刚写的字看了许久，那幅字什么都有，可是没有灵魂。许久后，赵遥移开了自己的目光，起身走到那幅"岁岁有今朝"面前站定。

他看着那幅字，看着起承转合之下藏着的东西。

他在字里看到了欣喜，看到了隐秘，看到了许久之前就已经深种下的情根，看到了那天琉璃厂外下的雨，那雨中有人结伴撑伞而行。

赵遥看见了。

他看见了，他再也不能将内心的答案视而不见了。

赵遥转身拿起外套向外走去，林姨在后面招呼他："赵公子，吃完晚饭再走啊？"

他婉言相拒："不了林姨，和老师说一声我先走了，改天再来和他学书法。"

赵遥走得又急又快，失了往日的沉稳，这倒是少见。

他用最快的时间赶回了学校去找她，却被她的同窗告知她请假了，已经许久没来上课，她也不知道季镜具体去了什么地方。

赵遥站在人来人往的街道上，却不知道该去哪里才能找到她。他一直知道季镜在躲着自己，却没想到躲他躲到连课都不上了。

他舌头顶着上颌，摇头沉声笑了两下，很好。

下一秒赵遥抬起头，径直向停车场走去，开着车库中最便宜的那辆迈凯伦驱车前往梁教授家中。

梁教授像是早知道他要来一般，对于赵遥忽然出现在她家里，她显然一点也不吃惊，只是笑着招呼他："来了？来来，一块吃晚饭。"

说着她就招呼用人再备一双碗筷。

赵遥快步上前："姥姥！"

他没有客气地喊梁教授，反而是喊了姥姥。

梁教授将兰玉当成亲生女儿一般对待，她看着赵遥落地，又看着赵遥长大成人，这声姥姥赵遥叫得理所当然。

梁教授看他面上不显，可步伐却不是这么回事，心下了然，笑了，可她依旧没有松口："哎，先吃饭，有什么事情吃完饭再谈。"

赵遥清楚梁教授的性子，也不再继续推辞下去，干脆坐下来一起吃。

这顿饭赵遥吃得度日如年般难熬，他几乎没怎么动筷。

饭毕，梁教授起身带他去书房。

刚一进门赵遥就有些沉不住气般地开口："姥姥。"

梁教授笑着回他："不叫我梁教授了？"

"那是人前叫的。"

梁教授走到书桌前落座，对着他无奈摇头道："你哟！"

只见她话音一转，眼神锐利地看着赵遥开口道："我知道你想问什么。想问那丫头去了哪，是吧？"

赵遥点点头，目光诚挚地看向梁教授，希望能从她口中得到一个想要的答案。

梁教授叹了口气，视线依旧放在他身上，可是却避而不答："姥姥是看着你从小长大的，姥姥知道你什么性格。"

她声音慈祥道："你们二人之间，姥姥心里都清楚，可是……"

第八章　相思似海深

梁教授的声音中带了些许悲怆，她情真意切地出言劝道："可是有些鸿沟注定不可逾越，一味执着下去的话，只会两败俱伤。

"你们二人，一个是我当成亲生女儿来看，一个我当成亲孙儿来看，姥姥实在不忍心看到你们二人最后遍体鳞伤啊……"

她字字珠玑，赵遥心里剧痛无比，他面色惨白，一双眼睛却无比清醒。

他明知道后果，可依旧要沉沦下去。

他将佛珠摘下来紧紧攥在手里，手上的青筋爆出，指甲合着佛珠一起像是要嵌到掌中。赵遥不再看梁教授，只是轻声说道："可是姥姥，赵遥爱她。"

只这一句话，梁教授就懂了。

她是搞文学的，古往今来，多少人败在了一个情字上。

问世间情为何物？她眼前掠过前几天季镜离开时和她的真心交谈，那时的季镜也是这般地轻描淡写说道："老师，情不知所起。"

有些事情注定避无可避，退无可退。

那就算了，由他去吧。

人各有命。

她的眼角隐约有些许水光。

梁教授闭上眼睛不再看他，只是说道："西海有个为期一月的交换项目，我让她代我去了。你若真心待她，且在这等她回来吧。"

那天赵遥是怎样回的家，自己也不清楚了，他看着灯火通明的宅子，只觉得像个牢笼一般，锁住了他整个人。

他在沈三的赛车场地疯一般地狂飙，沈三和盛津在上面看得直骂娘，生怕他出一点闪失。

那一天，只有北城的晚风知道他跑了多长时间。

他从车上下来的时候面沉如水，二人看他这样，却失了言语。

这么多年，谁见过这样的赵遥？谁能让他心甘情愿地为情所困，明知道后果却依旧选择沉沦？

只有季镜，只有季镜。

赵二公子活了这么多年，却头一次觉得不痛快。

挺没意思的。

赵遥在盛婉的场子里喝得酩酊大醉，他看着眼前不住摇晃的灯光，掐着手指数日子。

一个月也太久了些，他迫不及待地想要见到季镜。

相思似海深。

他哪里也没有去，就在北城老老实实地等待着季镜回来。

这段日子里，他一个人去上课，一个人吃饭，一个人去图书馆，坐的是他们惯常坐的位置。

某一天他在图书馆闭馆之后回宿舍，一抬头看见了天上的圆月，那一刹那，赵遥忽然意识到，原来等待一个人是这样的难熬。

季镜无声无息地回来，和走的时候一样，没有告诉任何人。

下了飞机将行李放到学校之后，季镜第一时间去了梁教授家里向她汇报这一个月的成果。

梁教授家里的用人早对她熟悉得很，笑着招呼她："季小姐，夫人在书房等您。"

季镜点头道谢，快步走向书房敲门，得到梁教授准许之后推开门道："老师，我回来了。"

季镜看着梁教授面前坐着的那个面色沉静的人，声音渐渐地弱下去。

赵遥看向她，四目相对的一刹那，赵遥脑海里闪过一个念头：她好像更瘦了些。

梁教授从桌上的文件中抬起头来，笑着看她："回来啦？"

而后起身向她走来，摸摸她的头问："在西海感觉怎么样？"

季镜下意识忽视赵遥的目光，看着身旁的梁教授关心的目光，回答道："挺好的。"

"饮食不习惯吧？"梁教授拉着她的手心疼地说，"你看看，瘦成什么样子了？"

季镜笑："哪有啊，是太久没见的原因。"

第八章 相思似海深

确实,赵遥看着她和梁教授交谈,在心里想道:确实太久没见了。

梁教授露出一个不太赞同的神色:"你啊你,我已经让陈嫂准备了你最爱喝的莲藕排骨汤了,你稍微休息一下,一会就吃晚饭。"

季镜眨了眨眼睛,从随身携带的包里拿出来这一个月的成果:"这研究……"

梁教授看她这着急的模样,笑了:"不急于这一时,吃完饭再说。"

陈嫂很快做好了饭,他们三人从书房移步到餐厅,用人早已经打开了电视,熟练地调到《新闻联播》。

梁教授不停地往季镜碗里夹菜,直到堆成一个小山。

"多吃点儿。"她关切地叮嘱道。

而后她转过头去看着赵遥,也交代着:"你也别见外,吃什么自己夹。"

赵遥看着她区别对待的样子,喉咙里溢出一丝轻笑:"好。"

赵遥和梁教授偶尔投过来的目光让季镜一顿饭吃得心里七上八下的。

她一点也没听进去《新闻联播》讲了什么,只是不停地在吃饭。

吃到一半的时候梁教授看着屏幕上的人,对赵遥说:"喏,看。"

赵遥的目光从季镜身上移到电视上,看见了母亲正在回答一个外国记者的问题,轻描淡写地将对方打得落花流水,狼狈至极,只能闭麦。

赵遥靠在椅子上,觉得这一幕有趣极了,许久没回家,母亲的功力又见长了。

梁教授打趣他道:"你是天天来我这儿,可兰玉却是好久没来吃饭了。"

季镜看着屏幕上的兰玉,不知道想到了什么,眸光一阵黯淡,她移开眼神将头几乎埋进碗里。

赵遥知道她这是想兰玉了,在一旁赶忙哄道:"她是大忙人,这不是叮嘱我来陪您了?"

梁教授被他哄得心花怒放的,笑着说他:"就你嘴甜会哄人。"

"哪能啊,我嘴笨得要命。"他笑,"您不嫌弃就行。"

吃完饭，梁教授没继续留他二人。她看着季镜，叮嘱赵遥送她回去。

季镜刚想开口婉拒，赵遥却飞快地接话应了下来。

只见他露出一个笑："您放心，人一定给您安全送回学校。"

梁教授看着赵遥："你啊……"

而后梁教授无奈地转过身来叮嘱她："回到寝室记得给我发个信息。"

季镜点点头说了句好。

她在梁教授的目送下上了赵遥的车。赵遥的车技是极好的，这一点季镜早就知道，车子行驶得极其平稳，二人谁也没有先开口说话。

季镜不想与赵遥攀谈，转头看着车窗外的夜色，路旁人来人往，玻璃倒映出灯光，烟火气十足，热闹极了。

傍晚的北城极其拥堵，二人开出西山之后就一直被堵在了路上。

赵遥看她这样，眼眸中盛了些无可奈何。她最是清醒，赵遥是知道的。

他拿出手机，在他和盛津他们的那个小群里发了些什么，盛津和盛婉回他一个OK。

没过两分钟，盛婉的电话就打进了季镜的手机。铃声回荡在这个密闭的空间内，赵遥转过头来看着她，对着她的手机点头示意。

季镜看着盛婉突如其来的电话，不明所以地点了接听，下一秒，盛婉的声音从电话里传来："喂，镜镜。"

"嗯？"

"你能来ST会所接我吗？我有点喝多了，盛津不接我电话。"她在那头可怜兮兮的。

"现在吗？"季镜低声问她。

"对，现在。"她好像是真喝多了，在那头咯咯地笑，然后不甚清醒地说，"就现在！"

季镜看了看旁边的赵遥，心想这通电话来得可真是及时，她正愁没有理由下车，盛婉就送上门来。

"好，你等我，我这就过去！"季镜毫不犹豫地说。

第八章 相思似海深

她挂了电话，转身对赵遥说："能在旁边停车吗？"

赵遥沉着眸看她，对她挑了挑眉，要她给出一个停车的理由。

季镜看他："盛婉喝多了，我要去 ST 接她。"

"就你？"赵遥面色冷淡道，"大晚上的自己去接她？"

季镜被他噎了一下，冷淡道："嗯。"

"不行。"赵遥斩钉截铁地拒绝，"不安全，我陪你去。"

"不用麻烦你——"季镜连忙回绝，生怕他跟着一块去。

只是话没说完便被赵遥半道上截住了："不麻烦，我答应了梁教授的。"

他搬出梁教授压她。

季镜一听这话沉默了，他们二人僵持许久，最后季镜只能认命道："那好吧，我们快走。"

她又将头偏了过去，依旧是看都不看他一眼。

赵遥无奈地摇头，像是被她气笑了，他的喉咙里吐出来沉沉的一个字："行。"

此刻北城拥堵的高峰期已经过去，一个小时的车程他们用了四十分钟就赶到了。赵遥停好车后，季镜火急火燎地就往下跳，险些崴到脚。

"慢点！"赵遥看着她着急的背影出声道。

明明他和盛婉才是从小玩到大的好友，可是此刻他面上一点也看不出来心急，反倒是季镜比较急。季镜不说话，径直往盛婉发给她的包厢走去。

ST 实行会员制度，非会员如果没有熟人带着，一般进不去。季镜不了解这些，她刚走到门口就有两个保安上前拦她："小姐，请问您有会员吗？"

赵遥看她被人拦下，一脸着急的样子，不由得快步上前。门口的保安认出来这是自家老板的朋友，恭敬地唤道："赵公子。"

"嗯。"赵遥漫不经心地应道，他走到季镜旁边说，"进去吧。"

门口的保安有眼力见儿地给他们两个人放行，做出一个请的手势。

赵遥带着季镜轻车熟路地穿梭在 ST 里，在拐角搭了电梯，去到四层。那是盛婉专门给他们一行人留出来的包间，平常他们无聊了就直接来这。

赵遥带着她推开一扇门，门里的人依旧玩得畅快，看见他们推门进来，不由得好奇地转过来看。

季镜一进来就看见盛婉坐在包厢里和盛津周念他们一块玩，还有两三个她不认识的生面孔。一个陌生男人端着酒杯对她晃了晃，吹了个长长的口哨。

盛婉听见这声口哨一巴掌朝那人拍过去："沈三你给我闭嘴。"

接着她兴奋地起身向季镜扑过来："季镜。"

季镜接住她，侧头问："你不是喝醉了？"

"嘿嘿，一点点，一点点。"

她可不敢说是赵遥在群里发信息让她找个理由骗季镜过来，赵遥那狗东西极其记仇，一不小心就容易被他整，暴露就完蛋了。

"是盛津，他非要和我打赌说看我能不能把你叫来。"

说完盛婉转身对着盛津挤眉弄眼示意他配合自己，盛津看着这口锅被扣到自己头上，再看看一脸心情欠佳、眉眼间写满烦躁的赵遥，咬牙笑着承认："哈哈，哈，没错，是我。"

季镜点点头，没太大的反应，此刻看她无比清醒的样子，且周遭都是熟人，也就放下了心。

她扶着盛婉站好，轻声道："那我走了。"

"别呀！"周念上前拉住她，"来都来了，一会和我们一块回去！我们好久都没一起玩了。"

季镜看着二人盛情挽留，有一瞬间的动摇，可她对这种地方有一种从心底冒出来的害怕，她下意识地转头看向赵遥。

赵遥看着她求助般的目光，仿佛忘了她刚刚一点都不理他的事。

他心下叹了一口气，一瞬间心就软了下来，出声问她："你想在这儿吗？"

第八章　相思似海深

沈三和盛津认识赵遥这么多年，头一次听到赵遥温柔到能溺死人的这种声音，不由得一同瞪大眼睛面面相觑。

见鬼了。

赵遥看着季镜一脸纠结，出声道："在这玩一会儿也行，过会儿我带你回去。"

季镜犹豫再三，又架不住盛婉和周念的撒娇，最终妥协般地点点头。盛婉和周念相视一笑，拉着她去了小隔间，将外面包厢留给他们。

赵遥看着季镜进包厢后才走到盛津前面坐下，沈三出声调侃："这就是那个女大学生？"

盛津一脸好奇地看着他俩，不知道他们在打什么哑谜："什么女大学生？"

"没什么。"赵遥说。

他靠在沙发座椅上，一只手按着额头，心想接下来要怎么办。

季镜在躲他，这件事让他下意识地觉得烦躁，他出声问盛津："你怎么追到周念的来着？"

盛津一口酒呛在喉咙里，差点被呛死："咳咳咳——"

他不可置信地看着赵遥："你想追季镜？"

"你疯了？"沈三也紧跟着开口，"你家老爷子能允许吗？"

赵遥半身倚在沙发上，听见沈三的疑问，毫不在意地嗤笑："管他允许不允许呢。"

他的话语掷地有声，带着此生从未有过的坚定："这辈子，无论如何，我一定要和她在一起！"

他这句话太过铿锵，以至于季镜在隔间都听得一清二楚的，周念和盛婉叽叽喳喳的讨论戛然而止，三人难得都没有说话。

她们都清楚这份感情的不现实，但是她们也同样清楚，这份感情中二人都用尽了此生最大的勇气。

路到尽头，退无可退。

季镜忽然想起来她大三那年，周念他们毕业去南城找她，他们一起在日出时喊出了自己心底最想实现的愿望,季镜当时是怎么说的来着?

她说:"我想未来会有一个坚定选择我的人,无论怎样都不会放弃我的人,会一直爱我的人!我希望会有这样一个人的出现。"

上天好像是听见了她的祈愿,也觉得她前半生太苦了,想要补偿她。

于是赵遥出现了。

她闭上眼睛向身后的沙发倒去,想起这一切就像正午太阳一般刺眼,仿佛要尽全力照亮她一般。她沉默许久,心里清楚地知道,她和赵遥云泥之别,此生注定无法逾越。两情相悦,却不能相守,是这份情不该。

季镜沉默了许久,她不知道该如何抉择。

一切由不得她,也由不得赵遥。

赵遥在包厢内滴酒不沾,倒是盛津和沈三喝了一杯又一杯,他俩轮番轰炸赵遥,一个又一个馊主意像雨后春笋般往外冒。

赵遥看着沈三不屑:"怪不得你媳妇跑了呢!"

他又转头对着盛津毒舌:"也就周念眼瞎!"

二人气得肺都要炸了,却无可奈何:你能跟一个追不到媳妇的老男人一般见识吗?

最后还是盛婉出主意,说一起去玩密室逃脱。

沈三在旁边大肆吐槽道:"你不会真以为那些狗血小说里写的都是真的吧?男女主一紧张直接抱在一起?

"拜托哥们儿,谁这么胆小啊?"

盛津在旁边摸了摸鼻子,装死不出声。

盛婉想起来自己当年和那个人一起去玩,被吓得脑袋都不转了,跟人牵了一路手,直到通关才反应过来,急忙撒开。

她白了沈三一眼,出声反驳道:"艺术来源于生活,你这种跑了媳妇的老男人懂个屁。"

沈三："你礼貌吗？"

盛津："哈哈哈。"

"什么叫跑了媳妇的老男人？"他不服地和她争辩。

"你媳妇是不是跑了？你是不是比我大？比我大的都是老男人！"

盛婉抛出灵魂三连，据理力争，一点都不让步。

赵遥看着两个人又要吵起来，满心无语，这两个人关键的时候一点也靠不住，他转头看向周念："你觉得呢？"

"我觉得，适合也不适合……"周念一脸难色，仿佛有什么难言之隐般支支吾吾的。

"嗯？"赵遥刚要追问，季镜就从厕所出来了。她走到周念身旁坐下，看她一脸纠结，神色不太对劲，不由得出声问："怎么了？"

周念笑着打哈哈："没事，没事。"

话还没说完，盛婉跑来季镜身边："镜镜，我们去玩密室好不好？"

季镜听见这话身体轻微僵了僵："嗯？"

盛婉没发觉，接着说："我想去密室玩，都好久没去密室了，今天特别想去，好不好嘛？"

季镜听到密室两个字，下意识拒绝："让周念陪你去吧。"

周念也紧跟着点点头，扯了扯盛婉示意她不要继续说了："我陪你去，大小姐，我陪你去！"

盛婉不明白其中原因，看着周念一个劲拽自己的衣角不明所以，她丢给周念一个别捣乱的眼神，继续去缠季镜。

她以为季镜是害怕，出声安抚着："哎呀没事的，赵遥和我哥还有沈三都去，大家一起，一定会保护好你的！对吧赵二？"

赵遥看着季镜面上浮现出害怕的神情，犹豫了一下，对季镜说："不想去的话我就带你回学校，他们自己去也没关系的！"

季镜听他这样说，沉吟了一会儿。

她不觉得赵遥是在以退为进，她知道赵遥是发自内心地问她的意见，她低声问赵遥："你也去吗？"

"你去我就去。"

"去吧去吧，我们大家一起去！"盛婉在旁边吆喝着。

季镜看她这么热情，也不好扫她的兴，咬牙闭眼道："那好吧！"

周念有些意外，一脸关切地问她："你真要去啊？"

"嗯。"

周念看她这个反应，也不好说什么，只得一个劲自责刚才自己没第一时间拦下来。

她叹了口气，在进场之前挨个叮嘱盛津他们，一会尽量不要让季镜落单。

沈三笑着回她："放心吧，赵遥在呢！"

他们一行人浩浩荡荡地从 ST 转场去了附近的一家密室逃脱，选了一个中度的恐怖本进去了。

这个本是盛婉和沈三一起选的，盛婉认真研究故事背景，沈三认真和工作人员讨论到底有多恐怖。

本来是要选最恐怖的校园题材，结果周念和盛津死活不同意。

周念不同意是因为过去发生的事，她怕季镜触景生情。盛津不同意纯粹是因为胆小，按他的话来说："哥们还打算读博士呢，校园还得待上两年，算了算了！"

于是在周念和盛津的强烈要求下他们选了一个剧情设定在民国的轻微恐怖本。

季镜其实都不在意，反正她抱着打酱油的心态来的，也没打算参与游戏，只是来凑个人数，她只要不掉队就行。

进屋之前，赵遥在季镜旁边说道："一会害怕的时候别硬撑，记得叫我！"

季镜点点头，示意自己知道了。

工作人员将他们带进去，给了他们一个不太灵光的手电筒，光线微弱到近乎没有，周念将那个手电筒一把从盛津手里抢过来塞给季镜："宝贝给你！"

第八章 相思似海深

"媳妇儿你给错人了吧？我才是你宝贝啊！"

盛津欲哭无泪地哀号道。

"你闭嘴。"周念看着盛津一脸嫌弃。

"祝各位玩得愉快！"工作人员看他们逐渐进入状态，笑着关上了门。

整个房间顿时一片漆黑，幽幽的背景音乐随着昏暗的灯光一同亮起。

"啊——啊——啊——"

远方似乎传来几声乌鸦的叫声和凌厉的呼啸，给人一种将要发生极其可怕的事情的预感。季镜往赵遥身边缩了缩，垂着眼眸看地下。

"别怕。"赵遥看着她紧张的身影轻声安抚她。

他们试探性地往里走了几步。

"啪！"一束光突然亮了起来，打在一个老式的柜子上，那上面放满了陈旧的档案，纸上遍布着岁月侵蚀的痕迹。

没等他们反应过来，一阵语音开始播报，充满年代感的声音和电流混杂在一起，阴恻恻的，故事背景在这种恐怖中徐徐展开：

上世纪五十年代发生了一起灵异事件，1956年底的某个夏天武宁路警局接到了一个报警电话，武宁路37号林家宅发生了一起凶杀案。从警局卷宗里找到了关于这里的资料，当时鱼龙混杂，帮派和民间组织四起，其中一个著名民间组织的领导者叶先国就居住于此——

声音突然中断，电流滋啦作响，本来昏暗的灯光一闪一闪的，赵遥丝毫不关心剧情如何发展，全心放在季镜身上尽可能地缓解她的害怕。

倒是周念迅速沉浸到游戏里，吐槽道："他这话说到一半真能给人憋死！"

盛婉在旁边搭腔："找找柜子，看看有什么提示。"

沈三走到那灯光下，拿起那几张纸快速浏览了一下，迅速提取出几个关键的信息："叶先国、帮派、武宁路37号林家宅、半夜哭声……"

他话音未落，旁边搭起来的建筑里就传来一阵小孩的哭声，凄惨诡异，盛津起了一身的鸡皮疙瘩："咋的，不说哭声你还不哭呗？"

季镜听着这阵诡异的哭声抖了抖，短暂地抬头看了看周遭的环境：破旧的宅子，忽明忽暗的灯光，诡异到不能再诡异的电话亭，还有那个破旧的木柜子。

要命，她心想。

进来还没有五分钟季镜就产生了后悔的念头，她看着他们忙忙碌碌地找线索，跑去敲电话亭王婆的门，准备摆烂到底——她管好自己就行了。

赵遥的注意力从进门就放在她身上，此刻看她抬头瞅了瞅，又迅速地低下头去，明白她肯定是害怕却又不好扫了大家的兴致，这才勉强自己。

赵遥看着那几个投入游戏的人，不由得扶额：果然不能相信他们！

他没有贸然地去触碰季镜，一是不太礼貌，再一个就是在这种环境下突然有个人碰你，无论什么情况都能够被吓走半条命。

别看盛津嘴上说着害怕，可实际却不见一丝慌张，在这种情况下和周念他们脑袋飞快地转着，不一会就抓住关键，根据王婆提过的窗户跳进去打开了暗室的门。

盛津冷静地打开门，而后看见周念愣愣地看着他，心道暴露了，而后飞快装出一副害怕的样子扑到周念身上："啊，媳妇，好害怕。"

周念后知后觉地反应过来，当年他追自己的时候，他在密室里一个劲往自己旁边靠，原来都是装出来的！

她气笑了："盛津，你可真行！"

赵遥和盛婉作为当年的见证人，现在看他掉马，更加幸灾乐祸。

他们一起进了那间暗室，红蓝相映的诡异灯光照得他们心里下意识地发毛。

赵遥抬眼打量这间房子内的布置,只见有一个衣柜靠在门口,进门正对着一张桌子,上面放着一盒刻着不同字的木牌,桌面上还有两三张报纸和一张字条,桌子左边放着一台缝纫机,上面搭着一件小孩穿的衣服,再往里,西边墙上悬挂着五个高低不同的骷髅头骨。

盛津已经暴露得彻底,索性就不装了,凑过去和周念一起去看桌子上的线索。

季镜在柜子旁站着,继续做她的小透明。赵遥也没兴趣参与,站在季镜旁边,防止再有什么东西蹦出来吓到她。

沈三一屁股坐到房间里的缝纫机上,开始踩踏缝纫机。桌上的衣服被他们根据提示挂到了进来的窗口上,场景更加诡异了。

一阵语音播报后他们面前的柜子打开,盛婉把桌面上的饼干盒放进柜子,然后将柜子关上后,触发了抽屉的机关。盛婉拿出抽屉里的红布包,根据投影显示找到了木牌。

她将木牌放到房间里面悬垂的头骨之下,此刻突然响起一阵猫叫。

季镜旁边的柜子顶上突然掉下来一个什么东西,赵遥听见响动的那一瞬间快步上前,直接将季镜搂在怀里,紧接着一个东西砸在他身上——

一只仿生的黑猫。

季镜吓得叫了一声,下意识地紧紧抱住赵遥不撒手。赵遥将她的头埋在自己的胸口,伸手一下又一下地轻拍她的背,像是哄小孩一般:"没事的,没事的。"

他靠在季镜的耳边轻声道:"别害怕,我在。"

赵遥抬起头略带责备地看了一眼盛婉,盛婉一脸无辜地摊手:这不能怪她,她也不知道将木牌放那之后会有只猫掉下来。

沈三在旁边看着电光石火之间二人就抱在了一起,不由得内心一阵惊讶。

他冲盛婉竖了个大拇指,示意自己心服口服,果然这种地方是促进感情的圣地。

赵遥不理他们，看向自己怀里逐渐缓过神来的季镜，道："好点了吗？"

季镜面上一点血色都没有，意识到自己整个人都埋在赵遥怀里，急忙退出来道："嗯……"

赵遥轻抚她后背的手悬在半空，一时间没来得及放下。

沈三在旁边看着这个场景不由得捧腹大笑。

赵遥斜他一眼，示意他不要这么过分，好歹收敛一些。

沈三接收到赵遥的眼神示意，也觉得自己笑得有些猖狂，一手握拳抵在自己的唇角，装模作样地低低咳嗽两声。

赵遥上前拉过季镜的手，将自己的佛珠滑到她腕上，而后很快松开她："怕的话就转一下珠子，转移一下注意力。"

季镜："嗯……"

等到剧情推进到炼魂室那个环节，季镜依旧是愣愣的，她看了看自己手腕上属于赵遥的珠子，再看着赵遥牵着自己的手，不明白事情怎么突然就发展到这个程度了。

盛婉见赵遥和季镜相握的手，和盛津相视而笑，他们这趟密室的目的已然达成，接下来的环节就可以加快速度，没必要继续耽搁下去在这里浪费时间了。

几个人凑在一起一顿操作，很快通关，前来带他们出去的工作人员笑道："这个本开了这么久，还是第一次有人半个小时就解出全部剧情呢！"

盛津在旁边臭屁，丝毫不谦虚："没办法，都怪我太聪明了！哎媳妇，你掐我做什么？"

周念在旁边笑得一脸温婉，语气却不是那么和善："闭嘴，回家老娘再和你算账！"

出了密室，他们坐在外面简单地复盘，盛婉和沈三讨论热烈，赵遥去柜台要了一瓶常温的矿泉水，拧开放到季镜面前，顺势在她旁边

第八章 相思似海深

落座:"压压惊。"

他的声音中带着一丝难以察觉的愉悦,可是季镜就是听出来了他此刻心情极好。

她垂眸去拿那瓶水,甫一伸手,就看见了自己手腕上那串属于赵遥的佛珠。

她换了只手拿那瓶矿泉水,三两下咕嘟咕嘟地往下灌,喝得又急又快,想要以此让自己快速冷静下来。

周念在旁边出声关心道:"慢点喝,别急,小心呛到——"

话音未落季镜就一口水呛在喉咙,整张脸都憋得通红。

赵遥漫不经心地坐在旁边,看起来在听他们复盘,却在她呛到的第一时间伸出手来轻拍她的后背。

见她逐渐好转那只手也没有收回去,而是顺势搭在了她后面的椅子上,指尖微垂,滑出一个恰到好处的弧度。

周念看着眼前的这个场景,像是没什么反应一般地移开眼,开始玩手机。

旁边盛婉的手机疯狂振动,她忙着和沈三他们讨论剧情,自然忽视了屏幕上那一条接一条的信息:

"啊啊啊啊啊啊啊啊啊啊!"

"你看到了吗,你看到了吗!"

"老娘的 cp 成真了!它他成真了啊!!!!"

"别讨论那个剧情了,看人啊,看人!"

"别管,我今天晚上就!嗑!死!"

就在周念兴奋到要嗑一万年他俩的 cp 之际,旁边一群小男生哗啦啦地涌过来,你看看我,我看看你,然后动作一致地推出来一个脸红红的男生。

盛婉注意到了这个场面,刹那间停止了讨论,一同转头看向来人。

那男生大概也没当众要过女孩儿的微信,对着季镜支支吾吾道:"那个,请问你有男朋友了吗?"

他对着季镜的方向继续道:"如果没有的话,那我们可以留个联系方式吗?"

季镜还没反应过来和赵遥到底是怎么变成这样的,下一秒就有人来和她要联系方式,她整个人的脑袋更乱了,不由得抬手扶额。

季镜刚想要拒绝,就看见旁边的赵遥目光如炬地盯着她,又看向旁边那男生,而后露出来一个极其莫测的笑。

沈三他们都乐了,这么多年了,还是头一次有人敢和赵遥抢人。

他们双手环胸,紧接着往后一靠,准备看好戏,三人动作出奇地一致。

季镜看着那个男生露出来一个礼貌且疏离的笑,看了看赵遥,又看了看那个男生,对他出声说:"抱歉。"

那男生太过紧张,这才注意到赵遥搭在季镜椅子上的手,当下就明白什么情况,瞬间脸更红了,他连声道:"不好意思,打扰了,打扰了!"

而后和他的朋友们转身逃了。

季镜看着他们年轻的背影,轻笑着摇头。

再一转头,就对上了赵遥的目光——

他一直都在看着她。

季镜意识到这一点后,收起了脸上的笑意,垂眸看了看自己手上的佛珠,而后停了一刹那,也只是一刹那。

她将那串佛珠摘下来还给赵遥,不敢看他的目光,也不再和他说话。她好不容易躲他这么久,却在今晚,大厦倾倒,前功尽弃。

季镜忽然就一阵烦闷涌上心头,她拿着包起身道:"你们玩,我回去了!"

赵遥看她此刻又恢复了之前那种对他避之不及的状态,喉咙中发出一声意味不明的笑。

她快步向前走着,后面传来周念的声音:"宝贝,让赵遥送你!回去给我打电话报平安啊!"

第八章 相思似海深

季镜假装没听见,加快脚步。电梯口挤满了人,她不想在这里等下去,找到楼梯出口准备走楼梯下去。

她推开安全楼梯的门,看着阴恻恻的楼梯间,想起刚才待过的密室,不由自主地起了一身鸡皮疙瘩。

季镜有一瞬间的犹豫,但是想起赵遥今天晚上的一举一动,还是强忍着害怕咬牙走了下去。

她是个第六感极其强烈的人。

不知道为什么,她就是有种不太好的预感,仿佛她今天不立刻离开的话,会发生什么不可挽回的事情。

她不能让事情发展到无可挽回的地步,所以就算只是预感,她也必须得离开。

季镜打开手电筒强忍着害怕下楼,在她下到八层的时候,赵遥从后面跟了上来。

他没说话,但紊乱的步伐和周遭的气息都在向季镜传达着他此刻的心情。

季镜不由得加快了脚步,想抓紧时间离开这个地方,此刻她恨不得自己身上能长出来一双翅膀飞起来。

走到六层拐角的时候,赵遥突然叫她:"季镜!"

季镜被他突然的出声吓得一抖,像是察觉到危险来临一般,下意识想跑。

可赵遥没给她这个机会,大踏步拦住她的路,动作极快地伸手一把揽过她的腰,把她整个人逼停在墙角,形成一个无路可逃的局面。

"躲我?"

赵遥看着她一瞬间红了的耳朵声音低沉道。

季镜被他箍住腰,力道太大,箍得她整个人都有些喘不过气来,不由得一个劲向外推他。

她垂眸躲避赵遥那迫切的目光,否认道:"没有。"

赵遥从胸腔里发出来一声沉闷的笑,反问:"没有?"

"嗯……"她继续死不承认道。

"为什么去西海不告诉我?"他追问。

"没来得及。"

"一个月都没时间?"他嗤笑着,一点都不相信她说的话。

季镜不说话了,任由他擎着自己。

"给我一个理由!"赵遥接着道,"一个你躲我合情合理的理由!"

赵遥看着季镜沉默,一言不发,被她彻底气笑了。

他整个人极具攻击性低头,随后收紧自己揽着季镜的手道:"那我给你一个理由,你喜欢我!"

他的声音在季镜耳边炸起一道惊雷,把季镜的一颗心炸得七零八碎,他张口就戳中了季镜心底最隐秘的角落,丝毫不给季镜任何的缓冲时间。

季镜开始急促地挣扎否认:"我没有。你先放开我!"

赵遥非但没放开她,听见她否认后反而进一步上前,这下二人几乎是紧贴着了。

"你没有?"

就在季镜以为他要甩出一堆证据给她让她承认的时候,他却轻声笑了:"那行!"

他又恢复成了那个漫不经心的赵遥,一副对一切都丝毫不在意的模样,仿佛刚才把她推到墙角的人从来都没有出现过。

他松了松搂住她的力道:"我放开你,但你别走那么快了,楼梯口容易崴到脚,嗯?"

季镜搞不明白赵遥到底在想什么,闻言松了口气,她见好就收,一口答应下来:"好!"

赵遥听到她的回应,如他所言地放开了她,但是又没完全放开——他只是伸手拉着她的手腕,防止她跑了,除此之外再没有其他进一步的动作。

季镜被他拉着上了车,她一路闭眼装睡,不去看他的神色,仿佛

第八章 相思似海深

这样就能够遗忘刚才发生的一切，二人就这样一路沉默着回到了北城大学。

赵遥停下车，第一个动作却是落锁。

季镜听着"啪嗒"一声轻响，睫毛不由得随之颤了颤。车窗外灯火通明，她在一片注视中转头看向赵遥，不明白他这是何意。

"谈谈！"他不容置喙道。

"谈什么？"季镜依旧是垂眸不去看他。

她极其抗拒和他对视。

赵遥在这片沉默中径直伸手打开了车载音响，他的单曲循环依旧是《玫瑰窃贼》。

要么你来拥抱我，要么开枪处决我。

季镜听见他在一片朦胧中说道："如果我选择拥抱玫瑰呢？"

"如果我选择拥抱玫瑰呢？玫瑰会接受我吗？"他问。

季镜此刻还有什么不明白。

玫瑰爱的人也同样爱着玫瑰。

她听着柳爽那沙哑的嗓音，心中不由得大恸，泪水渐渐浸满双眼，视线模糊一片。

她心里清楚，选择权其实从来不在玫瑰手里，也不在那个爱着玫瑰的人那里。

季镜少年时读《树犹如此》一直不明白，白先生在高速公路旁停车，伏在方向盘上失声大恸究竟是一种什么样的感受，可是这一刻，她却忽然懂了。

玫瑰爱着的人也爱着玫瑰，可他和玫瑰没有以后，玫瑰不能一时冲动地接受他。

玫瑰希望他永远意气风发，永远高高在上，像是太阳一样照耀许多人才好。

尽管玫瑰真的很想要拥有那份爱。

大雾四起。

季镜的眼泪如珍珠一般坠落,却不答话。

赵遥轻叹一声,无可奈何地拿起车上的纸巾给她擦泪,他像认命一般,对着她坦白直言道:"别哭,我心疼。"

他在一片寂静中再一次脱下来手腕上的那串价值连城的佛珠,拉着季镜的手不顾她的拒绝,径直套在了她的手腕上。

在四起的大雾中,他喉结滚动,声音中也带了些不可抑制的悲伤:"我第一次见你,其实并不是在北城。"

他看着季镜婆娑带泪的面庞,看着她面上如云的鬓发,赵遥伸手抚掉了她的泪水,对着她缓慢地开口:"是在周念的朋友圈里。她去南城看你,你在风雨中送她离开。

"当时他们都在夸你漂亮,可是我却觉得你很难过。你是笑着的,但是你不快乐。

"大三那年,你来北城,我恰巧碰见你,不是我天生热心,是因为我认出了你。

"大四那年毕业旅行,原本定的是去伦敦,可是我突然就想起了南城的雨。

"毕业旅行之后,我收到了斯坦福的 offer,可是你答应要来北城,我又很喜欢北城的雪。

"一个月前,你去西海,我每天都望着月亮,其实我并没有那么地喜欢月亮,我只是在想那些你独自熬过的时光。"

他眼眸里的情倾泻而出,变成此生再也收不回去的汪洋:"季镜,不是你喜欢我,是我喜欢你!"他近乎虔诚般重复道,"是我喜欢你!"

季镜红着眼眶:"赵遥!"

她出声制止:"别说了!别说了!"

季镜泪如雨下,她在一片大雾中看不清前方的路。

"季镜。"

赵遥看着她的眼睛,看着那双眼里似乎含着这世界所有走不出的雾,这雾环绕在她周围,使她变得脆弱无比,他在大雾中出声道:"只要你愿意，就算玉碎，就算山倾，我也要和你走这一程。"

　　车里的音乐早已经换了一首，依旧是季镜分享在朋友圈的歌，是她最近的循环播放，迷幻的女生轻声低吟：

　　　　Past lives couldn't ever hold me down
　　　　（过去的生活无法纠缠我）
　　　　Lost love is sweeter when it's finally found
　　　　（重新找到失去的爱情，将会更加的甜蜜）
　　　　I've got the strangest feeling
　　　　（我有一种无比奇怪的感觉）
　　　　This isn't our first time around
　　　　（这并不是我们第一次相遇）
　　　　Past lives couldn't ever come between us
　　　　（过去的生活不会成为我们的阻碍）
　　　　Sometimes the dreamers finally wake up
　　　　（做梦的人终究会醒来）
　　　　Don't wake me I'm not dreaming
　　　　（不要唤醒我，我不是在做梦）
　　　　Don't wake me I'm not dreaming
　　　　（不要唤醒我，我不是在做梦）

　　季镜在一片迷幻中看着赵遥的眼眸，他们四目相对，一同苦笑着认命。

　　在四处弥漫的大雾中，他们终于抛开了世俗的一切接吻。

　　自此，他拥有玫瑰，她接受被太阳照亮。

　　疯了，季镜心想。

　　他们两个人都疯了。

　　但是又如何呢？

　　他们一同选择清醒地沉沦下去，就算最终梦会醒来，所有的美好都会幻化成泡沫，但是，最起码他们携手走过这一程。

知其不可为而为之，是他们二人对这段感情最大的诚意。

就算前行如受诅咒一般，他们也愿意一同下地狱。

许久之前季镜看过一个很有名的辩论，是2019年华语辩坛的第二场——如果你有超能力，可以让你爱的人也爱你，你要不要使用这项超能力？

这场辩论曾经引起过无数争议，讨论到底什么是超能力，什么是爱，这场辩论赛一度刷新了许多人的价值观。

那年她大二，觉得这场辩论赛里的一些观点她实在是不敢苟同，尤其是反方举的例子让她觉得很不合适，她很喜欢正方站在更高层面对于爱的立论。

但是那场辩论最终的结果却是反方四辩凭借着一己之力说服了她。他说："这份爱来源于你的超能力，不来源于他的选择。"

他说："他的离开是你留下他的唯一意义，是你留下他的全部意义。"

时隔多年，季镜依旧记得她看那场辩论的感受，酣畅淋漓，很精彩，可她却觉得雾蒙蒙的，不是那么真实。

如今她研二，时过境迁，她在闲暇时光中重温这场辩论，却没有办法再去赞同当年的自己。

她依旧觉得利用超能力让对方爱上自己是一件可怕的事情，可是她却不能继续再认同那句话："他的离开是你留下他的唯一意义。"

季镜曾经觉得当年辩论场上的一些话过于空泛了，但是她遇到赵遥之后，却感觉无比真实。

他不是一个合适的恋爱对象，她可以选择离开，可以选择分手，可是对不起，自由意识杀不死她对他爱的感觉。

他们无数次抑制自己对彼此的爱，可是无一不以失败告终。

她终于明白了那句话，爱上和爱下去是两回事。爱上没什么了不起的，他们此刻选择爱下去才了不起。

曲终人散

Chapter 9

赵遥和季镜度过了一段可以称作幸福的日子。

他们还是和以前一样,在忙碌的时候可以一周,甚至两三周都不见面,可是只要彼此有时间,就一定会待在一起。

赵遥会陪着季镜去实地考察在北城的博物馆,他在各种文物面前如数家珍,各种来历都被他讲得一清二楚,连导游有时候会过来问:"小伙子,专业的吧?"

季镜会陪着赵遥去旅游,偶尔去爬山,走到半路季镜实在爬不动了,赵遥就背着她走,直到她歇好了,喊着赵遥放她下来。

她会陪着他去 ST,和他一起见许多和他交好的权贵,进行正常社交,可是只要她面上有些许的疲惫,哪怕是分毫,赵遥都会抛下在座的人带她离开。

季镜爱吃阳春面,可是因为赵遥,居然也接受了北城炸酱面。

赵遥不爱吃甜,可是在季镜身旁,他却爱上了她偶尔给的糖。

生活好像是哪里都没有变,又好像是哪里都变了。

李镜去梁教授家里的时候赵遥总是会出现在当天的餐桌上,赵遥在柳不眠家里写字的时候,也总能听见季镜和柳不眠在论述。

日子就这样渐渐过去,一眨眼就到了冬天。

北城的冬天素来是下雪的,可是号称五十年难得一见的暴雪却不是每年都有。

赵遥在一片暴雪中放下手中的研究跑去找季镜,拉着她去了之前去过许多次的故宫。

他们在大雪中看着彼此白头,在高墙白雪之下接了一个又一个细密绵长的吻,暴雪之下,爱意疯长。

他在一片皎洁中为她戴上了那条独一无二的金色玫瑰手链,他看着自己的玫瑰和金色玫瑰一样在雪中散发光亮,连带着他的爱情一并永不枯萎。

一起看红墙白雪,一起与青山白头。

此生不悔。

下了雪之后的日子过得格外的快,这一年的新年似乎提前到来,梁教授依旧招呼季镜回家,这一年下来,她几乎都要住在这儿了。

容儿比之前长大了许多,却依旧是一个小孩,和以前一样,极其喜欢黏着季镜,让季镜带着她去放烟花。

季镜抱起她往外走,容儿沉了许多,她几乎要抱不动。

没走两步,就听见容儿喊:"赵遥叔叔。"

季镜一抬眼,就见赵遥跟在兰玉后边向她们走来,他身后的夜空里炸开了巨大的烟花,炫目至极,引得兰玉都回头去看。

季镜看着他携着漫天焰火到来,不由得露出了一个轻笑。

他三两步走到季镜面前,伸手将容儿接了过来:"哎哟,宝贝。"

赵遥笑着喊,看似是在唤容儿,可是一双眼睛全盯着她看。

季镜没想到他这般大胆,却也无可奈何,只是暗暗地嗔了他一眼,让他不要这般猖狂。

兰玉很快也来到他们身边,季镜对着她打招呼道:"师姐!"

兰玉笑着点头:"许久不见,镜镜又漂亮了。"

她对着兰玉笑着谦虚:"没有。"

而后她张口道:"梁教授为您准备好了您最爱的茶点,在屋里等您呢。"

兰玉点头,笑着转向赵遥:"你带容儿和镜镜出去吧,早些回来!"

赵遥伸手逗了逗容儿,面上一片云淡风轻地应道:"好!"

季镜无声地跟在他们二人后面走,直到他再也憋不住,捂着小孩的眼睛亲她。

那天他们在声势浩大的漫天焰火中看着对方的容颜,许下了同一个愿望:希望这样的时光久一些,再久一些。

最好是,岁岁有今朝。

过完年,赵遥迎来了他研究生阶段的尾声,还有半年,他就研究生毕业了。赵家没有让他继续读博的意思,明里暗里地示意他毕业之后抓紧时间回归家族。

他装作不懂,只说自己想要继续读书。

他和季镜在新年之后就合计好了,二人打算搬出去住。赵遥让沈三帮忙找了一处离学校稍近的四合院,他们正式开启了同居生活。

不得不说沈三是个细心的人,找的地方极其适合生活,大隐隐于市也不过如此。赵遥和季镜居住在这,就像是一对再平凡不过的夫妻,过着平凡又幸福宁静的生活。

他们总是会在下课之后一起携手回家。

回家的路上有家花店,赵遥无论有多忙,每次路过花店的时候都会进去给她买一束花。

他们总是在傍晚一起去买菜,回到家后赵遥会亲自下厨,做季镜爱吃的阳春面。季镜就会在饭后洗碗,赵遥偶尔从背后拥着她,将头埋在她的肩颈处低笑。

他们会在饭后一起去散步,一起遛弯,像是退休的老年人一般惬意。偶尔遇到热情的大爷大妈夸赞她:"小伙子,你媳妇儿长得跟花儿似的!"

他也不客气地回人家:"那当然了。"

而后他对她露出一个散漫而又痞气的笑:"是吧媳妇儿。"

那得意的调子拐了十八个弯还多。

他们一起逛夜市,一起踩着长夜的灯火回家,赵遥总会半路背着她,生怕她累到。

季镜喜欢喝酸奶,冰箱里就总有喝不完的酸奶,赵遥总会及时补上。

赵遥喜欢吃烤鸭,季镜每次碰见,也总会带一只回家。

每晚睡觉前赵遥总会端一杯牛奶给她,看她喝完后笑着夸她。

每到这个时候,赵遥都会揽过季镜,让她靠在自己怀里,他伸手从床头随便拿过一本诗集,就着温馨的灯光念诗给她听,乐此不疲。

他念《洛神赋》,念《神女赋》,念《登徒子好色赋》,念《雪赋》。

他念:"竦轻躯以鹤立,若将飞而未翔。"

他念:"既姽婳于幽静兮,又婆娑乎人间。"

他念:"意密体疏,俯仰异观;含喜微笑,窃视流沔。"

他念:"驰遥思于千里,愿接手而同归。"

他的声音像是高山上融化的冰雪顺着河道流下来,在阳光下碎冰闪着耀眼的光辉泠泠作响。

而后夜色渐浓,二人相拥而眠。

他们居住的小院子附近有一个红绿灯,每次经过的时候赵遥总会牵起季镜的手和她一起走。虽然季镜从来没有说过,可她却因此爱上了那个人来人往的路口。

这样简单又幸福宁静的生活,其实细数起来,并没有太久,也不过两三个月而已。

可是对于季镜和赵遥,幸福的时间长得像一起走过了余生。

这一年的四月,春回大地,当兰玉出现在她面前,季镜知道这样幸福的如同偷来的时光,即将要走到尽头了。

那天赵遥被赵谦的一个电话叫走,临走之前他对季镜说等我回来,季镜乖乖点头说好。

她在家里等了许久赵遥都没有回来,季镜想起赵遥提到想吃炸酱面,突然起意要出去买菜。他们一起生活了这么久,一直都是赵遥在做饭,今天换她来。

她去商场选了新鲜的食材，正巧三月开春后枇杷陆续上市，她看着新鲜水灵的枇杷，忍不住买了几个。

她悠闲地从商场走回家，走到平日里最喜欢的红绿灯路口，想起赵遥平素里牵着她过马路，不由得低头莞尔，再一抬眼，就看到了马路对面的兰玉。她目光平静地看着季镜，面上依旧笑得温柔。

没有电视剧里那些离谱的情节，她的菜好好地拎在手里，没有掉在地下撒了一地，也没有乱哄哄的景象，周遭依旧喧闹。

可是季镜却感觉一片冷清。

她知道，赵遥大概不会回来了，他吃不到自己买的新鲜枇杷了。

她垂下眸子，站在那里等红灯。她们一同度过了极其漫长的三十秒，而后季镜极其艰难地走到兰玉前面开口："师姐。"

兰玉笑，只是这笑容中带了些悲怆的意味："镜镜。"

她们二人相顾无言，最后还是兰玉说道："把东西放回家吧，师姐在拐角的咖啡馆等你。"

"好。"她低声应，像个做错了事情的孩子一般手足无措。

她很久以前就做好了心理准备，可这一天真正到来的时候，还是很难过。

季镜赶到咖啡馆，兰玉早已经帮她点好了单，是她一贯喝的美式，只不过将冰的换成了热的。

兰玉对她莞尔道："女孩子多喝热的对身体好。"

她一点都不像是来劝季镜和赵遥分手的样子，倒像是同门的师姐闲来无事过来看望自己的小师妹一样。

季镜低头握着那杯热美式，心里难过至极，她再一次低声地叫兰玉："师姐。"

兰玉在咖啡馆中一阵舒缓的音乐中开口："镜镜，为什么是你呢？"

只有这一句话，季镜的眼泪就掉了下来，迫不及待地滚进她面前的美式中，融为一体。

第九章　曲终人散

兰玉的笑容里有说不清的可惜："天意弄人……"

兰玉没有对她说一句重话，依旧对她极好极好，她依旧和初次见面就塞给季镜一个大红包的师姐是一个人，没有任何变化。

可是季镜觉得，她应该有的。

她应该是有变化的。

她有的话，季镜就会心安理得地说服自己和赵遥在一起，为自己的爱情添上一些狗血戏码，而后光明正大地去对抗世俗。

可是兰玉没有。

她偏偏没有。

她问季镜的学习，季镜的生活，季镜对未来的打算，季镜和赵遥的爱。她从头到尾都没有提过一句让他们分手。

她作为一个母亲，给了自己所能对赵遥和季镜的爱情最大的尊重。

她和赵遥一样，都是很好很好的人。

季镜从未见过这般好的人，原来做母亲的，是这般爱着自己儿女的。

她心里无比清楚，她和赵遥要结束了。

她知道，自己根本配不上赵遥，无论是哪一方面，他们都是云泥之别，更何况他父母是这般好的人，他也不能为了自己背叛他的家族，就算他愿意也不行。

季镜不希望他最后有一个惨烈的结局，所有的后果她来承担，只希望他能像初见那般肆意潇洒，这就够了。

那天的北城天气极好，晚霞漫天，炫目极了，路上的行人纷纷停下来记录这片刻的美好。季镜坐在红绿灯旁，看着赵遥的电话不停地打来，可是她却一个都没有接。

不能接。

不能接。

她在漫天的晚霞中，再一次看见大雾四起，整个北城陷入一片模糊之中。

季镜不懂，明明是晚霞，为什么突然变成散不尽的雾了呢？

她在红绿灯前抱着膝盖坐着，看着大街上川流不息、人声鼎沸、人来人往的十字路口，每个人的面色都不尽相同。

她坐了很久，直到夜色弥漫，直到月亮初升，再西沉。

季镜在那个红绿灯下坐了多久，她自己也不知道，只知道她终于愿意抬头的时候，就看见了站在路对面的赵遥。

他就那样静静站在那里，和她同样置身于走不出的漫天大雾中，身上倒映着悲哀的底色。

四目相对的那一刹那，他闯了人生中的第一个红灯，踩着世俗前来拥抱她。

季镜眼前突然浮现出他们刚住在一起的时候，吃过晚饭后出来散步消食。当时也是走到一个红绿灯前，那个时候是红灯，可是周遭都没有人，路上也没有车，她下意识想走，赵遥一把拉住她说："等绿灯。"

而今人潮如织，川流不息，他守了一生的规矩就这么破了。

季镜在他的怀抱里没能流出一滴眼泪，他的怀抱温暖得让季镜忘掉了这世界上所有的冬天。

赵遥弯腰将头埋进她的肩膀里许久，最后牵着她的手回家。

玫瑰手链在空中一荡一荡的，好看极了。

他们依旧在一起生活，只是那天从超市新买回来的枇杷却不知为何迅速缩水，等到他们想起来之后，都已经不能吃了，季镜看着枇杷一脸惋惜。

赵遥笑着把她揽过来哄："等来年开春，我带你去山上摘。"

季镜只笑却不答话，那天赵遥抱着她念归有光的《项脊轩志》，念道末尾那句"庭有枇杷树，吾妻死之年所手植也，今已亭亭如盖矣"的时候，二人皆是沉默。

季镜在他怀里翻了个身："这样看，他似乎是很深情的一个人。"

"嗯，似乎是。"赵遥漫不经心的，"可是他没过多久就续弦了。"

第九章　曲终人散

季镜也笑："《世美堂后记》的王氏，还有一个没给他机会的费氏。"

赵遥好笑地揉揉她的头："家底都给人扒出来了。"

季镜莞尔："其实不怪他，人生这样的漫长，一个人在世上难免无趣。"

赵遥却不答话，只是将书往旁边一放，而后紧搂住她，只觉得她像水一般弱软，又如玉一般的温润，整个人在灯下散发着极为艳丽的色泽。

赵遥低声说道："谁知道呢？"

季镜却突然来了兴致，窝在他怀里抬眸问："你说我将来会活到一百岁吗？"

"会！"他斩钉截铁地沉声道。

赵遥望着季镜的面庞，想起来自己许久之前的愿望，他希望她此生无病无灾，长命百岁。

季镜看着赵遥认真的神色也笑："那你就得活到一百二十岁！"

"嗯？"

季镜看赵遥一脸的疑惑，似乎不明白她为什么对"120"这个数字有执念。

她上前小心翼翼地亲了亲他的脸，像是叮嘱一般地认真道："你要比我多活二十年，三十年，好多好多年！"

赵遥一脸无奈地揽着她："说什么胡话呢？"

"快答应我，赵遥！"她稍微加重了些语气。

赵遥对着她举手投降："答应你！祖宗。"

季镜笑得眉眼间沾满得意，她伸手抚摸着他的脸，一寸一寸，从眉骨到下颌。

"下周你课题结束之后，我们去青城山吧。"她突然提议。

"据说青城山的烟雨特别好看，我还没有去过青城山呢。想和你一起去看看。"

"好。"

季镜心满意足地转过身去打算睡觉,只是刚想从赵遥的怀里挣脱,他就禁锢着她不让她动。

"怎么了?"她不解。

赵遥眼里带笑,凑过去亲她,声音里带着些许压抑不住的欲念,耳鬓厮磨道:"你愿望成真了,现在换我?"

他的身形似山一般坚硬,烫得她心里发热。

窗外好像忽然起了大风,风声呼啸凌厉,恍然似有山水激烈相撞,余音绕梁不绝。

季镜在风中碎了一次又一次,那朵玫瑰随着她一晃一晃的,给二人之间再添一层暧昧意味。

赵遥如约带她去了青城山。

拜水都江堰,问道青城山,只不过这里最出名的还是白娘子和许仙。

青城山多烟雨。

他们去的时候,正巧赶上下雨,雨一下,四周云雾缭绕,好像整个世界都慢了下来。他们在烟雨中步行过三十八处道观,在苍翠清幽的亭台楼阁下停留驻足。登顶老君阁的时候,赵遥看着她清冷的面孔,低声问她:"你在想什么?"

你在想什么?为什么看起来这么难过?

我在想北城的灯光,想故宫的雪,想西海难熬的月,想那最终坏掉的枇杷,想太阳回到天上。

季镜不看他,走到边上看着笼罩在烟雨中的青城山。她淹没在烟雨之中,整个人有一种虚无缥缈的不真实感,仿佛下一秒就要回到天上去。

她望着连绵的山此起彼伏,仿佛永远没有尽头,轻轻摇头道:"我什么也没有想。"

第九章　曲终人散

赵遥看着那不真切的身影，上前牵住她，与她携手同游。

他们在路过的百年吊桥上额头相抵，鼻尖相亲，对着郁郁葱葱的草木，在天地之间接了一个无比湿润的吻。

这个吻充斥着只有季镜一个人知道的痛和苦。

赵遥捧着她的脸端详，看她眉眼间的雪山尽数消融，眼神中倒映着自己的身影，他忽然就不想走。

季镜看着瀑布"飞珠散轻霞，流沫沸穹石"之象，不由得指给赵遥看。他笑，神色写满认真地问："你觉得倾泻出的水流像什么？"

季镜看着他许久，说："银河。"

赵遥也笑，在心里否认："像婚纱。"

赵遥心想，再等一等，再给他一点时间，他一定会为她亲手穿上婚纱。

他们在瀑布前站了许久，飞溅的水珠落到她身上，赵遥去给她擦，发觉她的手冰凉。

他拉起季镜的手给她暖，说："走吧。"

季镜却垂了眸躲到他怀里，出声请求着："再看一会儿！"

"就一会儿！"

季镜看着这条瀑布，它落下的样子可真好看啊，像极了她许久之前见过的新娘裙摆，流畅漂亮。

恍惚中她的眼里不觉已经含了许多的泪水。季镜抬眸看着赵遥的侧脸，突然就感觉，她此生都不会为别人穿上婚纱了。

赵遥不明白她眼中的泪，以为她只是舍不得走，他俯下身亲了亲她的眼睛："不舍得走我们就再看会儿。"

季镜看着他也笑："好。"

"我们还会再来青城山吗？"季镜靠着他的胸膛问。

"会。"

不会了，季镜心想。

不会了，他们此生都不会再同游青城山了。

但是没关系,她此生已经看过了这世界上最美的瀑布了。那是她一个人的裙摆,烟雨为她披上了只有她一个人知道的嫁衣。

回想起来,这竟是他们最后的快乐时光。

这年六月的时候,北城的天气极端不稳定,赵遥的答辩在一片阴沉之下顺利完成。

赵遥看着季镜捧着花在外面安静地等他出来,望向窗外即将落雨的天,做了此生最不后悔的一个决定——他要娶季镜。

他笑着上前,连人带花一块揽进怀里:"毕业了。"

"毕业快乐,赵遥!"

她在笑,声音缥缈,像是抓不住的风:"前程似锦,万事胜意。"

他们回到了那所小院子,季镜第一次下厨,做了满满一桌的菜。盛津、盛婉他们全都来了,一起祝赵遥毕业快乐。

季镜突然想起来回家的路途中,有人在卖冰糖葫芦,她笑着和周念他们说,赵遥听到之后,起身出去买。

只是谁也没有想到,他这一走,就再也没能回来了。

赵遥在买冰糖葫芦的路上接到了自己父亲的电话,他在那头说了好久,挂断电话后一脸沉重,随即回了西山。

其实后来的事情,季镜已经记不太清了,她只知道那天北城下了很大很大的雨,她在大雨里寻遍了整个北城。

季镜这一次真的没有等到赵遥回家。

盛婉在那个红绿灯前找到季镜的时候,她在这不知道淋了多久,浑身上下湿得透顶,可没有人来接她回家。

盛婉眼神里带着痛,给她撑着伞,问她:"何苦呢?"

她接到了赵云舒打来的电话,赵家老爷子得知了季镜的存在,大发雷霆,兰玉据理力争却依旧一败涂地。

赵遥无论如何都不答应和季镜分开,他疯了一般地要娶季镜,求赵老爷子成全,并为此在赵家祠堂外面长跪不起。

第九章 曲终人散

他甚至要放弃成为赵家的继承人。

疯了，都疯了。

盛婉看着眼前的季镜再也忍不住自己的眼泪。她不解，她想问，上天为什么总是拆散有情人？

只有盛婉知道，那天他们在北城不同的地方淋着同一场雨。

这场雨在他们心里，一下就是许多年。

赵遥在暴雨中跪了三个小时，直至晕倒在祠堂外。

赵老爷子对赵遥的行为勃然大怒，没收了他所有的通讯设备，私人安保寸步不离地守着他，他哪里都去不了。他发着四十度的高烧，高热持续不退。私人医生二十四小时守在他的床榻前，生怕他出一点差错。

赵老爷子在一片震怒中亲自去找了季镜。

没人知道那天的谈话内容到底是什么，只是从那以后，季镜就又恢复成了原来的季镜，非但没有了生气，还多了些死寂在身上。

像一个没有灵魂的提线木偶一般，过着按部就班的生活。

她依旧住在和赵遥的家里，只不过家里只有她一个人罢了。

她面上不显，可回到和赵遥的家总是会发呆，在沙发上一坐就是半夜，成夜地失眠。

只有季镜知道，这些没有赵遥出现的时光到底是有多么痛苦难熬，甚至比这些年她所有的不被爱加在一起还要痛苦。

季镜以前在网上看到那些在感情里走不出来，为之自暴自弃的女孩儿，只会为她们惋惜，彼时她根本想不明白，不就是一个男人吗？

现在她彻底懂了。

值不值得她自己说了不算，心说了才算。

季镜已经被人爱过了，她彻底懂了。

原来被爱之后，是这般的不能忍受孤独。

她忘不掉赵遥。

她想见赵遥。

她喝了家里所有能喝的酒，企图在梦中再次与他相见。

季镜此生最后一次见到赵遥，是在他的毕业典礼上。

他整个人都消瘦得不成样子，眼中神采全无，他一点都不像那个意气风发的赵公子，倒像是一个落魄失意的人。

季镜从来都没有见过这样的赵遥，她不敢相信，短短的时间内他因为自己变成这副模样。

泪水一瞬间涌上心头。

兰玉和赵谦跟在他后面，哪儿都不允许他去，他周身萦绕的怒气和躁郁，季镜离他很远都能感受得到。

这不应该是赵遥，赵公子不应该是这样的。

他应该是冷漠的，他应该永远意气风发，永远清冷矜贵、拒人于千里之外。

季镜几乎要落下泪来。

如果她当初不接受照亮，那是不是就意味着他能永远高悬于云端？

她在一片雾气中颤抖着上前，拉住赵遥的手，对兰玉苦笑道："师姐，给我一点时间。"

兰玉什么话都没说，转过身去把头埋进赵谦的怀里落泪。

赵谦揽着她，看着他们这副模样于心不忍，别过头去不看他们。

季镜拉着赵遥在校园里四处漫步，去了许多他们之前经常去的地方。

她说了许多，她说自己的年少，说考北城大学看到的月亮，说故宫的雪，说西山的月，说他们一起去的青城山，说起童年没得到的那块小蛋糕。

她说了此生所有的能诉说出来的话，直到最后，她说："赵遥，我们分手吧。"

她没有说"赵遥，我不爱你了，我们分手吧"，她说的是"我们分手吧"，却绝口不提不爱了，也不祝福他找到更好的人。

第九章　曲终人散

那是季镜第一次也是最后一次见到赵遥流泪，他眼眶通红，咬着牙说不同意。

他心如刀割，声音狠戾地说："除非我死，否则不可能分手。"

他上前抱着她急切恳求道："季镜，再给我一点时间。很快的，真的。"

季镜只是笑着看他摇头，不发一言。

到最后他几近崩溃。

他说："季镜，别丢下我一个人。"

他流着泪哽咽："我爱你，我要娶你为妻。"

季镜终于不笑了，可是她已经流完了此生所有的眼泪。

她最后一次伸出来手，去抚摸赵遥的脸颊。

看他清冷的面孔上写满哀伤，还有脆弱。

真难过啊，季镜心想，她不会再有如此心痛的时候了。

那天的赵遥像疯了一般地挣扎，可在悬殊的差距之下哪怕拼尽全力也依旧是无力回天。

兰玉满脸憔悴，她好像突然之间就苍老了许多。

她和季镜站在一起，轻抚着她的头发流泪："镜镜，是师姐对不起你。"

"师姐。"季镜笑道，"你没有对不起我，你是这个世界上最好的母亲，也是我最好的师姐。"

季镜望着泣不成声的兰玉，心里充满苦涩，却笑着和她告别。

季镜转头离开，手上的玫瑰手链随着她的步伐晃动，在阳光下闪闪发光。

她迅速消失在他们面前，一如从未出现在这场毕业典礼一般。

兰玉看着她的身影不停地流泪，她忍了好久，终于忍不住转头，哽咽着质问赵谦："为什么啊？赵谦，你告诉我为什么？"

只见这个坚强的女人红着眼睛道："论学识，她吊打这世界上大部分人，比起你来都不差。论相貌，整个北城都找不出来几个比得上她的，更何况她是梁教授的关门弟子，是我同门的师妹，除了家世，她配你儿子八百个都多。我相信给她一点时间，她会很快出人头地的，她会什么都有的……再给他们一点时间，一切都会不一样的啊……"

赵谦看着自己的妻子在怀中失声大哭，不停地说着："再给她点时间，她的前途都会有的啊。赵谦，赵谦，再给她点时间……"

赵谦看着怀中崩溃的妻子，又看着离开的那个人，即便如他这般冷硬心肠的人，也忍不住红了眼眶。

赵谦不是木头，他也有爱，有家，他怎么可能不明白这对他们是有多么残忍。

只是家族难违，他们注定要分开。

即便季镜再怎样优秀，可她和赵遥二人之间，注定没有一个好的结局。

这一年是 2024 年，季镜二十四岁。在她二十四岁这年，已经把人生八苦全都经历过了一遍了。

生、老、病、死、怨憎会、爱别离、五阴炽盛、求不得。

她看起来像是从未爱过赵遥一般，轻而易举地就将他放下了，从未提起过他。她照样生活，和平常没什么不同。如果真是这样，他回归家族，她正常生活，倒也能称得上唏嘘，也会被后人提起之后，扬起一川风月。

可不是的，事情不是这样的。

现实和愿景总是背道而驰。

季镜和赵遥分手后的一个月里，提前完成了自己的论文，凑着闲暇时光将他们在北城去过的所有地方都去了一遍。

她打电话给徐驰，絮絮叨叨地回忆一番之后，说让他回国为祖国效力。

她去柳不眠家里，拿走了那幅岁岁有今朝，临别前她冲柳不眠拜别，说承蒙他不弃。

第九章 曲终人散

柳不眠红着眼眶不看她，只说丫头啊，人生的路还长呢。

她只是笑，却不答话。

她最后去了梁教授家里，吃了一顿再平常不过的晚饭。饭后季镜将自己的论文偷偷塞到她书房，一同留下的，还有那封信。

季镜那天晚上定制了一个去年冬天同款的生日蛋糕，她在灯火中，看到了穿着棉衣的赵遥祝她生日快乐。

她笑着和记忆中的赵遥告别，吹了蜡烛吃完蛋糕。

季镜将赵遥在暴雪中送她的那朵玫瑰放在心口，想和它一起长眠。

赵遥这辈子也没有想到，他为她亲手打造的永不枯萎的金玫瑰，见证了他的玫瑰枯萎，她们一起凋谢在那年的盛夏。

她这一生太过于平静，从未有过叛逆期，此生所做的最叛逆的一件事情就是爱上了赵遥，然后，一败涂地。

玫瑰失去根之后，要怎么活下去呢？她都没有根了，要怎么活下去？

孤独不可能在她已经尝过被爱的滋味后再度成为她的宿命。

那年的夏天一片混乱。

一次聚会上，季镜说她想离开北城，回洛水，这辈子再也不回来。说完她的脸上浮现一层淡淡的笑意，但懂她的人知道，那笑意未触达眼底，季镜请求在场的所有人保密她将要离开的事。

就好像他们不说，赵遥就永远不会知道她的行踪。

盛婉心想，如果季镜不认识赵遥就好了。

如果季镜不认识赵遥，他们就不会相爱了。

如果她不认识赵遥就好了。如果她不认识赵遥，那她就不会知道赵家钳制赵遥的公司企图逼他放弃，就不会知道他为了季镜要脱离家族。他的精神从出生便被拴在密不透风的铜墙铁壁上，稍一向外延伸便可摸到带电的边界。他逃不出来，也无法左右长辈的想法。如果她不知道这些就好了，那样她就能理所当然地破口大骂赵遥是个渣男。

可是她知道。

盛婉无力地靠在墙上心想，可是她都知道。

她知道所有的前因后果，却没有办法去怪罪他们任何人。

2024年盛夏，季镜被确诊为重度抑郁，在历经MECT治疗之后，她的记忆越来越差，忘掉了许多过去的事情，可是她唯独没有忘掉赵遥。同年深秋，她回到洛水，原清来机场接她。季镜给了她十万块钱，要求脱离母女关系，此生不复相见。

盛婉帮她打点好了在洛水的一切，她的失眠越来越严重，每天都需要靠吃药才能勉强睡得着。这年隆冬的时候，盛婉从北城飞来洛水，季镜去洛水机场接她。盛婉见她的第一眼就抱着她放声大哭，看着季镜这副憔悴的样子，说："你不能一直活在过去。赵遥要出国读博士了。"

季镜听着车窗外飞机巨大的轰鸣声湿了眼角，这轰鸣声似曾相识，好像许久之前在哪里听到过。

她恍然抬头看向落地窗外，远去的飞机像是燕子飞离的背影，那么平顺，那么自由。

她看着那渐行渐远的飞机，努力地扯出来一个笑，说："好。"

年关将近，盛婉不能停留太久，她飞过来亲自为季镜安排好心理医生，也就是闻远，之后在盛家不断地催促中返回了北城。

盛婉离开那天季镜送她去机场，平常的路堵了很久的车，幸好司机经验丰富，说姑娘，我带你走别的路。

他们在一片萧瑟中路过洛水一中，季镜望着窗外，突然就想起来她高三那一年，周念笑嘻嘻地告诉自己："哎，给你推了一个北城的大佬，你们两个联系一下吧？"

她当时什么反应来着？

季镜看着十八岁的自己摇摇头，说："一切自有天定。"而后转身就走，一次也没有回头。

真好啊。

那个时候，真好啊。

第九章 曲终人散

她突然就想去学校守住那段时光了。

2025年秋，她和江景星一同进入洛水一中，她任教高一（17）班，教授语文，开启了自己新的人生。

2026年冬天，洛水下了许久不见的暴雪，气温达到了最低，她在这一片大雪里，再一次想起赵遥。

相思似海深。

闻远垂着眼眸听季镜说着自己最近的情况，她说了太多过去的旧事，听得他有些许恍惚。

直到她给出原因来，他才终于明白为什么她开始接受治疗，即使再痛，也要自揭伤疤。

她说那群小孩，十七班的那群小孩给她过生日。

季镜不知道他们从何得知她那所谓的生日，也不知道他们是怎样去求年级主任的同意，更不知道他们是如何偷偷筹划这一切的。

季镜只知道他们真的给了她很多很多的爱。

季镜说："闻远，我说过，无论如何都要陪他们走完这一程。我愿意为他们努力。"

艰难的路途之下，无望的生活之中，踽踽独行之时，他们散发出来的光芒和爱意再次照亮了她。她愿意为他们再努力一次，想要陪他们走完这短暂的一程。

季镜垂眸坦白道："看到蛋糕那一刻，我其实是在发抖的。"

闻远意识到她愿意说关于蛋糕的事情了，他心下提起一口气，接下来或许能获得更多的讯息。

但他的面色没有丝毫着急，不疾不徐地倒了杯水给她："先喝口水润润嗓子。"

季镜摇头拒绝道："不喝了，我怕我待会又忘掉了。"

这句话是真的，不掺一点假，也丝毫不夸张，她的记忆已经差到了前所未有的程度。

她看向窗外，缓慢又带着似有若无的痛苦开口轻声道："我原本是不吃蛋糕的。"

时光飞速后退，回到了季镜八岁那一年。

季镜生于2000年12月7日，恰巧是二十四节气中的大雪，彼时季明方和原清依旧是恩爱的。

他们为她取名为季镜，来源于那句"又疑瑶台镜，飞在青云端"。

原清忧心："季镜，会不会压不住名字啊，况且，镜子都是易碎的……"

她那时还是爱着自己女儿的。

季明方笑着反驳她："封建迷信不可取。"

原清依旧觉得这名字寓意不太好，想要给她改名字，季明方却不同意，僵持许久，最终还是拍板定了下来。

在季镜刚出生的时候，他们是短暂爱过她的。他们郑重地摆了百天宴，摆了周岁宴，在她三岁之前每年都会买个蛋糕给她，尽管她不能吃。

即使后来季明方和原清互相纠缠折磨的那几年，她也依旧会在生日的时候得到一个蛋糕。每一次原清都是无比盼望着季明方回来，即使他一次也没有回来过。

但是季镜依旧很喜欢过生日，因为原清从来不会给她买小零食吃，只有生日这天会给她买一个在当时的季镜看起来无比漂亮的蛋糕。

季镜八岁那年，原清第二次流产。她费尽心机怀上这个孩子，试图用孩子挽回季明方和自己的婚姻，可是最终失败得彻底，沦为一场闹剧。

她在绝望中彻底清醒，下定决心和季明方离婚。

她明确表示不想要季镜，因为每次看到季镜都会提醒她，她这几年过的是怎样生不如死的日子。法院判决书下达之后，她把季镜送去了乡下，跟着自己的父母一起生活。

八岁的季镜每一天都在掰着手数自己生日的到来，什么都不知道的她依旧以为妈妈在这一天会给她买一个蛋糕。

　　季镜生日那一天，她早早起床在门口等着妈妈的到来，可是直到黄昏日落，街边都没有妈妈身影的出现。

　　她跑去问姥爷，为什么妈妈没有给她买蛋糕？

　　姥爷无奈地摇摇头，轻声叹气，眼里藏着她看不懂的难过，说："孩子，吃碗长寿面吧。"

　　那天姥爷给她下了一碗阳春面，油亮的汤底，清白的面，看的人食欲大开。

　　姥爷叮嘱她："丫头，别咬断了。"

　　刚咬断一口面的季镜不敢说话，生怕姥爷责怪，只怯生生地说："知道了。"

　　名为母爱的蛋糕在她的生命中再也没出现过，从前的期待化作烟散去，人也走远，回头看也只见雾蒙蒙的一片。季镜在梦里无数次进入雾中，被湿漉漉的水汽侵袭全身，直到浑身冰冷，也没等到一个人来。

　　年幼的季镜实在是太小了，她不懂得什么叫知足，她还是想要那个印象中无比漂亮的蛋糕。

　　于是她跑了出去，去找妈妈。

　　在她印象里，往年的这一天，妈妈会比平常多一些笑容，虽然笑得没有往常那么漂亮。

　　她下意识以为今年也会是这个样子。

　　但是季镜最终没有找到妈妈，她也没有得到那个蛋糕。

　　她在乡下迷了路，直到凌晨才被警察找到。

　　那天原清驱车两小时来到这个小又略显破旧的警局，她做的第一件事就是伸手给了年幼的季镜一巴掌。

　　这重重的巴掌带起一声顿响，将那声满怀期待的"妈妈"打得支离破碎。

　　姥爷一把上前抱住她，将她抱进怀里挡着，转身对着原清怒目而斥："你打孩子干什么？"

"其实是有些记不清了。"季镜不带任何情绪地说，"自那以后，我就不吃蛋糕了。"

闻远看着她望向窗外的侧脸，那张美丽的面孔上不见丝毫难过，这么多年过去了，她总是在经历不同的痛苦，几乎都已经麻木了。

闻远又在心里重复了一遍那个形容词：麻木。

人在极度痛苦的时候，总是会欺骗自己已经不痛了，时间久了，也就麻木了。

他的呼吸停滞在那里，隐隐约约地感觉到了她千万分之一的苦痛。

季镜回过头对闻远扯出来一个生涩的笑，好像在掩饰自己的狼狈："姥爷后来每一年都会给我买一个蛋糕，那个蛋糕依旧漂亮……"她渐渐地湿了眼眶，"可是我却一口也没吃过。"

季镜眼前浮现出那个可爱的小老头，他笑得慈祥，和蔼亲切地招呼她："丫头，快来吃蛋糕。"

可是季镜不想吃蛋糕了，她更怀念那天晚上的那碗长寿面。

"每次看见那个蛋糕，我都会想起那天晚上的路，真的很黑，还有别的动物的叫声，风声呼啸，一片凛冽。可是我那个时候太想吃那个蛋糕了。"

闻远看着她，静静地听她讲，眼前好像快速掠过了她的童年。他伸手端起面前的美式，可是他端起杯子的次数着实频繁，咖啡早就见底了。

季镜看着闻远落空的动作，嘴角轻微上扬，想要扯出一个弧度，可是面部却不受控制，无论如何都扬不起来。

闻远没有再去续杯，他放下那个杯子，对着季镜神色自然道："后来呢？"

后来为什么又开始吃蛋糕了呢？

季镜笑了，这是闻远认识她这么久以来，她为数不多的真心笑容。

和那些虚假公式一般的笑完全不同，这个笑容让她整个人变得无比的柔软,简直就像是变了一个人。

她说:"后来,我在南城那段时光碰到了一些事情,有人再一次给我买了蛋糕。"

她说:"蛋糕很简约,没有很多精美复杂的花纹,但是我再一次感受到了被在意。"

是赵遥出现在南城的那一天。

她陪他出去吃饭,回来的途中路过了一家高档蛋糕店,彼时她和赵遥其实一点都不熟,抛去她暗藏的那些小心思之外,他们完全就是陌生人。

他在路边忽然停下,像是临时起意,说:"等我一下。"

而后进了那家蛋糕店,没一会儿又很快地出来,和他一起出来的还有他手里拎着的那个小蛋糕——白色的,上面有一朵油画般的玫瑰舒展身姿,虽然无比简约,可漂亮极了。

赵遥将那个蛋糕递给季镜,心下期待着她会喜欢,可面上却云淡风轻的:"给。"

季镜看着眼前的玫瑰蛋糕犹豫了。

无可否认,那个蛋糕很漂亮,是漂亮到连她这样物欲淡泊的人都想要拥有的程度。可是她心里深埋着一道伤疤,这道伤疤时隔多年,可季镜每一次想起来都依旧会感到痛。

赵遥看着她犹豫的反应,又看向陷入回忆的季镜,有些许意外:"不喜欢吗?"

他看见那个蛋糕的第一眼就想起了季镜。

季镜回过神来摇摇头,伸出手接过说:"很喜欢。"

赵遥看着那朵玫瑰轻笑,笑声里带着明显的愉悦,说:"赵云舒不开心的时候,就喜欢吃小蛋糕。她说女生一看到漂亮的小蛋糕,心情就好一半。"

他直起身来望向她的眼睛问:"现在有没有比之前开心那么一点?"

季镜看着他那双蕴含着山川河流的眼睛，仿佛被蛊惑了一般，下意识地轻轻点了点头。

"那就好。"他说。

临走时赵遥对拎着精心挑选小蛋糕的季镜说："开心一点。"

开心一点。

后来那个蛋糕季镜没有碰，她向来是不吃蛋糕的，但是却不能否认，这个突然出现的小蛋糕和它的主人一样，在一定程度上给了她许多的慰藉。

她感受到了被在意。

"那个蛋糕我依旧没有吃，可是我却不那么排斥蛋糕了。再后来……"

再后来，她和赵遥在一起，赵遥亲手为她做了一个蛋糕。

那段时间季镜总是找不到他的人影，还以为他在专心做课题，直到自己生日那天，盛婉把她拉去了ST，所有相熟的朋友聚在一起，高声说要庆祝她的生日。

他在一片昏暗中捧着亲手做的蛋糕出来祝她生日快乐。时隔这么多年，她在自己爱人的眼睛里，释怀了当年所有的不被爱。

那个蛋糕真的很好吃，季镜心想。

再后来，赵遥经常会给她买小蛋糕。他很不喜欢人流量大的地方，却因为她喜欢某个店的糕点而亲自和她一起排长队。

那个时候，季镜是真切地感受到了幸福。

他们分开之后，季镜将他们之前一起做过的事情都做了一遍，只不过这一次却是她独自去排队。她在曾经去过的蛋糕店排了两个小时，买回来的蛋糕只尝了一口就丢掉了。

味道不对。

她在那个蛋糕店前站了许久，不明白为什么明明是同一家店，可是却和之前做出来的味道大相径庭。

那段时间北城所有的甜品店像是约定好了一般全都换了个口味，

第九章　曲终人散

到最后，季镜几乎放弃。

她最后一次吃蛋糕，是在那一年盛夏的夜里。

季镜看着自己一边吃着那个极其昂贵的蛋糕，一边流泪，而后若无其事地擦掉眼泪继续吃。

当时脑海里的念头是这个蛋糕店果然徒有虚名，一点都没有赵遥做的好吃。

骗人。

季镜想到这，面上露出来一个苦涩的笑："后来蛋糕变了味道，就不吃了。"

闻远看她这样，也不好再问什么，生怕再一次刺激到她。

他沉思了一下，问："你们班那帮小朋友给你买的蛋糕呢，你吃了吗？"

"没有。"季镜说，"我吃不下去，就分给大家了。看大家的反应，估计应该是挺好吃的。张硕吃了两块呢。"

闻远也配合她笑："那应该不错的。"

"闻远，他们太好了。"季镜看着窗外，神色逐渐放空，轻声说道，"我真的很想陪他们走完这一程。"

季镜看着窗外刹那间亮起来的万家灯火，仿佛又回到了那天，她听见有人在唱歌：

　　祝你二十七岁快乐

　　天天心情不错

　　一切全部都好了

　　该吃就吃该喝就喝

　　男朋友一定找到更好的

　　二十七岁快乐

　　天天都有收获

　　工资马上给全额

　　想唱就唱，想说就说

遇到好人一定比小人多

　　祝你生日快乐

　　祝你天天快乐

　　祝你从早上起床快乐到晚上进被窝

　　祝你生日快乐

　　祝你天天快乐

　　祝你不用求算命先生也能运气不错

　　祝你生日快乐

　　祝你天天快乐

　　祝你从此时此刻快乐到地球毁灭了

　　祝你生日快乐

　　祝你天天快乐

　　祝你永远永远永远都快乐

　　祝你永远永远永远都快乐

　　她听见有人在大声地喊着："无论是十年，还是二十年，无论我们在哪里，十七班永远都会爱着季镜！"

　　季镜笑了，眼里含着湿意，再一次露出来一个发自内心的笑容，看起来无比的秾丽："季镜，也会永远永远地爱着十七班。"

　　那一天闻远见到了从未见过的季镜。

　　虽然她将过去说得断断续续的，只有那几句令人痛彻心扉的话，但闻远依旧结合盛婉之前的描述拼凑出了大半的真相。

　　问世间情为何物？

　　季镜走的时候，夜色早已昏暗一片，她脸上却带着些微的光，朦朦胧胧，仿佛是闻远的错觉。

　　闻远给她开药，语气极其严肃认真地叮嘱她这次一定要按时吃。

　　季镜依旧有一搭没一搭地应着，但闻远就是知道，她这次把自己的话放在了心上。她比谁都在意十七班那帮小鬼，从她主动提出要来复诊就能看得出来。

第九章　曲终人散

他在季镜走后坐在心理诊疗室里沉默着,明亮的灯光驱不散他身上的阴影,不知为何,他有些难过。

非常非常难过。

一阵脚步声再次传来,季镜去而复返,看着他出神的身影叫道:"闻远。"

闻远一下回过神来,看着再一次出现在眼前的季镜,恍然间以为自己出现了幻觉,分不清想象和现实。

他暗中掐了一下自己的手臂,有痛觉。

不是假的,确实是季镜本人折返回来了。

他为自己的举动感到好笑,稍加整理思绪之后,抬眸望着季镜问道:"怎么回来了?"

季镜看着脸上略显疲惫的他,略显心虚地眨了眨眼睛:"走到一半突然想起来一个事情。"

闻远揉着额头的手一顿,疑惑道:"嗯?"

"前两天,我们班的小朋友碰到一些不好的事情,我怕她……

"我怕她像我当年一样,午夜梦回总是惊醒,所以想带她来找你看看。"

她的声音渐渐弱了下去。

"闻医生,我提前挂个号。"

"行,没问题。"闻远痛快地答道。

"小孩周一到周五是不是需要上课?"他问。

"嗯,学校有课程安排。"

"这样啊……"他快步返回到自己的桌子前,调出自己的预约时间表,看着自己排满的档期皱了皱眉,略微思忖一番之后说道:"你的档期和她调一下吧,你下周三下午过来,可以吗?"

季镜点点头:"当然。"

闻远看着她假装抱怨:"你知道我又因为你加班了吧?"

季镜:"我回头一定告诉她,闻医生是个好人。"

闻远:"谢谢你。"

季镜:"不客气。"

闻远无语地笑了,说:"快走吧你,回到家天又要黑了。"

季镜眼里也露出一丝笑意,礼貌地和他告别:"再见。"

闻远再一次目送她的身影消失在黑暗中。

他叹了口长气:"唉……"

此外,他再也说不出别的话了。

校方极度重视江景星的事情,第一时间采取了强制措施,对那群主动惹事的学生按参与程度节迅速做出警告、记过、退学的处分。

洛水一中不止一次召开了集会,在集会上明令禁止此类事件的发生。校长在几千双眼睛面前下了最后的通牒:"如有违者,一律劝退处理。"

季镜看着校长生气的样子心想,这些年下来,这个学校似乎一直都在进步着。江景星还未回来,许愿每天都无精打采的,她总是不停望向校门口的方向,仿佛下一秒她想见到的人就会出现在她面前一般。

季镜看着她这个状态叹了口气,在一个晚自习将她叫到办公室去谈心。

她和许愿相对坐着,二人谁都没有率先开口,许愿一直低着头不去看她。

季镜让她冷静了一会,觉得时间已经差不多的时候开口道:"我知道你在想什么。"

许愿恍惚地抬起头来看看对面的季镜,看她温柔的面容上挂着一丝淡笑:"季老师……"

"我给你讲个故事吧,有点老套,和你的遭遇也有点相似。"季镜看着她柔声道。

故事不长,她讲得很慢。

直到最后,季镜摸摸她的头发:"就像他选择救那个女生,就像江

第九章 曲终人散

景星选择出手救你，无论再来多少次，我相信他们依旧会做出同样的选择。人性本善。即便经历了那么多好的坏的，我也依旧愿意相信这句话。所以，不要自责，好吗？"

许愿看着季镜，她的眼眸里盛着最真挚的情感，仿佛她永远都是自己的靠山一般。

许愿再也绷不住自己的情绪，在季镜的怀里放声大哭，这哭声撕心裂肺，里面包含了这些天所有的愧疚与自责。

她没错，江景星也没错，错的是那些欺负他们的人。她不必因此自责，不必有任何心理负担，也不必永远活在愧疚和阴影当中。

花儿应该盛放在阳光之下。

季镜在周末带她去找了闻远，他们在诊疗室里聊了许久，谈的内容具体是什么季镜并不知道，只是许愿看起来明显比之前要好上很多。

闻远好像和许愿有了共同的秘密。他笑着给许愿比了一个回头联系的手势，许愿对着闻远乖乖地点头，而后冲季镜露出一个略微狡黠的笑。

原来的许愿回来了。

雾暗云深

Chapter 10

一切都在往好的方向发展，江景星也很快回到学校上课，他回校的那天，江淮陪他一起来学校报到。

洛水一中依旧是原来那副模样，只不过春天到来，道路两旁的树逐渐抽枝发芽，冒出一片青绿，花圃里的花也互不相让，竞相盛开，给校园增添了许多的生机。

江景星一只脚刚踏进班级，班里的同学就自发不停地给他鼓掌欢呼，热闹极了。

一条准备已久的横幅徐徐拉开，上面写着"恭喜江哥完成支线任务凯旋"十二个大字。

江景星看到这个无比中二的横幅，一瞬间面色涨红，捂着脸转身就想走。

张硕率先走上去拦住他调笑："江哥，江老大！！以后罩我！"

"江哥！男神！江景星好帅啊！！！"

"恭喜江哥完成支线任务！！鼓掌！！！"

他们簇拥而上，把江景星围堵在讲台上和那条中二的横幅合照。

季镜在旁边看着他们这副年少模样，突然有些羡慕。

江淮在旁边也跟着笑："季老师，您把这些小孩教得很好。"

季镜摇头否认，眼里的笑意却止不住："是他们本身就好，和我没关系的。"

江淮看着她的侧颜，眉眼冷艳，可在这群孩子面前却透露出无尽的柔情，眼角眉梢都带着发自内心的笑意。

江淮认识季镜许多年，从未见她这般笑过，这一刹那，她整个人的棱角全无，只剩下一片柔软。

季镜一转眼就见江淮一脸笑意地看向自己，眼里闪着亮，和江景星的眼睛如出一辙。

江淮笑着看她问："他们平常也这样吗？"

"大部分时候是，大家关系都很好的。"

江淮了然地点点头，意思是自己知道了。

看着江景星回到座位上准备上课，她和江淮说请他稍等一下，她需要进去开个简短的班会。

江淮微笑着应道："好。"

季镜在他的注视下走进班级敲了敲讲台，示意自己的存在。

大家见她进来径直走上讲台，也知道她是有话要和他们说，于是很快安静下来。

"刚才江景星同学一进来，大家就自发鼓掌，我想大家也都知道是江景星阻止了一件很不好的事情发生，对吧？"

讲台下的学生冲她大声回应："对！"

"我们当然要夸江景星啦，他是我们大家的小英雄。"

季镜笑着说："但是，我希望将来大家如果再一次遇到这种事情，第一件事，是先保护好自己！

"我当然希望大家勇敢，希望大家挺身而出，可我更希望看见大家平安健康。

"所以，各位同学，以后如果碰到了这种情况，无论对方是谁，如果有余力的话，请一定要在保护好自己的前提下去帮助对方，好吗？"

"好！我们会的，镜镜姐！"

"一定保护好我们自己！"

"放心吧季老师！"

季镜看着他们莞尔,她伸出手指了一下门外,道:"那我走啦?有事去办公室找我。"

"拜拜。"她对学生们挥了挥手。

她快步从教室里走出来,对着江淮粲然一笑,而后和他一起朝办公室走去,教导主任还在那里等着他呢。

他们二人并肩而行,江淮路过一间教室,在门口停了下来,看着门牌,脸上带着些许怀念的神色:"这是我当年的教室呢。"

季镜看着那个教室,觉得些许眼熟。

这个教室在之前通常是理科重点班,只是近年来高考不再文理分科,所以才变成了普通的班级。

季镜想到这里,抬头看着江淮,突然就觉得他有些似曾相识。她脑海里有什么画面一闪而过,太快了,她抓不住。

江淮……江淮……江……

她究竟在哪里听过这个名字?

季镜皱了皱眉,努力地回想,却依旧想不起来分毫。

她试探着开口:"你是哪一级毕业生?"

"17级。"他说。

17级,像是钟声随着他的声音撞进了季镜的脑海里一般。

季镜是洛水一中18级毕业生,17级是和徐驰一届。

徐驰……江淮……周念……理(1)……

季镜突然伸手扶住自己的脑袋,一瞬间的眩晕让她整个人几乎摔在地上。

江淮迅速上前扶住她将要倒下去的身子,急切地出声询问:"季老师?"

季镜在他的搀扶下慢慢起身,她看着一脸关切之情的江淮,这张清俊的面容和记忆中某个沉默寡言的身影重合起来,她对着江淮不可置信地喃喃道:"是你?"

季镜终于记起来自己为何觉得江淮身上总有那种似有若无的熟悉

感了,她见过他,不止一次。

她想起当年自己摔下楼,两个身影飞奔而来,一个是徐驰,另一个俊朗陌生的面孔,她不认识,可是隐约能听见徐驰叫他江淮。

她也想起之前洛水警方逮捕季明方的时候,旁边的一对母子还热心地报了警,那个时候徐驰抱着即将晕倒的她,她隐约听到旁边有人说话,可是眼前的视线却越来越模糊,隐约听见徐驰说:"江……120……"

原来是他。

她在一片回忆中抬头,低声问:"你是……17级理科(1)班的江淮?"

江淮闻言,眉毛挑了一下,一双眼睛紧紧盯着她道:"对!"

"是徐驰和周念的同班同学?"

季镜看着他肯定地点头,面上露出一个无奈的轻笑。

"原来是您啊,江先生。"

季镜终于想起来了江淮是谁了。他是在她摔下楼时送她去医院的人,是她被李莎叫去大礼堂赴鸿门宴时和徐驰一起赶来解救她的人,是季明方当众对她进行殴打时想要阻止的人,是她入院后每一次来找徐驰都会带一束向日葵的人。

此刻记忆逐渐清晰明了,季镜才发现,原来江淮在自己的生命中出现了这么多次,可是她却在家长会上才得知他的名字。

江淮看着她这个反应,再结合她说出来的话,不由得笑,那笑容里闪着些许的隐秘的痛:"想起我是谁了?"

季镜站稳,看着当年理(1)的教室,再看看江淮,想起那些被忽略的回忆,微笑点头道:"谢谢您当年出手救我。"

江淮笑着摇头,眼里带着一丝看不真切的泪光,像是季镜的错觉般,他道:"不用谢。"

不用谢,我心甘情愿的。

季镜也笑,那笑容里有一种说不出的宿命带来的奇妙感:"二十七岁这一年替我解围的人居然在我十六岁那一年就出手帮过我。"

"我的荣幸。"江淮笑得开怀。

他再次无比绅士地说出了这句话。

窗外的风吹来了一丝阳光带来的暖意，夏天即将来了。

这一年是 2027 年夏天，季镜频繁地去找闻远复诊，她的状态看起来越来越稳定，可是闻远却始终觉得哪里不对劲，那是一种很奇怪的感觉。

这一年，高二（17）班在一片燥热中顺利地升入高三，进入了极其紧张的复习阶段，每个人都在为自己的未来拼命努力着。

说不清楚是哪一次，她在去找闻远复诊的时候遇见了江淮，他眉头轻微一挑，整个人看起来并不意外的样子，轻描淡写地说："季老师？"

明明是上升的调子却不带一丝的疑问，好像他一早就知道。

"是因为带高三压力太大了吗？"他笑着调侃季镜。

季镜也笑，却不答话，转移话题道："您这是……"

"景星这小子有点压力，加上之前的事情，怕他自己调节不好，就带他来找闻医生。毕竟专业的事情要交给专业的人来做。"他的声音和赵遥并不相像，甚至是天差地别，可是季镜就是在他举手投足之间窥见了赵遥的影子。

荒谬，她心想。

她迅速地甩开这个想法，不让自己将两人混淆。

她同江淮客套两句之后转身上楼去找闻远。

季镜走路从不会回头观望，所以她没看到江淮望着她的背影在原地站了许久。

季镜没有在闻远那里停留太久。

她最近一段时间的精力全部投入到了十七班，从早自习到晚自习，她一个不落。

第十章 雾暗云深

季镜走出闻远工作室的时候，正巧赶上黄昏日落时，华灯初上，将街头照得无比温馨，她脑海中反复回想着闻远说的那句话："如果可以，你要尝试开始一段新的感情生活。"

"你要尝试着开启一段新的感情生活。"这句话里的每一个字季镜都认识，可是连在一起，季镜却反应不过来他究竟想说什么。

她瞬间变了脸色，闻远却早已经预想到了她这个反应，轻声安抚她："别着急，只是一个建议。"

季镜不再说话了。她的脑袋里空空的，什么都没想。

2027年秋天，换季的时候温差很大，在一片萧瑟的秋风中，季镜成功感冒了。

她打电话给闻远，声音闷闷的，说："闻医生，我接受你的建议了。"

这场相亲是闻远亲自安排的。

据他说，季镜打电话给他的时候，他的好友正和他一起喝茶，他正愁找不到合适的人介绍给季镜，一抬眼就看见对方悠然自得的样子，电光石火之间，闻远脑子里突然跳出来这个想法。

自己的好友有一个忘不掉的白月光，季镜也忘不掉赵遥，他们两个人谁也没办法开始新的生活，那不如破罐子破摔，让他们俩凑一块试一下。

他觉得自己真的是太聪明了，丝毫没注意到自己好友眼里一闪而过的笑意。

闻远费了好大劲说服了他去相亲，一个劲拍着胸脯打包票，说这真的是个大美人，你不信去洛水一中打听打听，有多少人喜欢她，你这个老男人还避上了。

所以当季镜来到约定好的地点，看见坐在窗边喝茶的那个身影，有一瞬间愣住了。

她在脑海里想起闻远描述的对方：身高186，长得很帅，事业有成，名牌大学毕业，会照顾人，迄今为止没谈过恋爱，比她大一岁。

她看着窗边的那个人,将这些形容词一一和他对应起来。

186。

他确实很高,之前他们站在一起的时候,季镜勉强够到他肩膀。

长得帅。

的确很帅,这一会儿的工夫已经有好几个小姑娘看他。

事业有成。

她想起来那次相亲,最后赔东西的时候服务员恭敬地叫他老板,而那是洛水最著名的星级酒店。

名牌大学毕业。

季镜隐约想起江景星说想去北城大学的其中一个原因就是自己小叔叔是北城大学毕业的。

比她大一岁。

他17级高中毕业,季镜18级,可不是比她大一岁?

窗边那人似乎察觉到她一直停留在他身上的视线,慢悠悠地放下茶盏,朝入口方向看过来。

二人四目相对,他笑着起身向她走来,在她面前站定,微笑道:"季老师。"

"江先生。"

季镜落座后许久才反应过来,闻远介绍给她的相亲对象居然是江淮。

她在这个场合下沉默得说不出话来。

上一次相亲的闹剧还历历在目,这一次出手搭救她的人就坐在了她对面,成为自己新的相亲对象,更何况这个相亲对象还是自己学生的家长。

荒谬。

季镜脑海里说不清楚是第几次闪过这个词,她端起面前的茶杯,企图通过喝茶的方式冷静下来。

江淮看她不自在的反应,眼眸里难得出现一抹拘谨,随后又很快

第十章 雾暗云深

散去，假装镇定地开口道："季老师看起来很惊讶的样子。"

"是有些。"季镜无论如何都笑不出来，略带不自然地说。

"闻远只说了是自己多年好友，简单介绍了一下你的情况之外，别的什么都没说了。"

江淮也叹道："着实巧合不是？他只告诉我对方是个比我小一岁的老师。"

二人不约而同露出来一丝笑意，闻远一句谎话没说，也句句落到了点子上，可是就是给两人带来了如此奇妙的碰撞。

"你和闻远……"季镜稍显迟疑地开口问道。

她本以为上次他带江景星去闻远工作室只是去正常就诊，万万没想到是因为二人有私交。

"大学同学，机缘巧合之下认识的。"江淮道。

"这样啊。"季镜点头，心下算了算时间，他们最短也已经相识六年了。

六年，季镜心想，真的够久了。

江淮是个很健谈的人，他总是将话题引得恰到好处，而后点到为止，永远将谈话保持在一个双方都喜闻乐见的程度上。

闻远说的果然没错，季镜心想，事业有成的男人是有点东西在身上的。

那天的相亲似乎成了二人发展这段亲密关系的开端。

这顿饭之后，江淮在季镜的生活中出现的频率极高。

他惯是会注意细节，他们相亲的时候季镜感冒还没好，第二天他就让江景星给她带来了姜茶。

江景星作为江淮和季镜的头号 cp 粉，在听到这个消息后极为兴奋地跑到她的办公室，那声音里有掩盖不住的高兴："季老师，您感冒啦？"

季镜失笑："江景星，我感冒了，你看起来好高兴。"

江景星努力压制住自己因为吃到瓜而扬起来的唇角："没有没有没

有，不敢不敢。"

毕竟是小孩，他的声音在刻意的掩饰下依旧显得兴奋极了："这是我奶奶做的姜茶，驱寒效果可好了。"

我小叔叔今天早上特意亲自做的呢，还千叮咛万嘱咐说一定要说是奶奶做的，江景星在心里暗暗补充道。

季镜看了看时间，稍稍吃惊："你奶奶她老人家特意做的？"

江景星摸摸自己的指甲盖，有一瞬间的心虚，但这点心虚瞬间就被他压了下去，随后朗声大言不惭地说："没错！"

"我昨天就说了一句季老师好像也感冒了，她今天早上就起了个大早熬的。"江景星一脸认真地胡说八道。

季镜顿时觉得接过来的这杯姜茶有千斤重，这毕竟是一个老人的心意。她觉得那杯姜茶沉甸甸的，暖流般拂过了她的心。

她无比认真地对江景星说："谢谢。"

江景星看着季镜这般感动，不由得打心眼里佩服自己的小叔叔。

江景星看着季镜，一想到她有可能是自己未来的小婶婶，就无比高兴，仿佛今天的空气都比昨天更好了些。

季镜看着像是打了鸡血一般的江景星，大概也能猜到是什么原因，以他的聪明程度来说猜到应该不难。

怪不得呢。

季镜好笑地摇头："快回教室吧。"

"好嘞，小……"江景星来了个紧急刹车，"小……季老师。

"哈哈，小季老师。"

他一边说一边快步离开季镜的办公室，回想起自己的反应有些许的懊恼："怎么就说出来了呢江景星！！！季老师一定看出来了。"

烦死了，都怪江淮！他气鼓鼓地想着。

在这个小插曲后，季镜还是每天按时去挂水，按时吃药，可是感冒非但没见好，反而还越来越严重了。

江淮约她出来吃饭时，她整个人都昏昏沉沉的，提不起一点精神

第十章 雾暗云深

来。那双拿着筷子的手甚至有些许的脱力,筷子眨眼间就掉到了地上。

江淮重新拿了一双递给她,将掉地下的筷子用卫生纸包好丢进垃圾桶。

做完这些,他转过身来轻声询问季镜:"是不是工作太累了?"

他耐心无比,声音里带着掩饰不住的关切意味。

"没有。"季镜否认道,"换季的原因。"

"你啊……"他的声音里无端带了些宠溺,更多的是对季镜的心疼。

"去医院了吗?"江淮又问。

"嗯,之前去挂了水,一会儿还要去。"季镜道。

"我陪你去。"他说。

"没事,我自己能行。"季镜下意识拒绝道。

在她的心里,能陪着去医院的人太重要了。

"季镜,"江淮笑,声音听起来有些许无奈,说出来的话却万分直白,甚至有些撩人的意味,"给个机会吧。"

"给个机会吧?"

季镜听着这句话,脑海中无端浮现出来另一个人,他也总是这样笑着问她:"给个机会让你男人表现一下?"

那些被季镜深埋在心底的思念一下子蹿了上来,如同焰火一样高涨。

她看着江淮万分期待的眼神,拒绝的话沉吟再三,最后还是保持沉默,拿起筷子开始吃饭。

江淮到底还是陪着她去了医院,她挂了三个小时的水,江淮就在诊室陪她坐了三个小时。她旁边的老太太羡慕地说:"小姑娘,你男朋友可真紧张你啊。这一会儿给你盖毛毯,一会儿又叫医生换针,就没停下来过。"

季镜被她说得一阵不适应,刚想出声反驳,江淮就在旁边自然而然地接话:"这不是应该的吗?对吧?"他笑着转过脸来问季镜。

季镜移开眼不去看他,没说对,也没说不对。

外人面前,总要给江淮留些面子。

江淮也不在意,移开视线去继续和老太太聊天,可实际上注意力全放在她身上。

即使再漫长的时光也会有尽头,季镜的水很快就输完了。护士上前来给她拔针,叮嘱她最近一定要按时吃药,多穿些衣服。

江淮在旁边一一记下,而后开车送她回家。

季镜此时早已累极,一到他的副驾驶上倒头就睡。江淮看着她这般憔悴的模样,下意识地心疼。他尽量将车开得前所未有的平稳,生怕扰了她的美梦。

季镜所居住的高档小区距离医院并不远,也就十几分钟的车程。

车子到了季镜楼下的时候,江淮停住了。

他是有私心想和她多待一会儿的,可是看她如此劳累,又想让她上去休息。

江淮的心理斗争只持续一会儿就很快结束,他们相处还有大把的时间,不急于这一时。

他轻声叫季镜:"季老师?季镜。醒醒,到家了,去楼上睡。"

他的声音轻柔,生怕季镜受到惊吓一般。

"季镜?"

季镜一睁眼就看到自己楼下熟悉的景色,江淮在旁边柔声叫着自己的名字。

她迷迷糊糊地意识到自己在江淮的车里睡着了。

旁边的江淮还在叫她:"季镜?醒醒。"

"……江先生。"季镜伸出手揉了揉自己越发昏沉的头。

"谢谢您送我回家。"她说。

她在车上缓了一会儿,眼神渐渐清明。

她没有着急下车,就这样和他一起坐着,脸上的神色逐渐放空,而后像是下了什么决定一般出声道:"你和景星一样,都是特别特别好

第十章 雾暗云深

的人。这一点我很久前就知道。"

只听她话题一转,开始说一些不相关的话。

江淮眉头一皱,下意识觉得不对。

如他所料一般,季镜接着说道:"这些日子相处下来,我感觉我们是不太合适的。"

她盯着江淮的眼睛认真道:"您特别好,但是我不好。我给不了您想要的回应。中国有句老话叫及时止损,江先生……"

江淮看着她的面容,上面没有一丝的难过和留恋,他无端觉得整颗心都刺痛起来,可他面色依旧平静地反驳道:"我不觉得。"

"不要这样说自己,我觉得你特别好,好到我配不上你。"江淮话音一转,"况且,我喜欢你,这是我自己的事情,你不需要给我任何回应。"

季镜垂下眼不去看他,企图逃避道:"相亲的意义不就是抓紧时间找到一个合适的人结婚吗?"

江淮看着她道:"你觉得我和你相亲是为了结婚吗?"

他看着季镜再一次抬起的眼睛,露出一个极其温柔的笑:"不,是你。"

是为了你,他在心里补充道。

那天季镜和他在车里坐了好久,二人谁都没有说话,季镜沉浸在自己的世界中,江淮全程都在看她。

他们什么都没想。

分别的时候,江淮问她:"明天陪你去挂水?"

季镜犹豫了好久,最终看着他的眼睛点点头。

他轻声叹气:"季镜,不试试怎么知道我不是对的人?"

季镜的眼眶酸得厉害,像汽水即将爆炸。她转过身去看着窗外的灯,依旧在发亮,依旧是温馨无比,却又有哪里不同。

江淮道:"给我个机会,好吗?"

季镜转过身来看着他的眼睛,那里面写满了真挚和爱。

这样的眼睛不是假的,她之前在另一个人的眼睛里也见到过。

季镜最终点了点头,就连她自己也不知道为什么。

闻远说,她要尝试一段新的感情。

这年秋天,季镜身边多了一个无微不至的江淮。他接她上下班,带她去医院,周末一起去看电影,陪她到闻远那里复诊,好像一切都走上了正轨。

季镜的感冒依旧没好,她都已经习惯了这个事情。

江淮提出带她去医院检查,可季镜却不想去,她下意识畏惧那些仪器。江淮拗不过她,只得将她照顾得再细一些,像是失而复得的宝贝一般。

他们正式交往的第三个月,江淮送她回家。他难得没开车,走到她家楼下的时候,突然在一片星空下对着季镜单膝下跪,向她求婚,他说:"我会给你很多很多的爱,会早上起来做饭给你吃,会接你上下班,不仅仅只有雨天。

"等到日落黄昏吃过晚饭,我们就一起牵手走在大街上散步。

"我会记得我们之间所有的细节,会给你买你喜欢的铃兰,会陪你听陈奕迅,也陪你看你想要看的电视剧,我会陪你走过很多个清晨傍晚,一年四季。

"你不喜欢人多,那我们就在乡下买一个小院子,一半种花,一半种菜,一起度过漫长的暑假。夏天就在院里乘凉,一起看星星。

"等到春节将至,我们就一起放好多好多的烟花,许好多个心愿,然后努力实现。"

他说:"季镜,你想要的生活,我们慢慢都会有的。我们结婚吧,以后,我们一起组建一个家。"

季镜在江淮的描述里泣不成声。

做饭、一起回家、牵手散步、清晨傍晚、烟花……这些所有的描绘在她脑海里一一浮现。

第十章 雾暗云深

回首她的前半生，这样的时光她曾经拥有过，明明没过多久，却又像是过去了许多许多年。

"江淮。"季镜的声音里带着哭腔，"我不能答应你。"

她毫不犹豫地出声拒绝："我不爱你。"

江淮温柔地看她，轻声道："没关系，季镜，余生还有那么长，未来的事情谁都说不清的，于我而言这一生，有你就够了。"

"就算我永远都不会爱上你？"

"就算你永远都不会爱我，那我也认了。"他说，"我心甘情愿。"

季镜不知道自己到底是哪里好，能让江淮为她做到这个程度，即使不能有自己的孩子，即使没有爱，可他依旧想娶她。

可就算是这样，季镜最终依旧没有接受江淮的求婚。

她的身体越来越差，终日提不起来精神，无端地在家里晕倒，一切都昭示着，这已经不仅仅是感冒发烧的迹象了，她去了医院做了一个全身的检查。

"免疫力低下引起的器官衰竭。"医生皱着眉叹息道，"唉，你要抓紧时间来办住院。"

季镜看着那几个字恍惚："还有多久？"

"什么？"医生疑惑。

"我还能活多久？"季镜反而平静下来。

"配合治疗的话，三五年是没问题；情况好的话，十多年甚至二十年都有可能。"

"如果治疗效果不佳呢？"

"那一年都不一定能撑得住。"医生叹气道，紧接着苦口婆心，"姑娘啊，你还年轻。"

一年的时间，足够十七班毕业了，她心想。

也足够和江淮他们告别。

她在一片萧瑟中回首，意识到这一年的冬天提前来了。

盛婉在2027年的冬天飞去了瑞士，她要去探望一个许久未见的故人。

北城大雪纷飞，她心凉一片，盛婉迫不及待地想要逃离这个她生活了许多年的地方。

盛婉自小到大去过瑞士许多次，早已经是轻车熟路，就像是去自家后花园一样。

可这一次她却下意识地不想去。

她从未有过这样复杂难言的感受，她非常期待见到赵遥，可是又非常害怕见到赵遥。她回想起赵遥被送出国的这些年，他一次又一次地想方设法地回国，却因为出国前同老爷子做出的承诺而不能回来。

他找不到季镜的踪迹，北城便再无他的留恋。

盛婉在一阵颠簸的气流中回神，她看着窗外晴朗的天气，突然就不知道要怎么开口。

她不知道怎么去讲。

作为他和季镜最好的朋友，这些年，她看着赵遥和季镜分开的这些年，彼此都经历着截然不同的痛苦——而今这个痛苦要结束了，可是盛婉却高兴不起来。

她不知道该怎样对赵遥说，季镜要结婚了。这个消息太过残忍。

她一个局外人都为此泪流满面，更何况是这些年拼命反抗家族的赵遥。

盛婉想起来以前的那个天之骄子，什么都不在意的赵遥，拒人千里之外，不近人情，冷得像是一块没有心的木头。他好不容易遇到了那个能让他活过来的人，当然要和她携手度过余生。他迫切地想要拥有她，娶她为妻，和她一直在一起。

却不可能了，季镜要结婚了。季镜，要和别人结婚了。

盛婉落地的时候，赵遥派人来机场接她。盛婉看着赵老爷子身边的陈伯，看他面色含笑地对着她嘘寒问暖，然后示意身后的人接下她的行李。盛婉在一片大雪之中沉默许久之后，露出一个苦笑。

第十章 雾暗云深

瑞士的风雪可真大,刮得人眼睛生疼。

这一年,盛婉见到了阔别许久的至交,看着他身上出现不属于他的死寂,她在风雪中泪流满面。

赵遥接过她手中的行李箱递给旁边的人,而后像小时候一样拍拍她的脑袋,安抚的动作并不轻柔,紧接着响起的声音中依旧带着些许轻嘲:"出息。"

盛婉不反驳,只是看着他哭。

哭什么呢?她自己也不知道,以前的盛大小姐从不在别人面前流泪。

她跟着赵遥进屋。

相对无言,一片沉寂之下,赵遥垂着眸,像是漫不经心一般低声问:"她还好吗?"

"好啊。"盛婉又哭又笑的,平地丢出一颗惊雷,"她都要结婚了。"

赵遥觉得一定是自己在这片大雪中等的时间太长了,长到自己出现了错觉。

他听见一个熟悉的声音平静地响起:"结婚?"

"对,结婚。"盛婉不去看他,只是远远盯着墙上的壁炉,觉得瑞士的火光真是奇怪,一会儿近一会儿远的,让人看不真切。

"什么时候的事?"那个声音再度响起,明明没过几秒,却嘶哑一片,像是被尘封了亿万年之久。

"就上个星期。"

"哦,这样啊。"赵遥点点头,将脊背靠在椅子上撑着,示意自己知道了。

他的魂魄仿佛在一瞬间出窍,飘在天上看着自己冷静地和盛婉交谈,而后又若无其事地和她聊起来别的事。

他在半空中飞了许久,一切都听不真切。

盛婉说:"她说自己遇到了一个很好的人,想了许久,还是答应了他的求婚。"

"对她很好吗?"赵遥看着自己手上不知为何浮现出的青筋,轻声问。

盛婉别过头不去看他,声音里夹着无数的哽咽:"可能吧。"

"婚礼……定在什么时候?"

"明年盛夏。"

盛夏,草木枝丫疯长,生机盎然,比起一片萧瑟的凛冬好太多太多了。

那天赵遥不知道对话是怎样结束的,他甚至记不清盛婉是什么时候离开的,他看着窗外下得纷纷扬扬的大雪,突然就想起来那一年他们一起去青城山看瀑布的时候。

那天的瀑布好看极了,像极了婚纱礼服的裙摆。他当时心想,在某一天,他也会亲手为她披上这婚纱。可是还没等他将这婚纱准备好,那个想要相守一生的人却即将成为别人的新娘。

纷纷扬扬的大雪依旧在下,只是窗外终日伫立的那棵带有满身伤疤的松柏却不知为何,突然就被大雪压垮了不屈的脊梁。

赵遥极其艰难地抬手捂住眼睛,强忍着不让泪水落下来。

他已经许久未感受到锥心刺骨的痛,从小到大,他身上的责任和重担虽然沉,可是他照样能咬着牙往肚子里咽。他很小就明白,他此生只能流血,不能流泪。

赵遥心想,现在太痛了,比之前所有的痛苦都要沉重千百万倍,他已经用尽全力控制自己了。

可是太痛了,他真的忍不住了。

在赵遥很小的时候就会有很多人告诉他,说你是赵家的继承人,你应该怎么怎么样,应该如何做才能更好,更加优秀。

可是从来没有人告诉过赵遥,求而不得要如何。

这一年的冬天,瑞士下了前所未有的大雪,赵遥在这片大雪中,再也找不回自己的爱人。

第十章　雾暗云深

　　2028年春天，赵遥提前完成博士学业动身回国。

　　回国那天，兰玉和赵谦在家里等他直到半夜。他离开了这么多年，如今回来了，他们一家人也终于要团聚，是时候圆满了。

　　只奈何，天不遂人愿。

　　三更灯火之后，他们依旧没有见到赵遥的身影。赵云舒看着父母眼里逐渐暗淡下去的期待，打电话给他，问他在哪。

　　他不言，却笑了两下。

　　话筒里传来的声音在北城的风声之下无比嘶哑："姐，别等了，我不会再回去了。"

　　赵云舒握着电话的手一抖，极为僵硬地转过头去看向兰玉和赵谦。

　　从小到大，赵遥很少叫赵云舒姐姐，他永远都是淡淡地叫她名字，她从不觉得有任何的不妥。

　　这一次，他叫了赵云舒"姐"。

　　兰玉和赵谦明显也听到了，他们二人没什么反应一般，只是吩咐用人将饭热一下，在家里等了他许久，菜都凉了。

　　赵云舒看着那一桌团圆饭，全都是兰玉和赵谦亲手做的，如今却像是冷饭残羹一样摆在桌上，饭菜还在，该回来的人却没有回来。

　　不知道是谁先掉的眼泪。

　　兰玉再也忍不住，"啪"的一声放下筷子，拽着赵谦一起动身去了那个心知肚明的地方。

　　他们在那个红绿灯前找到赵遥，看着他面色平静地坐在那里发呆。

　　兰玉在原地看了他许久，看着他无比落寞孤寂的背影，眼眶里蓄满了泪水，哑口无言。

　　她脑海中浮现出上一次见到赵遥的情形。

　　那是在2026年冬天，赵遥成功逃离陈伯的看管偷偷回国，可当他降落在洛水机场的那一刻，赵老爷子突然出现，带着人将他强行押回瑞士。

　　她和赵谦就在那里远远地望着，看他坚定不屈地一次又一次地反抗，直至遍体鳞伤，满目疮痍。

无人知道当时兰玉心里的痛，万般滋味涌上心头，那一刻兰玉心想，她应当是恨的。他们明明什么都没做错，可是却生生地被折磨了这么多年。

兰玉回过神来，看着面前失魂落魄的人，缓慢地走上前唤他："赵遥。"

赵遥猛地回过神来，抬头看着面前眼眶微红的兰玉和赵谦，眼里亮起来的光骤然暗淡下去，他心下觉得自己可笑，复又垂下头去。

兰玉和赵谦就这样站在这个红绿灯下看着赵遥颓唐至极，却无能为力。

沉默许久之后，赵遥突然漫不经心一般随口问道："妈，你说下着雨在这坐一晚上，是种什么样的感受？"

他这话一出，兰玉拉着赵谦的手一紧，短短的指甲在赵谦手上印出来五道弯月。

赵遥坐在地上，发出一声苍凉而又狼狈的笑，那笑声里带了数不清的痛苦曲折，听得人下意识流下泪来。

"妈，她要结婚了。"赵遥转过头来看着兰玉的眼睛，一字一句道。

"遥儿。"兰玉看着他带着水光的眼眸，声音中多了几分茫然无措。

短短六个字，无比平淡的一句陈述。

可这句话却像是平淡之下夹杂着利器，一把无比锋利的尖刀直插兰玉的心脏，一刀见血。

这个能言善辩的女人在此刻说不出任何有力的话语来安慰自己的儿子。

因为连她也痛得喘不过气来。

"回家吧，我就不送你们了。"赵遥看着兰玉，摇摇欲坠的身影跟跄着起身，拉着行李箱往他和季镜的家里走去。

"赵遥！"赵谦快步上前扶住兰玉，厉声叫住转身的赵遥，道，"你为了她连爸妈都不要了吗？"

第十章 雾暗云深

赵遥背对着他们站了许久，突然出声疑惑问："爸，你那么爱我妈，会将妈丢在一个地方让她苦等一夜吗？"赵遥笑了，"研究生毕业那天，您打电话让我回去，我回去了。"

他声音缓慢，那段回忆他永远都不想提起。

"我说我要娶季镜，您不同意，爷爷也不同意。我在暴雨中跪了一夜，丝毫不能改变你们的想法，命悬一线你们也全不在意，没想到你们心狠至此。我想离开我的家族吗？我当然不想，可是我有选择吗？"

他一直在笑，那笑声里充满悲凉，他内心早已经荒芜一片，那一年的大雨在他心里从未停歇。

"爸妈，我们只是相爱。我有什么错，季镜又做错了什么，需要您这样来拆散我们？现在她要结婚了，我不会去再打扰她了，您不是如愿了吗？现在又是在做什么？"

他看着赵谦和兰玉悔恨交加的面容，哀莫大于心死："我知道你们这么做的原因，我不怨。可是妈，您不能要求我原谅。"

你们不能那么自私，更不能要求我原谅。

不能在拆散我们之后，还要我看你们琴瑟和鸣岁月静好，还逼我娶妻生子儿孙满堂。

兰玉深知自己儿子的脾性，他自小就优秀，别人穷极一生的东西他唾手可得，他也倔强无比，任何东西都可以弃之如履。

他和季镜一样，说到做到，只要是认准了的事情就从来不会回头。

兰玉从看见赵遥的那一刻就知道，那桌团圆饭，要浪费了。

他不会再回赵家了。

他不会再回来了。

赵遥看着这个如此熟悉却又无比陌生的红绿灯，想着季镜究竟是如何熬过的那场暴雨。她那么怕黑，又怕冷，那天晚上却没有人牵着她的手带她回家。

赵遥早已经在多年前就拜托沈三将他们居住的院子买下来了。此刻看着一切如故，可人却永远回不来了，他的心里涌起一股巨大的酸涩，混着疼痛一起将他吞噬。

他在门前站了许久，终于下定决心打开门。

回忆随着尘土扑面而来。

赵遥在客厅的桌上找到了他送给季镜的佛珠和那朵永不枯萎的金色玫瑰。他极其轻柔地抚摸着那朵玫瑰，仿佛通过它能触到季镜鲜活的面容一样。

他将那朵金色玫瑰紧紧地攥在手里，走出门，望着院子出神。他明明是在笑，可赵遥却觉得四肢百骸都痛，他弯下腰来，到了几乎不能呼吸的地步。

季镜啊……季镜。

你说这一生，命运到底是多么坎坷，才会让两个相爱的人对彼此求而不得。

他戴着那串佛珠在一片孤寂中回到了北城大学执教，看着他们过去所有的回忆，在一片劝诫声中选择成为北城大学历史上最年轻的讲师。

形影相吊，曾经二人并肩的路如今只有他一个人走，可他却无可奈何。

赵遥和梁教授重逢在他的课后，梁教授来他办公室找他，赵遥一开门，就看到了梁亦安。

那一瞬间赵遥失语，而后露出一个机械般的笑容。

他恭敬地把她迎进来，给她泡了最好的茶，而后在她面前落座。

他始终面上带笑，像是放下了所有的事情。

梁教授接过他敬的茶，撇一下浮沫，而后放下茶盏叹息："孩子啊。"

这声轻叹跨越了时间。

他想起很久之前，梁教授也是这般地叹气着，自己垂眸站在她面前敞开心扉道："可是姥姥，赵遥爱她。"

第十章 雾暗云深

恍如隔世。

如今只这一句话,赵遥就溃不成军。

梁亦安看着赵遥眉眼间骤然落下的两行泪,也不由得心酸。她见证了二人所有的事情,却也无能为力。

古往今来,门当户对这四个字拆散了太多太多的有情人。

梁教授再一次察觉到命运的齿轮旋转不息,命运这两个字太过玄妙了,谁都说不准下一秒它会将你推向何方。

她轻拍着赵遥的背,就像是小时候常做的那样,道:"向前看。

"好孩子,向前看。"

2028年的夏天来得格外的早,盛婉和周念一起飞去洛水出席季镜的婚礼。

盛婉在朋友圈里全程转播,却唯独屏蔽了赵遥。

赵遥看着盛津在旁边默不作声,只一个劲地给自己灌酒,大概也能猜到。

他拿过盛津的手机,看着日思夜想的人出现在自己面前。

那天,其实他和盛津偷偷去了现场。

她穿着一袭中式礼服格外好看,好看到让在场所有人都黯然失色的程度,赵遥在她的眉眼中再一次窥见了梅里雪山的春天。

赵遥看着旁边揽着季镜的江淮,再看季镜,突然觉得刺眼极了。

郎才女貌,天作之合,可赵遥却不想承认。

他看着那个高大的男人许诺会给她许多许多的爱,他在那交换的誓言之中走神,发自内心地觉得她的礼服真的很漂亮。

赵遥心想,这样的场景他在梦里见过许多次,如今真的实现,可站在她身旁的人不是他。

他不知道自己是怎样离开的。

那天晚上,他在一片浮动的灯火中喝得酩酊大醉,对着手机中身着礼服的季镜失声痛哭。

只差一点，站在季镜身边的人就是他了。

只差一步，他就能够永远地拥有梅里雪山的春天。

赵遥看着无比绮丽的她，不自觉地出神，他的脑海里想起他们之间所有的回忆，如今再回首已是泪流满面。

他知道，他的春天永远不会来了。

赵遥在灯火中回到北城，余生他也会永远守在这里，看故宫落雪，看西海葬月，看着北城无数个失去颜色的春秋时节，守着他们的回忆了此残生。

2028年六月对季镜来说无比特殊，这一年盛夏发生了两件事。

第一件事情是高考终于结束了，十七班每个人脸上都闪烁着欢欣的光芒。他们三年的努力在这年夏天有了分晓，黑屋子里亮起了最终的审判灯。

江景星和许愿成功实现了自己的梦想被北城大学录取，几乎每个人都有了一个很好的结局。

而她在一众领导的挽留下毅然决然地选择辞职，离开洛水一中，没有任何商量的余地。

第二件事情是，她结婚了。

这一年夏天，她和江淮在洛水结婚，周念、徐驰接到消息之后纷纷赶来。

不可置信，这是他们的第一反应。

江淮看着他们笑得一脸欠揍，得意扬扬地给他们看二人的结婚照。

季镜一袭中式礼服站在江淮身边，对着镜头笑得温婉，而江淮站在旁边温柔地注视着她，仿佛季镜是他的全世界。二人看起来无比登对。

他们脸上洋溢着的笑容看起来极其幸福。

婚礼那天，盛婉担任她的伴娘，陪她出嫁。季镜看着周念和盛婉哭得一塌糊涂，心中情意纷繁复杂，却没有一分写在脸上，她只是笑。

第十章 雾暗云深

她以前总是冷着一张脸,可是今年却不知为何,格外爱笑。

那天的婚礼赚足了周念和盛婉的眼泪,到底是因为她幸福所以哭,还是别的原因,她们都不去想。

季镜拉着江淮对着前来参加婚礼的梁亦安道:"老师,这是……"

她停住了,像是反应不过来。

"我的丈夫,江淮。"

许久,她笑了,脸上复杂的神色仿佛从未出现过。

梁亦安教授坐在家长的位置上,受了江淮对她的大礼,她眼中闪着泪,看着眼前这对如玉的璧人。

她不由得伸手拉住季镜,双手相握,一个劲地重复道:"幸福就好,幸福就好。"

季镜跪在梁教授面前给她磕头:"这些年来,知遇之恩,拳拳相护之情,季镜无以为报。老师,季镜感激不尽。"她啜泣着,像是无比郑重地告别。

就仿佛此生再也见不到梁教授一般。

这些年来,梁教授给了她从未有过的爱,这份爱,季镜无论如何都还不起。

梁教授笑着摇头,摸摸她的头发,眼里闪烁着泪花。她看着季镜出嫁,就好像自己女儿结婚一般,不舍,还有难过。

她将季镜扶起来叮嘱:"孩子,要幸福。"

"要幸福。"这是梁亦安对她最后的祝愿。

十七班全部来赴宴,他们排了许多个节目,将婚礼的氛围变得更加热闹。

江景星拿过话筒抢先道:"祝小叔叔婶婶!百!年!好!合!"

"百!年!好!合!"十七班在台下出声激动地附和着。

"季老师,新婚快乐!"他们齐声呐喊,一片真诚感动了现场的各位来宾。

这几个小鬼头丝毫不顾及江淮,他们拿着话筒轮番发问。

张硕率先上前来打头阵:"江叔叔,您和季老师将来谁当家呀?"

江淮失笑,但还是认真地答:"看你们季老师吧?她想的话就她来,她嫌累就我来,我都听她的。"

"哇哦!"台下一片起哄声中,许愿和十七班的同学对视之后旋即起身,对着江淮接连发问:"江叔叔,将来家务是谁做呀?"

江淮:"当然是我。"

许愿:"那赚钱呢?"

江淮:"也是我。"

许愿:"您赚的钱要怎么花?"

江淮看着季镜笑:"当然是给我老婆花。"

"哦哦哦!"

"给我老婆花!"

这帮小鬼早有准备,什么问题都问得出来,甚至还有将来的小孩要和谁姓,江淮被他们挨个问得乐不可支。

那天的婚宴上,江淮揽着季镜的腰,对着各路来宾挨个敬酒。敬到闻远的时候,他看着二人相携而立,不知不觉中,眼中竟然有泪水。

闻远笑着给自己找补:"我一下就得拿两份钱,太心疼了。"

江淮和季镜对视,也笑,只不过那笑容里有一些心知肚明的苦涩,就像他们手里的酒一般。那一天真的是热闹极了,即使时光过去了许多年,江淮依然忘不了。

和她在一起的时光此生难忘。

时光退回到 2027 年深秋,江淮终于得知季镜的病情,那是季镜第一次见这个男人落泪。

他冷静下来说:"我带你去北城,去国外,我一定陪你把病治好。"

季镜看着他认真的神色,淡笑着摇头:"不必了。江淮,这是我的命。"

季镜第一次见江淮失礼,他上前抱着她说,不能对他这么残忍。

第十章 雾暗云深

他红着眼:"季镜,我喜欢你这么多年,你不能就这样一走了之。"

这是季镜从未知道的事情。

他埋在心底许多年的秘密,如今全都顾不得了,他只知道要把她留下来。

季镜看着江淮,看着他的情义,看着他的付出和爱,突然就很想落泪:"江淮,谢谢你。只是你的人生还长,就别把时间浪费在我身上了,好吗?"

"不好,季镜,我们结婚吧。和我结婚,我娶你。"

季镜看着江淮,这个高大的男人失去了往昔的自持,那双温柔的眼睛里只剩下了心痛。

她终于落下泪来。

季镜强忍着难过说:"可是江淮,我要死了。"

季镜不能耽误他,他的人生还很长,将来一定会有更适合他的人出现。

2027年的冬天,江淮对季镜再一次求婚,他不在乎季镜的生命还有多久,他只知道眼前这个人是他此生挚爱,无论如何,他都要陪着她。

远在北城的兰玉来洛水看她,她们二人对坐,却相对无言。季镜没有问赵遥过得好不好,她心里很清楚答案,他过得不好。

兰玉临走前,季镜叫住她:"师姐。"

兰玉回头看她,眼里闪着对她的不舍,还有无尽的愧疚。

季镜看着她,一瞬间就明白了她内心的苦,她突然就不想让兰玉这么难过。

于是她对着兰玉笑道:"我要结婚了,具体日期还没订好,大约在夏天。"

季镜起身上前一步抱住她:"师姐。"

兰玉抚着她的头,回抱着她,笑得苦涩:"镜镜啊!"

她知道季镜是怎样的人,第一眼见到自己这个小师妹兰玉就知道,这姑娘绝非池中之物。兰玉阅人无数，可还是被她打动，对她喜爱得不得了。

只是没想到命运弄人，居然让她们走到这个地步。

那是兰玉最后一次见到季镜。

她笑着说："师姐，我要结婚了。"

闻之落泪。

2028年二月初，洛水一中高三年级开学，一片天寒地冻中，季镜晕倒在讲台上。

她对十七班宣称是由于站太久了低血糖，那段时间内，十七班每个人身上都揣着不同种类的糖。

同年四月，她的病情持续恶化，整个人渐渐虚弱，已经到了站都站不稳的地步。此时距离十七班高考还有两个月，绝对不能临时换老师。

季镜咬牙坚持上课，明明是春天，却疼出了满头大汗。江淮每天都来接她上下班，看似揽着她秀恩爱，实则是暗中搀扶，不让这帮小鬼看出来。

在这样的极速消耗之下，季镜终于撑到了高考结束。

她没有失约，这一程，她陪十七班走完了。

高考彻底结束的第二天，季镜正式办理入院手续。

江淮那边则是紧锣密鼓地筹备婚礼，所有的步骤都是他亲手操持。

晚上等江淮来陪床的时候，季镜看着他问："值得吗？"

江淮就笑，说值得。

江淮在季镜睡着后站在窗边出神。他爱了季镜整整十一年，当然值得，得偿所愿，他应该开心才对，可是眼眶却不由自主地掉泪。

婚礼前夕，季镜看着坐在自己面前的江淮，出声道："我们之前说好了，婚礼不作数的。"

"好。"江淮一口答应下来。

第十章 雾暗云深

"江淮。"季镜叫他。

"嗯？"

"谢谢你。"季镜看着他，真诚地说。

这些日子，他没日没夜地陪在自己身旁忙上忙下，可自己却不能给他分毫回报。

这情太重，季镜没办法还了。

婚礼当天来了很多很多的人，他们无一例外地祝她幸福。

季镜贪婪地看着他们的面孔，眼泪忍得辛苦。

江淮揽着她，凑到她耳边悄声道："以后还会见面的，还有很多机会相见，别伤心。"

他们敬了许多的酒，季镜却在心里一一和他们道别。

婚礼结束后，季镜再度入院，这一次，她在医院住了好久，直到这一年的冬天。

此时她已经虚弱得不成样子，生命进入了倒计时。

江淮干脆搬进医院陪她。

这一年的冬天格外的冷，刚一入冬，窗外的寒风就开始呼啸，刮得人心寒。

江淮推掉了所有的工作，每天守在她身侧，寸步不离，将她照顾得无微不至。护士站的女生无比羡慕，每天都要来转好几圈。

季镜和江淮很少聊天，彼时，她连说话的力气都没有了，大多数时间都是江淮在说，她在听。

江淮的语言功底很厉害，季镜在他对年少的描述中，看到了一个不一样的自己，她优秀、善良、果敢、坚韧，永远不会认输，永远让人心动。

洛水下第一场雪的时候，季镜的精神忽然好转了起来，只是江淮的眉心一直跳个不停，像是什么不好的预兆。

一语成谶。

次日，医生检查完季镜的情况，示意江淮出去，在病房外对江淮下了最后的通牒。

无论他们付出了多么昂贵的代价,可是在人生大限面前都别无他法,死神无情,这一天终究还是要来。

他靠在墙上,不知不觉间泪流满面。这些时日里,他们都配合着医生做了最大的努力,只是季镜大限已至,无论如何也留不住了。

江淮走到窗边,在一片荒芜中拨通了那个人的电话。

"嘟——"

电话响了许久,终于接了起来,男人清冷的声音在电话另一头响起:"您好?"

江淮深吸了一口气,艰难地出声:"你好,赵遥。"

"您好,请问您是?"那头冷冽的声音疑惑道。

"我是季镜的丈夫,我叫江淮。"他的声音止不住的颤抖,却还是强忍着痛继续道,"如果可以,请你尽快赶来洛水,见她最后一面。"

"尽快。"他的声音中带着无尽的苦楚。

江淮终于抑制不住自己的哭声,这个高大的男人在得知自己的爱人生命走到尽头之时,却如此地无能为力。

这种痛苦,比起撕心裂肺,有过之而无不及。

季镜想见他,江淮知道。

这些时日里她的手机中经常会弹出去瑞士的机票,虽然她总是第一时间划走,可是她会对手机相册里的那张瑞士风景出神。

她清醒的时日不多,大部分半梦半醒的时候,她下意识地叫出来的是赵遥的名字。

在婚礼之前,季镜就将他们之间的事情对江淮全盘托出,毫无欺瞒。周念在婚礼上酩酊大醉,对他说这些年赵遥反抗的苦,他在旁人细枝末节的叙述中得知了他们全部的爱。

他为自己没有盛开的爱情流泪,也为他们不屈的爱情喝彩。

这才是季镜,这才是他深爱着的那个季镜。

她认定的事情,到死都不会回头。

第十章 雾暗云深

所以此刻,他不想让季镜带着遗憾走,也不想让赵遥带着遗憾活着。

赵遥第一时间调了私人飞机赶向洛水。

他整个人犹如五雷轰顶,一阵巨大的茫然袭击了他。

他不明白,明明几个月前她刚结婚,此刻应该无比圆满才对,为什么突然就病入膏肓,生命进入倒计时,以至于无药可救的地步。

他觉得这个玩笑一点都不好笑。

赵遥按照电话里江淮所讲,跌跌撞撞地找到她所在的重症病房,第一眼就看见了她。

她瘦得不成样子,整个人将近到了皮包骨的程度,生气全无,像是一朵花开到了最后,尽是荼蘼,只剩眼神中还有一点零星的光了。

几茎残骨,一副枯骸。这怎么可能是季镜?

他看着她的样子泣不成声,用尽浑身力气才能控制住自己不冲进去。

赵遥攥着自己手腕上的佛珠,死死地抵在墙上,听她缓慢地和江淮在讲话,大部分时间都是她在说:"江淮,等景星放寒假回来,一定不要告诉他,就说我出国了,能瞒多久是多久。十七班一贯玩得好,他知道全班就知道了,我可不想在天上还要听他们哭个不停,太吵了。"

"好。"

"你说徐驰什么时候回来啊?再不回来的话,冬天就要过去了,之前他还说要和我一起打雪仗呢,只不过一直没有机会。等他回来,你帮我好不好?我们一起对付他!"

"好。"

"周念,她和盛津马上就要读完博士了,他们两个人携手这么多年,估计也要结婚了,她比我幸运得多。江淮……"季镜眼里似有泪花,"你随份子钱的时候,帮我给她包个大红包好不好?"

"好。"

"盛婉的爱人好像也回来了,他们俩真的好幸福啊,前两天还说要我几年后去参加婚礼,我估计是去不成了……你帮我送份厚礼吧,然后也瞒着她,好吗?"

"好。"

"江淮,老师年纪大了,我们就别让她难过了吧,就说我们……出国定居了,等逢年过节的时候,你帮我给她寄一份洛水的特产好吗?"

"好。"

"江淮,今年夏天的时候,我偷偷签了器官捐赠的协议。我当时也不知道这个病最后到底是怎样,只是眼角膜什么的,应该都是可以用的。我先提前告诉你,你帮我记着,好不好?"

"好……"江淮看着季镜缓声说。

"江淮。"季镜停住了,她不再看向窗外,转头看着眼前的这个人憔悴的面容,"我这一生,荒谬至极,可是我不亏欠任何人,只是唯独对不起你。"

季镜笑,眼里的泪止不住地流:"即便你对我这样好,我依旧没有爱上你。"

"没关系,季镜。"江淮眼里带着许多的泪,笑道,"没关系的。"

季镜伸出手抚摸他长满胡楂的脸:"我们说好了的,你不能反悔。我走后,一定要找一个很爱很爱你的人,你们举行一场正式的婚礼,然后生一个可爱的小孩,相守一生,好不好?"

江淮握着她的手也笑,却不答话,只是一个劲地流泪。

季镜怎么可能同意和他结婚呢?将死之人,又何谈爱,更何况她心中早已经有人常驻。

只是江淮这么多年的执念未了,如今看她死在自己面前,要怎么继续生活下去呢?

她想起闻远说的,给他留个念想吧,爱了你这么多年,你得亲手

第十章 雾暗云深

画上这个句号。于是便有了那场只有新娘的亲朋好友来参加的婚礼。

江淮看着季镜的精神逐渐弱下去,不由得叫她:"季镜……"

"季镜?"江淮的声音掩饰不住的慌乱,仔细听,还有细密的颤抖。

"醒醒,季镜,别睡。"

季镜看着面前的男人逐渐模糊的面容,脑海里突然回想起了当年的北城,走马观花一样看过所有的回忆,季镜露出了一个纯粹的笑。

她说:"如果可以,我真的想再看一次北城的雪。"

她想起那一年暴雪,他们回到家,赵遥揽着季镜的腰在她耳边念诗,那诗具体内容是什么,季镜早就记不清了。

她眼角缓缓溢出一滴清泪。

季镜艰难转头,看着窗外,费力低声道:"若是前生……未有缘,待重结……来生……愿。"

若是前生未有缘,待重结来生愿。

她似乎耗尽了所有的生气,眼皮止不住地往下垂。

她说:"江淮……我累了,我想要睡一会儿了。"

季镜听到江淮一直在和她说话,只是那内容逐渐听不清了,江淮的声音越来越小,越来越小,他似乎一直让她等什么人。

可是等谁呢?她这一生,好像总是在等,等得太久,她都有些累了,况且那人远在瑞士,又怎么可能会出现在她面前。

更何况她也答应了赵老爷子,这辈子都不会见他了。

她做到了,她这辈子真的没有再见他。

一面也没有。

她在弥留之际回想起在北城的时光,有对她很好很好的导师,有交心的朋友,还有她的爱人,回想起他们相守的那些泛着光的平淡日子,这一生,好像是也值得了。

那是她此生最快乐的时光。

她在这世上存活了二十八年,短短岁月间,无数心酸事,她觉得太痛了。

荒唐难言，一生不颂。

可是如果有来生的话，即使再经历数百倍的痛苦，她还是会选择成为季镜。

那样，就能够再一次遇见赵遥。

她想起自己的爱人，面上不由自主地泛起了一抹笑，余生这么长，她只期望他平安顺遂，所愿皆得。

机器上的波纹随着她弱下去的话语逐渐平缓，直至归于一条直线，医生和护士冲进来，一阵竭力抢救后，最终在赵遥和江淮剧痛的目光中宣布死亡时间，而后，躬身道歉，为她盖上雪白的床单。

赵遥和江淮同时泪如雨下，泣不成声。

天人永隔。

季镜去世的这一天，千里之外的北城无端地泛起了十里的大雾。

她死在了2028年，和赵遥分别后的第四年的冬天。

穷极一生，她也没能等来一个真正属于自己的春。

这一年冬天，北城上空始终弥漫着散不去的雾气。

赵遥在一片大雾中失魂落魄地回到了北城，回到了那个小院子，在他和季镜的家里，亲手种下了一棵枇杷树。

今夕是何年？

赵遥看着窗外那棵枇杷树迎风摇曳，不由得自我抽离。

窗外那棵枇杷树在这些年里充分地汲取营养，逐渐枝繁叶茂，一副已然长成的样子。

好像都要结果子了。

他从屋子里出来，慢慢地走到树下站定，看着上面的记号出神。七笔，刻在树上的划痕一共七笔，代表着这棵树已经种下了七年。

七年，两千六百多个日日夜夜。这是她离开的第七年，赵遥垂下眼帘心想。

第十章 雾暗云深

他走到树下的摇椅旁边坐下，在枇杷树的遮蔽下开始望着远方放空。这七年里，他经常如这般抽空来树下坐着，一坐就是许久。

院子里空荡荡的，玫瑰枯萎后，院子里就什么也没有了。

赵遥依旧守在北城大学任教，时间过去这么久，他早已荣升博导，可以自己带学生了。

说起来他的学生，赵遥脑海里下意识浮现出来江景星，他和许愿，是自己为数不多能记住的人。

江景星和许愿大三那年选修了赵遥的课程。

只有他们知道，这并非机缘巧合，而是有意为之。

第一节课，赵遥就注意到了他们。

他注意到江景星有两个原因：第一，江景星和许愿对着他一起发呆，眼里带着浓重的不解，还有一丝似有若无的怨。

第二，他看到了一些东西。

这些年赵遥带过的学生无数，可偏偏对他们印象深刻，原因无他，赵遥在他们身上看见了一些很久没见的东西。比如说紧张的时候手指微蜷，比如握笔的时候总是恰到好处地握住笔的三分之一，比如摇头的幅度很小，笑得也不开心。

这些都是另一个人身上的影子。

是季镜身上有的东西，时隔这么多年，赵遥依旧能够一眼认出来她的影子。他很久没在别人身上见到过季镜的影子了，那一刻赵遥心里有了一个隐约的念头。

于是赵遥格外地注意他，找人调了江景星的资料，生源地果真是洛水。

看到洛水一中那四个字，赵遥的眉心一跳，而后面上又恢复了那种毫无波澜、深不可测的样子。

只有他自己知道，他的心乱了。

季镜走后，赵遥再也没有过情绪上的波动，他像是一个机器人一般日复一日地执行着写好的程序，从不出任何的差错。

可是那一天，赵遥对着繁忙的课题，却一个字都看不进去。他难得提前下了班，步行回家，走到那个红绿灯的时候，他停下驻足，看着这个灯下发生新的故事，然后直起腰板，神色如常地回家，四合院里燃起炊烟，赵遥今天的晚饭依旧是阳春面。

只不过他回来得匆忙，忘记去超市买酸奶了。

他独自一人坐在餐桌上，数不清是多少次地翻看着沈三发过来的季镜的那三年。

那是赵遥从未涉及过的她的人生。

赵遥看着她生活的动态，不自觉就笑了，而后泪水和面汤混为一体，分不清楚哪一个更咸一些。他早就知道，分开之后，苦的不仅只有他。如今在季镜离开之后回望她的生活，绝望更上一层楼。

自那之后，他就会在上课时多看江景星两眼，又或者他不是在看江景星，而是透过江景星看另外一个永远都不会回来的人。

那年的冬天北城没有下雪，可赵遥还是去了故宫。这里依旧一片庄严，和许久之前一样。

他在那里碰见了等待他的江景星。

江景星上前和他打招呼："赵老师。"

赵遥点头，看着他的眼睛开口道："问吧。"

赵遥没兴趣知道江景星到底是从何得知他和季镜的过往，也不在乎江景星的来意到底是什么，赵遥在他的眼睛里窥见了埋藏起来的陈伤——他们都失去了此生最重要的人。

"你为什么不来找她呢？"江景星问。

他的声音里带着不解，带着沙哑的和掩盖不住的痛。

"因为……"赵遥看着辉煌宫殿上的獬豸，看着它永远都在这里守着故宫，此生不可违抗的天意一般。

"我当时想要的太多了。"

赵遥以为赵家会心软，赵家以为赵遥会妥协，可是他们谁都不会让步，这注定是一个无解的死局。

第十章 雾暗云深

"你……"江景星其实早就知道了事情的原委，那是周念告诉他的，他们一起去季镜的坟前扫墓的时候周念说的。

她早就心有所属，即使为了这份情搭上了自己的命也在所不惜。

"你后悔吗？"江景星看着赵遥如死灰一般毫无波澜的面孔。

"你还记得《离骚》吗？"他没回答，只说了一句风马牛不相及的话。

江景星明白了。

"亦余心之所善兮，虽九死其犹未悔。"这是季镜教的，他不会忘。

他们之间什么都没有了，他只能靠这些来怀念她。

"你为什么不结婚？"江景星沉默许久，问了最后一个问题。

"我院子里有棵枇杷树。"赵遥道，"风一吹过的时候，摇曳生姿，我就会感觉是她回来看我。况且，这世上能与我结婚生子的仅她一人，她不在了，枇杷树已种下，便只等结果的那天。"

江景星终于看到那张脸上泛起笑意，尽管上面带着无尽的苦楚，却像是只有此刻才短暂地活了过来。

这让他对赵遥的怨就像是一个笑话一样。

他不是没有努力过。自己得知季镜去世的消息都如此痛苦，那他呢？他痛失所爱的锥心程度或许远非自己能想象。

在他的心里，他已经娶过季镜了，这辈子不会再娶别人。

那次故宫分别后，他们二人默契地没有提起这件事。期末考试的时候，赵遥看着成绩，心想江景星不愧是季镜的学生，他和许愿在人才出众的北城大学依旧能拔得头筹。

此后江景星再也没有出现在赵遥的面前，直到今年夏天。

赵遥上完课，如往常一般回到了自己的办公室，旋即有人敲门，赵遥一抬头，就看见了这个身上闪着光的少年。

"赵老师，好久不见。"他笑。

比起四年前的少年意气，他身上多了些沉稳气息。

"好久不见。"江淮最近要结婚了，他是知道的。

所以江景星出现在他面前，来给他送请柬的时候，赵遥丝毫不觉得意外。

和江淮一样，江景星脸上也有了一丝名为释怀的东西。岁月总是会将所有的往事稀释，最后归于淡忘。

"小叔说，今晚在老地方等你，不见不散。"

"好。"

赵遥坐在枇杷树下，对着那棵树无比温柔地说道："今天晚上我要出去一下，很快回来。"

那天赵遥和江淮一起喝了很多酒，赵遥在宿醉中回想起那个四处弥漫着大雾的凛冬。

2028年的冬天，江淮将一切和盘托出，包括相亲和假结婚，即使再难过也要承认，季镜这辈子，只爱过赵遥一个人。

江淮想得到季镜的爱，可是他只有一个丈夫的身份。

赵遥想和季镜结婚，可是他除了季镜的爱，什么都没有。

他们身上都有彼此得不到的东西，两个人深陷同一个困局的两端不可自拔。

拨雪寻春春不再，烧灯续昼昼却完。

江淮是一个极好极好的人，正如季镜所说，他的人生路还长着呢。

他的人生可以和季镜交错一段时光，但是这段时光过去了也就彻底过去了。

他在季镜离开的第七年遇上了能让自己和过去握手言和的人，于是也遵照家里的意愿娶妻生子，过上了幸福的生活。

尽管江淮永远都不会忘记季镜。

赵遥也不会。

这些年，赵家一直试图让赵遥回去。

赵老爷子再次给他安排相亲，可笑的是那个女孩像极了季镜，坚韧、聪慧、漂亮，甚至连家世都一样的凄惨。他理都不理，直接回到他和季镜的家，对着窗前的枇杷树出神。

第十章　雾暗云深

他耳边回想起赵谦转述的赵老爷子的话：当年拆散他们，是因为赵遥身上肩负的重任不得不为；如今妥协，是因为他作为长辈，看赵遥孤苦伶仃这么多年，于心不忍。

好一个于心不忍。

赵遥觉得无比讽刺，几乎是要笑出眼泪的程度。如若真的于心不忍，他当初命悬一线奄奄一息的时候，怎么就不肯放过他们？如若真的于心不忍，为何非要遣送他出国？如若真的于心不忍，又怎么会看他们各自痛苦好多年？

好一个于心不忍。

一句于心不忍，就能抵消掉他们错过的余生，这未免太过荒唐些。

痛失所爱这么多年，他无法原谅。

这个世界上只有一个季镜，也只有一个赵遥。

失去了就是彻底失去了，再也不会回来了。

时间真的过去太久了，久到他知道了许多往事。

赵遥去参加江淮婚礼的时候，远远望见一个人，他在关于季镜的档案中见到过这个人，季镜的心理医生，闻远。

闻远端着酒杯来到赵遥面前站定，面带笑意地看着赵遥，却什么都没有说。

该怎么形容他的笑呢？

赵遥在心里想，那是一个充满遗憾、惋惜、不舍却又无比释然的笑。

他举起自己手里的酒敬赵遥，一饮而尽，说："没见到你之前我根本不能理解，为什么一个人能用一份感情将自己困入死局，我觉得很荒谬。"

闻远笑："现在我懂了。"

他看着赵遥的眼睛，这个全国闻名的心理医生此刻已经知道，这人早已困死于自己的心坟之中，解脱不出来。

闻远拿起桌上的酒再敬他："人生自是有情痴，此恨不关风与月。"

赵遥当然不会认为闻远是因为他是季镜的爱人所以来敬他,这个心理医生把最初想告诉他的话全部隐藏起来了。

他最初想告诉赵遥关于季镜在洛水的事情,只是最后不知为何却选择缄默不语,可是没有关系,赵遥想知道的东西,总会知道的。

在后来的人生中,赵遥也不知道到底应该庆幸他得知了那些事情,还是该觉得不幸。

他以为此生独留他一人对抗这二十年如洪的光阴已是极大的痛苦,可是万万没想到生命中不能承受之轻接踵而来,彻底将他困死在牢笼中。

为什么不联系他?

因为她觉得,在赵家的他才是他原本没有被打乱的人生。赵遥应该是那个永远骄傲的赵遥。

因为她的出现破坏了兰玉原有家庭的和睦之后,兰玉依旧对她无微不至。

因为她从来没有得到过爱,所以下意识地觉得自己不会被人坚定地选择,更何况是赵遥。

因为赵老爷子和她说,赵遥是他为家族精心培养的接班人,他身上背负着重任,所以无论如何都不可能和她在一起。

赵遥觉得季镜真过分啊,考虑到了所有人,可是唯独没有考虑他到底愿不愿意。

他在怪她,可是眼泪却不由自主地掉了下来。

赵遥没有办法怪她。

因为在所有没能和她相守的日子中,他每一天都如同行尸走肉般生不如死。

赵遥看着眼前的这棵早已长成的枇杷树,忍不住出神地想。

那年冬天他亲手为她做了蛋糕,将她从寒冰潭中彻底拉出来,在她点燃生日蛋糕的瞬间,是不是也在泪水中期盼着赵遥回归家族,余生顺遂?

第十章 雾暗云深

赵遥不知道。

赵遥不知道她是如何熬过八次治疗，赵遥也不知道她在失去大部分记忆的情况下到底如何艰难地回到洛水，赵遥甚至不知道，这些年，和他分开的这些年她到底是如何过来的。

季镜最爱吃阳春面，可是她在洛水的这些年做得最多的是炸酱面。

她喜欢喝酸奶，可是家中常备的却是纯牛奶。

她吃不惯北城的烤鸭，却总会带半只回家，原封不动放进冰箱，再拿出来解冻。

她对着街上的冰糖葫芦泪流满面。

季镜许久之前说过，就算没有爱也照样能活下去。

可不是这样的，她说了此生唯一的谎，她骗人。

赵遥在一片温柔的晚风中捧着心口的玫瑰流泪，这朵金玫瑰依旧闪闪发光，可是他的玫瑰却枯萎了。

玫瑰枯萎后，他也随风去。

四合院之中的枇杷树亭亭如盖，在四面高墙中困住了赵遥许多年，形成一个无解的死局。

赵遥在这一年冬天开始接收学生，正如季镜希望的那般，他将自己的全部精力投身于研究，企图发挥自己人生的余热。

他和盛津的公司在次年春天上市，这意味着，赵遥再也不用受赵家的钳制。

可是一切都太晚了些。

这一年，盛津和周念的小女儿出生，盛家上下沉浸在一片喜悦之中。这是他和周念的第二个孩子，第一个小孩是个男孩，盛津经常带他来赵遥家里。也是因为赵遥的前车之鉴，盛家和周家的长辈轻而易举地接纳了他们的婚姻。

赵遥看着小孩跌跌撞撞地向自己跑过来，嘴里还叫着干爹，下意识地想，如果季镜还活着，如果没有命运的作弄，他们的孩子应该也和他一样大了。

盛婉和她的爱人祁连在三年前彻底尘埃落定，纠缠了这么多年，兜兜转转最后依旧和少年倾心的人相知相守，相伴一生。她还是那个大小姐脾气，可是却多了些柔和，她的爱人消解了她身上所有的尖锐。

徐驰从国外回来创办了一家互联网公司，他依旧是单身，像是在等什么人一般。

江景星和许愿修成正果，在这一年的夏天结婚。那天天气特别好，晴光相照，他见到了季镜爱着的十七班里的所有人。

这是季镜离开的第八年，一切看起来都在朝好的方向发展。

这些年，兰玉和赵谦会经常出现在这个小院子里，他们总是会劝赵遥向前看。每当这时，赵遥总是会看向那棵枇杷树，看着它枝繁叶茂，却永远结不出果实。

有一天，赵遥在课题组待到很晚，那个时间差不多是图书馆关闭的时间了。他走在路上，恰逢月圆时，路上的学生纷纷拿起手机拍照，而后发给自己列表里的某个联系人。

赵遥看着那如此皎洁的月亮，没来由地眼睛酸。

他已经独自看了许多年的月亮了，早已习惯才对。

这些年来，他看故宫落雪，看西海葬月，看时节轮转，看着所有的回忆，等着一个永远不会出现的人回来。他守在那个小院子里，和那棵带着疤痕的枇杷树相依为命。

赵遥在季镜离开的第十九年，他四十八岁的这一年，突然就像是醒悟过来了一般，和那棵树一起枝丫疯长，仿佛春天再次来临。

他将自己手上的研究生全部带到毕业，宣布此后不再继续招生，他为所有的学生都提供了一个好去处，给他们留好了后路。

他在二十年里鲜少踏出北城，却去了南城大学故地重游。赵遥走在南城的街道，看着南城人来人往，恍惚着出神。

南城处处有她的音容笑貌，可赵遥心里清楚，人人都不是她，她早已魂断香消二十年。

他在海边静坐了许久，独自一人看了日出，那光照得海水无比潋

第十章 雾暗云深

滟，只是身边没了那个一起看海的人。

他离开时顺道去了洛水见了江淮，两个男人在江边相对无言。

时光苦痛，心中成结，谁也忘不掉。

江淮在一片沉默中声音沙哑地开口问他："一定要走吗？"

一定要走吗？赵遥问自己。

他看着江面吹来的风，想起这些年独自看过的雪，独自去的青城山，独自度过的每一个长夜，再也不会有一个人被他圈进怀里，要听他念晦涩难懂的诗词歌赋了。

他看着江边的晚风吹动河水，带起阵阵涟漪，远处候鸟归家，落日之下一片静好。

可是他的家呢？他家里只有一棵枇杷树，无人等候他归来，无人与他立黄昏，更何谈，笑问粥可温？

太久了，赵遥心想，二十年的光阴真的太久了，活着的每一天都无比煎熬。

他敬江淮，并由衷地祝他余生顺遂，也敬自己，他答应季镜所有的事情都做到了。

赵遥再一次回了西山，这是他二十多年来第一次回西山，也是他这一生中最后一次回西山。兰玉和赵谦看着他老泪纵横，时光荏苒，他们早已经不再年轻了。

赵遥对着他们叩首，长跪不起。

他想起二十几年前也是在同样的地方，他跪在这里求娶季镜，恳请他们成全。一眨眼，时间过去了许多年。

兰玉和赵谦最终放他走。

赵遥回到了那座小院里，在那里度过了此生最后的时光。

他在次年秋天病重，却硬撑着一口气，生生地熬到了那一年冬天。

赵遥离开的那一天，恰巧是季镜离开的第二十年。

在北城上空绵延了二十年的大雾难得散去，他看着窗外的枇杷树终于结出果实，将玫瑰置于心口，就此长眠，终了此生，享年四十九岁。

他在逐渐散去的大雾后仿佛看见了那个永远不会回来的人来接他回家。

她笑着叫他，眉眼间的雪山全部消融："赵遥。"

"季镜。"

他也笑，只是那笑容中充满了泪水。

赵遥张开手臂拥她入怀。

十里雾散，此后，他们永不分离。

庭有枇杷树，吾妻死之年所手植也，今已亭亭如盖矣。

吾与吾妻，两情相悦，奈何万物无常，人生有尽，阴差阳错，天人两隔。今吾埋骨树下，不求来生长命百岁，但求相知相守，生死不离。

—正文完—

千里至此共明月

Extra 1

季镜去世的第七年，周念的小女儿出生，她和盛津如今儿女双全，最是圆满不过。

孩子满月那天，周念和盛津商量许久，决定为孩子起名为怀镜。

怀镜，盛怀镜，他们忘不了那个再也回不来的人。

这些年他们看着赵遥处在失去她无以复加的痛苦之中，终日对着院内高墙里的那棵枇杷树出神，而后装作若无其事的样子继续生活，只觉得阴差阳错，天意弄人。

赵遥好像也随季镜在那年冬天离开了，根本不像是在活着。

他不能这样下去了，他会抑郁成疾而亡的。

于是盛津和周念商量许久，打算为女儿取名怀镜，等孩子大些，就送她去赵遥身边养着。

赵遥在听到他们夫妻二人的决定后，并没有什么太大的反应，他只是淡淡笑着，极为爱惜地盘着手上那串成色极好的珠子。

他看着别墅外蔓延的大雾，转过头来对他们说："名字要跟人一生，得有个好寓意，怀镜……"

他像是想起什么，面庞上泛起一个温柔的笑，整个人鲜活了一瞬，随即又暗淡下去："怀镜就算了，她的人生才刚开始……"

"可是……"盛津听他说着，不由着急道。

"盛津……"周念在旁边拍拍他，示意他冷静，盛婉也递给他一个眼神，让他不要着急，听周念继续说。

"赵遥……"周念缓声道,"这些年,我们和你一样,处在失去她的痛苦中不能自拔,直到现在,午夜梦回,我都能梦到她。"

她说到这儿,温婉的面容上也浮起难过,只是比起赵遥,她多了些释怀,她看着赵遥沉默的面容继续道:"但是,人总要向前看。"

赵遥不答,只盯着窗外的雾,看着那雾气越来越大,像是要吞没他一般。

"给孩子取个名字吧。"她在一片沉默中说。

赵遥在大雾中回头,看着他们湿润的眼眸,再看向宝宝纯真的笑颜,意识到时间真的过去了好久。

他起身走到宝宝面前,却想起来容儿小时候他抱她的样子。

那时候,满天的烟花真的无比璀璨。

赵遥看着宝宝出神许久,沉吟再三,最终出声道:"昭昭若日月之明,离离如星辰之行。离字太苦,寓意也不好。免离取昭,就叫盛昭吧。"

"盛昭。"

周念和盛津抱起宝宝笑:"你有名字啦,宝宝,你赵遥爸爸给你取了个极好的名字哦。"

赵遥看着他们一家三口无比的幸福,不由得也跟着笑。

只是笑着笑着,他却觉得苦痛。这样的幸福,他此生都无法企及。

如何不苦?怎能不痛?

他不在盛昭面前停留,对着盛津和周念告别,道:"满月礼已经备下了,回头差人给昭昭送来。这月末我会去寺里一趟,为昭昭亲自求个平安符。"说罢,他不再停留,转身踏入漫天的大雾之中。

他们幸福厮守一生和美圆满当然好,能亲眼目睹,赵遥也替他们感到开心。可这终归是别人的幸福,他一个外人,不便多留,不应过多叨扰。

司机载着他行驶在路上,车窗外的一切都白茫茫的,任凭他无论怎么努力都看不清楚。

赵遥看着大雾出神，不由自主地想起刚刚周念说的，午夜梦回，她总是能梦到她。

真好，赵遥心想，她能梦到自己日思夜想的人，可真幸福。

悠悠生死别经年，魂魄不曾来入梦。这些年，她一次也没来过自己的梦里。

如果可以的话，梦到她也好。可是这么多年，她一次也不曾入梦来。

赵遥不禁苦笑，一次也没有，她可真狠心啊。

赵遥垂眸靠在车后座，整个人处在放空之中。

他曾经向神佛乞求她今生长命百岁，无病无灾，可她却命途多舛，药石无医。如今时隔多年，他身上早已遍布香火红尘的痕迹，成了佛前最虔诚的信徒。

不为别的，只求她来世安康。

曾经佛祖大抵是觉得他做的不够，负他一次，如今对着上苍再度诚心恳求，只求她入梦，一次就好。

恍然间有叹息入耳，赵遥听见远处传来悠远的钟声，一声声接连不断，仿若上天给予他的回应。

他在一阵钟磬音中回神，看着车依旧在路上高速行驶。

不知何时起，窗外的雾渐渐减小，到最后竟像是散去了一般。

他在后座上闭眼放空许久，直到司机出声叫他："少爷，西山到了。"

他听到司机的话后，猛地睁开眼，眸光凌厉的向他看去，沉声道："你说什么？"

司机被他的反应吓了一跳，颤颤巍巍地说："少……少爷，西山到了。"

"你叫我什么？"赵遥手里握着的佛珠紧了紧，他轻微地摇着头低声重复，"不对……不对！"

自他从瑞士回来之后，就再也没有回过西山。

他的居所只有他们的家，况且，司机对他，从来都是以赵先生相称，何来少爷一说？

"少……少爷啊……"司机不明所以，被他迫人的气势吓住。

"少夫人……还在家等您……"司机在他的目光下断断续续道。

赵遥如遭雷击一般，他一脸震惊地抬头询问司机："……少夫人？"

那声音里充满了无尽的荒谬："哪来的少夫人？"

司机被他的话搞蒙了，不明白眼前究竟是什么情况，为什么少爷出门一趟回来就像是失忆了一般，言行举止处处充满了奇怪，整个人极其孤僻，像是换了一个人。

司机压下心中的不解，对他道："就是您的妻子啊。"

赵遥觉得他疯了。

他的妻子？他的妻子早就于2028年冬天去世了，怎么可能会出现在世上，更何况还是出现在西山？这个对她充满了不好回忆的地方？

赵遥重重地吐出一口气，抓着手里的珠串沉声，那声音里有着无尽的隐忍怒意："我要回我的住所，是回我的四合院而不是西山！"

司机一脸着急："可是，今天是您和少夫人的结婚纪念日，少夫人还在家等您呢，这……"

司机看着车里的赵遥急得跳脚，不明白他这是怎么了，明明上午还和少夫人说好今天会早些回家，现在又死活要回他们那个小院子。

他愁得不知如何是好，一个劲地唉声叹气。

兰玉的车从外面缓缓驶来，看到他们停在门口，不由得好奇。

司机为她打开车门，她优雅地起身下来，出声询问道："秦伯，怎么停了？遥儿呢？"

"夫人……"秦伯见到兰玉，仿佛看见救星一般，"少爷在车内呢，说要回和少夫人的居所，无论如何都不下来。"

兰玉听他这样说，也不由得好奇赵遥今天到底是怎么了。

她对着秦伯露出一个笑，安抚道："没关系，我去看看。"

而后走到车窗旁边，拉开车门唤道："怎么了这是？无端地回去做什么？镜镜还在家等你呢。"

赵遥远远地就看见了母亲的车开了过来，但是他依旧选择垂眸，他不是一个好儿子。

这些年所有的一切加在一起，他不知道该如何面对她。

赵遥看着兰玉向他一步步过来，于是打算装睡，想要以此逃避两人见面。

只是她开口就丢了一个惊雷给他。

她说："镜镜还在家等你呢。"

赵遥觉得自己一定是出现了幻觉，否则怎么可能听见了她的名字。他在一片空白中抬头，望向自己母亲那温柔祥和的面孔，虚幻着疑问道："你说谁？"

他像是一瞬间失语，整个人无比艰难地发声。

兰玉看着自己儿子一脸茫然的样子，不由得好笑，伸手拍了他一下："傻了啊，还能有谁？你媳妇，季镜。"

赵遥掐了自己一把，看着手上浮起的红印，依旧觉得这是梦。

兰玉看着他这难以置信的反应也啧啧感叹，调笑道："你这是路上补觉把脑子都睡没了？"

赵遥却像是惊醒了一般，从车上跌跌撞撞地下来，他看着周遭的大雾全部消散，周围一片晴光。兰玉笑着看他，嘴里还说着："回家吧，镜镜还在等你呢。"

他感觉到一阵天旋地转，整个人都站不稳。

兰玉看他这个样子好笑，但也没再过多调侃他，她还要回家找她的宝贝儿媳去呢。

赵遥跟着兰玉步履虚浮地进了西山的家，一进门，就看见那个朝思暮想的人一袭青碧色旗袍坐在客厅内，捧着一本古卷看得认真。

她似乎发觉了来人的响动，放下手里的古卷向他们这个方向抬眸望来。

延颈秀项，皓质呈露，芳泽无加，铅华弗御，云髻峨峨，修眉连娟，不是季镜还能有谁？

她看着进来的人，露出了一个轻笑，出声唤道："妈，赵遥。"她在一阵柔光中起身向他们走来，"回来了？"

兰玉看见季镜起身，快步上前扶住她："别动，看书就行。我下班回家又不是什么事，你坐着就行。"

季镜看着兰玉紧张的样子，也笑："妈，没事的，我坐了都快一天了。"

兰玉拉住她的手："那我让阿姨做饭，等我们吃完饭我陪你去后花园散步。"

"好！"季镜笑，眉目间浮起些许疑惑，此刻终于发觉出哪里不对——赵遥自回家就没开口说话。

"赵遥。"她转过头去笑着叫他，可旋即入目的情况却让她怔住。

赵遥哭了。

他的泪水大滴大滴地往下落，在无声之间布满了整个面庞，而他就那样径直地站在原地望着自己，目光一转也不转，像是在看什么失而复得的稀世珍宝一样。

兰玉显然也被这个情况给吓到，她怀疑赵遥撞了邪，不然今天怎么如此反常。

季镜松开兰玉的手，向赵遥走去："怎么了这是？"

话音未落，她整个人被他拥进怀里，箍得死死的，仿佛要将她融入骨血一般。

"赵遥？"

季镜不明所以，试探着叫他。她的手在他背上一下下地轻拍安抚着，示意着她的存在。

"季镜……季……镜……"他哽咽难言，半句话也说不出，却还是挣扎着想要叫出她的名字，仿佛竭力证明这并非是他的梦境。

一刹那,赵遥落泪。

他就像个孩子一般失态,一点也不像那个养尊处优多年、内敛自持而又毫无波澜的赵二公子。

"我在呢,我在呢。"季镜看着他艰难发声,看着他恍若失语,不知为何,心里也感觉到极其的痛。

外面的晴光仿若化了风雪夹杂着向她扑来,裹挟着这么多年的绝望,一瞬间淹没了她。

她居然在这一瞬间,在和赵遥四目相对的这一刹那,在无端传来的悠远钟声里莫名其妙地湿润了眼眶。

远处钟声不息,她的眼里逐渐有泪,季镜扑进他的怀里与他相拥。

赵遥一直在叫她的名字,而季镜也不厌其烦地应着他,二人的声音里充满了相同的哽咽。

直到赵遥情绪稳定下来,确定这不是一场梦。

赵云舒在旁边沙发上目睹了全程,不由笑他:"还得是你出息,离开媳妇儿没半天,回来抱着媳妇儿哭了半年。"

赵遥才不理她,只一个劲盯着季镜问:"今年是哪一年?"

"2034年啊,傻子。"赵云舒在旁边看不过去吐槽道。

"2034年?"

"是,2034年。"季镜看着四周,对着他肯定道。

季镜眼里含泪,笑着看他:"也是我们结婚的……第七年。"

这句话随着她的眼泪一起涌了出来,她伸手去触碰赵遥的脸庞,那伸出的手上面,居然带着一些颤抖。

话音未落,她伸出的手停在半空,意识到了什么,反而抚向自己的脸。

她看着手里的潮湿怔住,再望向赵遥的眼眸里写满了不可置信,她失声叫他:"赵遥?"她笑了,环视周围的一切,在一片晴光之中笑得潋滟,"赵遥啊……"

她下意识地,轻声重复着刚刚那句讲给赵遥听的话:"这是我们结婚的第七年。"

"第七年。"季镜突然对着他泣不成声。

他眼里的泪水再一次涌出来，哽咽着追问道："我们结婚的第七年？"

"对！"赵遥看着季镜含笑给出肯定的回答，也笑，这笑容里充满了泪水。

赵云舒在旁边看着赵遥这副样子，道："你真撞邪了啊，那你不会忘了镜镜还怀孕了吧？"

她起身看着赵遥一个劲摇头，对着兰玉吐槽道："都要当爹的人了，怎么还这么笨……"

兰玉笑着看她一眼，拉她走开，给二人留下独处的空间。赵遥看着季镜含笑的面孔，也跟着笑，却不答话，只是一个劲掉眼泪。

上天垂怜，美梦成真。他再次和她相见之后才明白，原来幸福是这样的。

一个平平无奇的午后，他回到家，而她在家里看书等他，什么都不做，就能让人感到幸福。

他在一片泪光中伸出手小心翼翼地触碰着季镜的面庞，看她眉眼含笑，看她岁月静好。

"赵遥。"季镜笑着叫他，动作无比轻柔地为他擦去眼泪，而后附到他耳边呢喃，"不要哭了，我会一直在你身边的。"她对着他笑道，"结婚七周年快乐，还有，我爱你。"

赵遥环住她的腰，也笑，那笑容里似乎含着早已散去的大雾。

他在一片晴朗中望向季镜的眼眸，像是看着失而复得的宝贝一般，无比郑重地说道："季镜，我也爱你，特别、特别爱你。"

她在一片氤氲之中抱住他，轻声道："我一直知道。"

她眼里滚烫的泪水落在赵遥的肩膀上，洇湿一片。她极为小声地说："赵遥，我们这辈子，终于能有个自己的家了。"

一瞬间，赵遥终于忍住的眼泪再次决堤。

是她,是季镜啊。

兰玉和赵云舒躲在一旁笑着看他们二人相拥而泣,在一片祥和里泪满千行。明明是一片美满,可不知为何,在场的人眼里竟不约而同地盈上了泪。

他们夫妻二人在西山的晴朗中接了一个无比绵长的吻,而后鼻尖相亲,四目相对,相视而笑的瞬间,就像是这世间最大的遗憾得以弥补,一切如初。

远处候鸟归家,院子里的池塘映出水光潋滟,风轻抚过林梢,鸟鸣阵阵,远山传来辽阔苍茫的钟声。

此后,家人闲坐,灯火可亲。

圆满至极。

江月何年初照人

Extra 2

即便时间已经过去了很久，可徐驰依旧不愿意回想起他收到季镜死讯的那天。

他今晚有些喝多了，摇摇晃晃地走到自家门口打开门，满目冷清。

这是他选择在北城定居的第三年。

家里请的阿姨为他准备晚饭，此刻听见门口玄关处传来的响动，微微探身出去就看到了喝得酩酊大醉的徐驰。

他摇摇晃晃站不稳的样子让人担心，阿姨连忙关上厨房里开着的火，洗了手匆匆出来扶他。

徐驰瘫坐在地上发呆，红晕侵占他的脸颊，为他俊美的面容再添一丝英姿，只是那双眼睛里却盛满了脆弱。

他看着匆匆向这边来的阿姨，下意识地出声问："阿姨，今天季镜回家了吗？"

走到玄关处的阿姨听到这话却微微有些愣住，一时间手足无措。

他今天好像确实是喝醉了，对着新来没有多久的阿姨，满眼期待地问："阿姨，我妹妹……今天回家了吗？"

阿姨看着他叹了口气，那只伸出去的手僵在半空，无声摇头。

又来了。

这个荒谬的问题就像是他喝醉时的特有节目，又来了。

阿姨看他再一次醉到神志不清，向她反复地寻问着这个没有答案的问题。

她来到这儿已经三个多月了，三个月里，这样的情况时有发生，每次他回来都会在玄关处瘫坐着，来来回回只会问那么两个问题——

"阿姨，季镜回来了吗？"

"阿姨，我妹妹今天回家了吗？"

她并不知道季镜是谁，可每一次她都极为耐心地告诉他，马上就回来了，你妹妹马上就回来了，你再等她一下，很快她就会回来了。

每当徐驰听见这话的时候就会笑，扬起来的嘴角弧度有一丝苦涩，他总是笑着笑着就沉默了，最后配合她点点头，神态落寞地说好。

只是这一次，阿姨还没来得及开口，徐驰却想起来什么一般，缓慢地放开了拉着她衣角的那只手，转而双手抱头，颓唐地坐在地上，轻声道："哦，我忘了。我妹妹死了。"

他眼角逐渐落下泪，一滴一滴，到最后联成珠串，无论如何都忍不住。

"我妹妹已经死了。"他昏沉着哽咽重复道。

阿姨听着他的话，瞳孔微微放大，心脏骤然停跳一拍，继而看着他眼角不断落下的泪不可置信——死了？！

徐驰沉浸在自己的眼泪里，没有注意到阿姨突变的神色。

他忘了，季镜已经不在了，人还是他亲眼看着下葬的。

他亲眼看见她盛放，看她衰败，看她枯萎，最后亲手埋葬她。

他忘了，这已经是她离开的第五年。

第五年——她离开这个世界，已经有五年那么久。

徐驰也不明白，那些时日对他而言应该极为深刻才对，可记忆却在他脑海中逐渐散去，还笼罩上一层朦胧雾气，仿佛这样就能强留她在人间。

恍惚之中，徐驰看着客厅里冰冷的灯光，好像又回到了那一天。

那天他在大洋彼岸的别墅里趁着阳光做课题的时候，江淮的电话匆匆打了过来，让他以最快的速度飞回去见她最后一面。

他感觉到无比好笑，心想江淮也真是的，开玩笑也不是这样开的啊。

徐驰将手机打开免提放在桌面上,对着正好的阳光伸着懒腰,冲着江淮道:"想我回国直说,谁教你开这种恶劣的玩笑?"

江淮回以沉默,他试图对着电话里的徐驰解释什么,可是张口失声,他一个字也说不出来。

时间缓慢移动,手机里传来洛水呼啸的寒风,徐驰一个懒腰伸到一半僵在原地。

他听见了江淮压抑着的哽咽声。

这声哽咽仿佛一阵晴天霹雳一样直冲徐驰的天灵盖,他整个人似触电一般颤抖了一下,他想,他认识江淮这么多年,江淮从来都没有这么失态过。

徐驰的耳边恍然响起江淮打过来之后的第一句话。

他说,徐驰,你快回来见季镜最后一面。

最后一面。

可是这怎么可能?!

他分明在不久前刚刚参加完她的婚礼,江淮对着一众宾客许诺会让她幸福余生,怎么转眼之间就已经是最后一面,她已经走到了人生的尽头?

天大的玩笑砸在了他的身上,将他整个人的神志混淆掉,令他分不清楚天上人间,而今昔又是何年。他平生再次慌乱,匆匆翻到护照后一脚油门踩到机场,搭乘最近一班飞机回国。

他以最快的速度回来,可没想到还是迟了一步。江淮失声痛哭,那个曾经有一面之缘的男人拉着季镜的手心如死灰,崩溃落泪。

季镜安静地躺在床上,就那样沉睡着。

徐驰没哭,他只是站在原地看了很久。

他不信季镜死了。他不信这个生命力那么顽强的人,会这么突然,这么轻易地死掉。

他轻轻地走到季镜的床边看着她——她依旧是那么漂亮,即便消瘦得不成样子，也还是一样的漂亮。

像是他年少时见到她的第一眼一般，毫无任何变化。

一阵巨大的荒唐感袭来，徐驰突然觉得世间割裂，他摇摇头努力回归现实，然后轻声对着她道："妹妹，我回来了。"

他生平第一次当着季镜的面，郑重地叫了她妹妹。

这个他在心底唤过无数次的称呼，终于当着季镜的面堂而皇之地唤出来，可是她却听不到了。

从今往后，也不会再有人应了。

"你起来看看我，好不好？"说着说着，他有些慌，整个人乱掉了阵脚，声音也变得急促起来，"我回来了，你起来看看我，别生闷气了，好吗？

"我们说好了过年一起打雪仗的，你不能说话不算数。"

满室压抑，只有低沉的哭声，没有他熟悉的回应。

徐驰轻声道："季镜？"

江淮听见他缓慢而又痛苦的声音，和着风一起，含着无数的萧瑟："我们说好的，答应了就不能反悔的。你当年没来北城我不怪你，但是人的一生中不能总是食言。"

徐驰伸手捂住自己的脸，竭尽全力不让眼泪落下来："你不能骗人。"

你还没有看到我结婚，我们说好的要亲眼看到对方幸福。

你不能骗我，你不能食言。

自从我妈走后，我就独自在这世间浮沉，直到遇见了你，才再一次有了归宿般的心安。

这些年来我们在这世间相依为命，你是我在这世间为数不多的亲人，你走了，要我怎么办？

他看着赵遥和江淮难以言喻的苦痛，终于崩溃，对着季镜掉下泪来。

季镜，你睁开眼睛看看，每一个人都很爱你，我们都在爱你。

你现在有了你想要的，你有了很多很多的爱，你没有离开的理由了，不要走。

不要走。

不要离开我们。

你不能这么残忍，抛下我们一走了之。

眼泪没有唤起任何人的回应，窗外只有暴雪和寒冷风声。寒风吹得树枝摇曳，像是季镜在挥手和他们道别。

她彻底地沉睡在了这一年的暴雪里。

徐驰看着那干枯的枝丫无声流泪，宽厚的手掌隔着易碎的玻璃抚摸上那根枯枝，继而一拳砸上了玻璃，血流如注，可徐驰却全然不在意。

他的心里不停地在想，究竟是为什么？为何她迟迟等不来生机盎然的春天？为何她这一生要这么的困苦磋磨？

明明她这么好，明明这么优秀，明明人生已经熬过了这么多的寒冬，可是为何上天却不愿意放过她，连一个春天都迟迟不愿意赶来与她相见？

为什么她明明已经这样的努力，可是依旧是落得几茎残骸，一副枯骨，最后逃不过香消玉殒的命运？

为什么她和赵遥明明有情，明明深爱，可是照样逃不过门当户对，无论双方做出怎样的努力，甚至牺牲，都依旧避免不了天人两隔？

为什么所有的苦难都一股脑地发生在她身上，像是巨石一样压在她的心里，像是永远停不下的潮汐，最后直至大厦将倾，车毁人亡？

太多的泪水模糊了徐驰的双眼，他再也忍不住眼泪了。

他想，如果神明有遗址的话，那他会遍寻天下，走过刀山火海，上天入地都要去神明面前求个答案。

他必须要去问问。

他要问，她这一生——她季镜这一生，究竟是做错了什么？！

世人都说神佛仁慈，可是为什么如此仁慈的神明要给她这么多的苦难？她这一生到底是什么时候心不诚，以至于上天要一直折磨她？

爹不疼娘不爱，年少经历坎坷好不容易有个人来爱她，还要被该死的门当户对拆开，以至于她命悬一线导致重度抑郁器官衰竭，而他天之骄子跌落云端，被送出国，不得不反抗几年之久。

明明在2026年的冬天，他们已经同在洛水，咫尺之遥，马上就要相见，可是上天非要降下那场暴雪，隔开他们的距离。

明明2028年的冬天，他们谁都知道对方的存在，可是偏偏装作不知，忍作不痛，生生等她的生命耗到尽头，直至阴阳两隔。

明明从始至终没有一个人放手，明明只要找到丁点机会都会奔赴。

明明从始至终，都是深爱。

可命运偏偏不肯放过，给他们的，都是阴差阳错。

这下好了，她果真守信，抱憾终生，至死都未再与爱人相见。

这下好了，他痛失所爱跌落云端，而他们也和她天人两隔。

谁都没有得偿所愿。这个结局，到底是遂了谁的心愿？

徐驰不愿去想，他不能接受季镜已经离开了的事实。是以这么多年，他从未去过季镜墓前一次，仿佛她依旧生活在这个世界上，从未离开。

可是怎么可能呢？

就连徐驰自己都没意识到，越是临近季镜的祭日，他回家的时间就会越来越晚，连带着酒气也逐渐弥漫，从微醺到酩酊，那些难以言说的苦浮在酒面的碎光上，都随着欢笑声举杯一起咽进了肚里。

可是当时有多么贪杯，事后就有多么痛苦——成千上万倍的痛苦。

徐驰看着眼前冰冷的灯光仰起头，捂住眼睛，声音闷闷地对着阿姨继续道："过两天……是她的祭日，"他深吸了一口气想要放松，但是徒劳，声音里的哽咽依旧随着他接下来的话语倾泻而出，"可是我不敢去看她。"

阿姨心里的谜团随着他的话也逐渐散去，难怪他最近酒总是喝得格外凶，平常那么听劝的人，一到这个时间就犯倔，怎么劝都停不下来。

他苦笑，说："我不能接受这个事实。"

短短几句话，却让人湿了眼眶，她想出声说些什么，却发现什么也说不出来。

亲人离世的痛苦一生如同藤蔓缠绕心口，又怎么可能是三言两语能够劝慰的？

沉默许久之后，她上前去，拍了拍徐驰的肩膀，轻声对着他道："徐先生，至亲离世的痛苦，我是懂的，可越是这样，就越要好好地生活——"

阿姨的声音里含了无数的慈祥，她对着徐驰道："我相信，她希望您能过得好。"

徐驰的眼泪随着阿姨的话也落了下来，徐驰知道，可是他控制不住。

他年少丧母，父亲很快续娶，继母非常漂亮，是徐东齐少时的求不得，于是他们很快举案齐眉，鸳鸯双飞。

可这些和徐驰都没有关系，他只是一个被人丢掉还强撑着的小孩，在世间飘摇不定，一心只想逃离。

直到他遇到了季镜，世界上另一个自己。他在她身上看到了过去自己强撑的苦，也在她身上看见了不屈的心，他们同频共振，共同和命运叫板，无论面对怎样惨烈的生活都绝不低头。他们是一类人，即便没有血缘，可是这依旧阻挡不了二人之间的亲缘。

可谁承想她红颜命薄，早早与世长辞。

近年来徐驰归国，在北城逐渐崭露头角，谁人见到他不夸赞一句年少有为，事业有成，再过两年娶妻生子，人生就没有遗憾了。

他每次听到这话，面上的笑容都会很快消失。

没有遗憾吗？怎么可能呢？

她的离开像是大地突生阙隙，而他心中巨壑难平。太突然了，他接受不了一点预兆都没有的分离。没人知道，徐驰此生的遗憾都无法弥补了。

他这辈子有两个遗憾：一是与谈念少时错过，二是没能看季镜此生圆满。这两个遗憾，是他一生里持续的阵痛，求不得，放不下，也忘不掉。

徐驰在一片冰冷的灯光里心想，他怎么能轻易忘掉呢？

那是季镜啊，是他见证了几近所有苦难的季镜啊。她苦苦挣扎求生的这些年，徐驰全都看在眼里。她是他在这个世界上最希望亲眼见证幸福的人啊，比自己的幸福还要热切地盼望。

可是最后只等来了一场空，一切都失去了生机，她长埋地底，他怎么能释怀呢？

自己和谈念依旧是有重逢的可能，而她长埋地底，人死魂消，世间的一切都烟消云散了。

百年之后，又或许不到百年，几年就够旁人忘记她了。

几年之后，没有人会记得她叫什么名字。

季怎么写，而镜，又是哪一个字？

有人还会记得吗？

这个世界试图悄悄抹去了她来过的痕迹。天人两隔的痛苦，徐驰一直都懂，可他从未想过在这么短的时间内接连经历两次。

阿姨拍拍徐驰的肩膀安抚，那声音里夹杂无数的叹息，她说："去看看吧，她也一定希望见到您。"

徐驰双手捂着脸，就在阿姨怀疑他要窒息的前一秒，徐驰放下手，猛地深呼吸一下，阿姨听见了他闷闷的回答。

他说："好。"

徐驰去墓园那天是个阴雨天，成片的乌云堆积在一起，仿佛下一秒钟就要坠下来。

他捧着开得正好的红玫瑰，一步一步走向自己的终点。

每走一步徐驰都会恍惚。

他的脑海里不断地掠过他们的年少，季镜夜晚里点亮的灯，她在高台上坠下来之前回望他的目光，在重症监护室里虚弱的笑，在养病的那段时间二人的较劲，谁也不服输。

他看见季镜奋笔疾书之后把最优解拍在桌上，冲着他微扬起的眉毛带出来一抹挑衅，随之而来的柔软漾了满面。

他看见季镜对着前来看望的女孩轻声细语，她拉着谈念结痂的手，眼里映着淡淡的心疼，等她走后对着自己假装不经意地说让自己多照看她一下，又在发现自己喜欢谈念之后笑得开心，眉眼都柔和了几分，调侃他说自己功不可没，等将来他和谈念结婚的时候她一定要去亲眼看看。

他看见大礼堂里拿下全额奖学金的她神采飞扬，看到拿着相机对着她拍个不停的周念之后低头莞尔一笑，随即拿着证书落落大方地让周念拍照留念。

他看见莺啼鸟鸣，而她和谈念一起笑着挽手走过校园，她带着谈念一起，两个共同携手走出阴霾。周念在旁边叽叽喳喳，她偶尔会转头看着自己的好友，感叹似的说这样的时光真的让人流连忘返，念念不忘。

他看见那些欢声笑语，洛水道路两旁的高大树木遮天蔽日，阵阵阳光穿透树叶，清风带走光阴。

他看见他们共同走过的年少。

而当目光触及她的墓碑的时候，一切烟消云散，转瞬都化为乌有。

之前的一切都是他的回想，他只看见了冰冷的石碑，而那上面刻着她的名字。

季镜。

一切的鲜活都已经入土，她在这世界上只剩下了一个名字。

季镜。

徐驰的鼻子忍不住地发酸，他快步走到她的墓碑前，像是迫不及待地要和她重逢。

墓碑上的照片含笑，徐驰看着那双熟悉的眼睛，仿佛听见她说："你终于肯来看我了。"

他低头抚摸墓碑上的字，努力保持平静和她说话："季——"

徐驰心中酸涩，他深呼吸，然后看着那张黑白照片，努力叫出来她的名字："季镜。"

有风乍起，徐驰忍着眼泪道："这次来特意给你挑的玫瑰，亲手包的。往日你总嫌弃我一根筋，怪不得谈念要和我分开，现在你看，这不是学会了吗？"

周围墓碑杂草丛生，可季镜的却一尘不染。徐驰在她墓前蹲下，将之前还未枯萎的花拿开，把那一束开得正好的红玫瑰摆上去，对着她道："你知道吗？你们班的江景星和许愿在一起了，这俩小鬼整天在朋友圈里秀恩爱，江淮说他平日里看着那么稳重的一个人，没想到谈起恋爱来啊是这个样。

"说起江淮，我可要多说两句。年初的时候吧，他来找我喝酒，喝得那叫一个凶啊。我问他是不是还忘不了你，他说当然，你是他的妻子，即便没有那张证书，但是你们有过一场婚礼——

"但我瞧着他最近也好事将近啦，你不要挂念，我知道你对他心怀愧疚，但是季镜，他那个时候全心全意爱你，他心甘情愿的，现在也有人来爱他了，他人生圆满，你可以不用挂念了。"

风吹过，有落叶吹来徐驰面前，他看着那几片叶子，伸手想要握住一片，可是距离很远，风也没停，那片叶子很快飘走，到最后他什么也没抓住。

面前什么也没留下。

"前几天回来，去了洛水一中。你猜校长是谁？是你们的年级主任。没想到吧，他居然还认识我，问我是不是徐驰，还说他可记得我，当年大半夜给他打电话把他叫到学校去救季镜，你啊你——"徐驰笑，"他说徐驰啊，多亏你，不然我对不起我的那些学生，更对不起季老师。"

说到这里,他不顾自己穿着一身西装,径直盘腿坐在了地上,对着季镜调侃:"季老师,听说你很厉害,你怎么这么勇敢啊?"

墓园刮过沉闷的风,旁边的树一直在摇,仿佛季镜给徐驰的回应。

"也是,你一直都这么勇敢,你的勇气一直都在,从来都是旁人低估你。"

徐驰一笑,想起来什么似的,犹豫很久:"还有句话,不知道应不应该告诉你。"

他拿起来旁边的干花在手里把玩,低下头去不去看她的眼睛:"你走之后,她……

"她在你灵前崩溃大哭。她一直在说自己错了。那天我看着灵前上百人,她扇自己巴掌的时候,除了我爸,没人上去拦她。我让她离开了。

"这些年我爸说,她经常半夜坐在客厅等你回来。每次我爸问她,她总说我女儿还没回来,我得等她。几天前我回家,她拽着我的衣服要我把墓园的地址告诉她,她甚至跪在了我面前,哭着说只是想再见你一面。季镜,你说这是不是天意弄人?"

他眼睛里带了很多讽刺,但要是再仔细看看的话,就会发现那是悲伤河流的尽头。

"可我拒绝了,我实在害怕她来打扰你,让你走了还不得安宁。我爸说她以为我把你安葬在北城,这些年把北城大大小小的墓园都找遍了,我不信。我告诉她说把你的骨灰撒到了海里,早就顺着洋流漂走了。

"你会怪我吗?怪我残忍,拦着她不让她来见你?"

徐驰说到这里停住,一股酸涩袭来,他真的,非常非常想流眼泪。

徐驰深呼吸之后,对着她轻声道:"一直没来看你,是我错了。"

他忍不住哽咽,哭声难掩:"季镜,你别怪我。

"这些年,是我懦弱,是我不敢面对现实。"

他收回手,将带来的玫瑰放在她的身边道:"我总是觉得只要我不承认,你就还活着,你没有走。"

　　他低头和着眼泪笑笑:"但是我又清晰地记得你的离开。你说这要怎么办?真不知道到底是谁更惨一点。"

　　他轻声自嘲:"谈念现在杳无音讯,妹妹还走了。之前还说要参加彼此的婚礼,我是参加了你的婚礼啊,结果你倒好,还没过去寒冬就一走了之。"

　　徐驰对着她轻声控诉:"骗人。"

　　好像怕她听不到一样,徐驰看着她照片上的眼睛又郑重地重复了一遍。

　　他连名带姓地叫她,说:"季镜,你骗人。"

　　话毕,徐驰对着那束玫瑰沉默了许久,心里的苦涩百转千回,到最后也终归沉默了下去。他伸手抚上墓碑的尖角,路过的风听见他声音温柔道:"但是哥原谅你了。哥知道你这些年很累了,哥从来没怪过你——"

　　"季镜啊,"徐驰忍不住声音里的哭腔,他说,"哥只是……舍不得你。"

　　他只是认为,季镜应该有更好的生活,最起码也不能是这个结局。

　　可是他说了不算。

　　他认为的也不算。

　　上天说了才算。

　　徐驰在她墓碑前枯坐了两个小时后,终于肯从墓前起身离开。他弯腰直视着她的眼睛和她对视,仿佛她依旧在这个世界上鲜活着:"絮絮叨叨地说这么多,估计你也嫌烦了,今天就先到这里——"

　　洛水阴沉的天马上就要落雨,他直起腰来俯视着她含笑的面容:"等下次再来看你。"

　　有风吹动他的衣角,那一瞬间,徐驰隐隐约约觉得这是季镜对他的挽留。

他红着眼睛笑笑,低下头去对着那张黑白照片道:"我以后,会经常来看你的。"

话音刚落,远方就响起来沉闷的雷声,徐驰拿着那束枯萎的花转身,却在看到路尽头的时候愣在原地。

他的心里忽然暴雨倾盆。

谈念抱着一束开得很好的玫瑰往徐驰的方向走。今天的飞机在洛水落地后,她第一时间前往墓园——是来祭奠已逝的故人,也是来寻找遗失的爱人。

擦肩而过的那一瞬间她侧身轻声叫住想要离开的徐驰:"你等一下,我有话对你说。"

她好像知道徐驰会等她一样,说完这话就径直去了季镜的墓前,把花和徐驰的放在一起,对着她笑:"季镜。"

她看着季镜声音轻轻:"我回来啦。"

谈念伸手去抚摸墓碑上的照片,笑着的嘴角逐渐放下,刚刚想要说什么,可眼泪却砸到地下:"我来看你啦。"

"真有你的啊,一封信辗转寄到了大洋彼岸,絮絮叨叨了许多,全是解释当年我和徐驰的分别——"她声音里含着心疼,"病重到那种程度,还要拜托江淮把信寄给我,我这么重要吗?我当初都和你不告而别,你也依旧当我重要吗?"

风轻轻扬起来她的头发,仿若季镜温柔地回应,谈念忍不住哭:"你怎么总是这样,谁对你有一分好你就要念一辈子?

"生病不告诉我,病重也不告诉我,就连埋在哪里也是我问了江淮才知道。季镜,你说要在我和徐驰结婚的时候当伴娘,你就是这样来给我当伴娘吗?"

暴雨忽至,谈念和徐驰被淋了满身。

谈念眼泪和着雨水一起对着她道:"你还哭上了。"

她在大雨中上前拥上那座墓碑,低声道:"季镜——"

她又叫了一声:"季镜啊……

"我好想你。"

徐驰拿西装外套上前为她遮雨的时候,听见了她那声低声呢喃。

她说:"我真的好想你,怎么……忽然就天人两隔了呢?"

那天谈念在墓前哭了多久,徐驰就站在那里陪了她多久。他目不转睛地盯着谈念,不断地拿她和以前做对比。

她更漂亮了,比以前更自信了,也比以前更加耀眼夺目了,她不再是以前那个自卑怯懦的谈念,可她又是以前他深爱着的谈念。

他看着洛水的这场大雨,又看向季镜的墓碑,他脑海里出现一个非常奇怪的念头。

命运使然,是季镜让他们在此刻再次相遇——她想让错过的爱人重逢,她要消解掉念旧的人内心里面的那个寒冬。

徐驰和谈念也没有辜负她,六个月,不到六个月,他们就结婚了。

很短吗?

很短。

才重逢六个月就要结婚。

很长吗?

很长。

他们中间,隔着相爱的十五年。

这些年里,他们都没有爱上其他人,只是一心等着和对方重逢。他们已过而立之年,谁也不再年轻了。最好的时光他们已经错过了,过去想要一个拥抱的欲望早已在分别的深夜里逐渐膨胀,理所当然地变成了想要一起变老。

结婚前的那一天,徐驰和谈念去见她。

谈念把她给季镜定做的伴娘服丢进火盆,她隔着一层热浪和季镜说话:"季镜啊,你看到了吗?我们结婚了。"

"我们没有错过。"谈念看着徐驰的眼睛笑。

她转过头继续道:"你之前总是在我们觉得不够相爱的时候,让我们看到对彼此的心意,又在我们诀别的时候,努力地搭上那座桥。我知道,你是不想我们后悔。现在我们结婚啦,我们有一个自己的家啦,你可以放心了。"

她说着,嘴角又向下撇:"只是你看不到啦。但是你放心,我们会经常来看你的,清明节来,中元节来,春节来,重阳节也还来,以后有了小孩,就带小孩来。

"我们会告诉将来的小孩,他的姑姑非常爱他,也始终爱着这个家里的每一个人,会告诉他你从未离开过。

"话说回来,明天记得来参加我们的婚礼哦,给你留了专属的座位,这次你可不能缺席。"

洛水的风一直在吹,仿佛是季镜温柔的回应。

那一天晚上的单身派对上来了许多人,有江淮,有周念,有见证他们爱情的许多人。

席间酒过三巡,徐驰牵着谈念率先退场,留下江淮、周念招呼众人。定做的婚纱挂在二楼的客厅,徐驰拥着她站在婚纱前,笑着湿了眼眶。

他说谈念,我们终于等来了这一天。这条路不容易,以至于他们走了好多好多年。

谈念笑着拥抱他,感叹着回应,说是啊,我们终于有这么一天了。

那天的徐驰睡得很早,他好像是做了很长的一个梦。

梦里的他回到了洛水,看见有个小姑娘无心迷路急得直哭,他那个时候骑车路过,举手之劳,做了件好事。

等到了学校他连谢谢也懒得听,直接就走了,留下后面的小姑娘张望好久。

那些年他成绩很好,比赛也经常得奖,每次晨会主任总会让他前去演讲。那个时候他总是不情愿,把这件事情推给周念,推给江淮,推给所有能推的人。

高一的教学楼离操场很近,早自习的时候,学生如果特别困,可以站出来读书。

而三楼那个角落，在每次高二年级晨会的时候总会转头冒出来一个人，听着那陌生的声音失落。

徐驰看着那个期待的眼神心想，他好像一共也没上去过几次，晨会一周一次，她心里的期盼又有多深呢？

过去的画面逐一在他面前展开，他看见了年少时被自己无数次忽略的谈念。

最后的最后，徐驰好像明白过来什么，当即掉了眼泪。

果然，十七岁的徐驰跟着谈念一起走，走到那条路的尽头，到了她的班级，看见了一个熟悉的身影。

她穿着一身碎花裙，坐在教室里，满脸怀念地看着黑板上写的字。

她听见响动，转过身来笑着看他，眼里带着许多的水汽，对他说："哥哥，好久不见。"

十七岁的徐驰上前想要拉住她，却眼睁睁地看着自己的手穿过一阵空气。

只是徒劳。

"季镜……"徐驰哽咽着叫出来这个心里念过许多年的名字。

他看着她流泪道："季镜。"

季镜对着他笑着点头："是我，我来看你了。"

她从高一的座位上起身向他走来，随着她的走动，场景也变得和明天婚礼的现场一模一样。

她走到徐驰的身边，却是对着徐驰的身后轻微张开双臂，笑着唤道："念念。"

徐驰转过身来看着一身婚纱的谈念正在流泪。

她企图捂住嘴挡住自己的震惊，可是下一秒却直奔季镜而来，慌乱之中差一点崴到了脚。

谈念顾不得这些，扑到季镜身上号啕大哭，说这些年，怎么就不肯入梦了？

季镜笑着看她，眼里的泪水亮晶晶的："就是怕你哭啊。"

她伸手轻抚谈念的背，像是过去无数次那样，对着她说："不哭了，不哭了。"

"我这不是回来看你了吗？"

说完笑着对徐驰调侃："徐驰，你看，她还是这么爱哭，你以后一定要对她好一点，再好一点。"

徐驰不停地点头，说好。

季镜笑了。

她对着徐驰感叹道："时间过得真快啊。我还记得那年，大雪纷飞，暴雪覆盖了整个洛水。我因为重度失眠身体情况很差，周念气得打电话给你。你当即推掉了一个好不容易争取过来的合作项目回国，见面的第一句你说，对不起妹妹，我回来晚了。"

"你知道吗？那个瞬间，我突然想起来我们共同走过的年少。没想到吧，那么久之前的事情我还记得。"

"我刚刚和赵遥分开的时候，终于懂得什么是痛不欲生。我当时在想，这种感觉，和爱人生离的这种痛苦，一定不要发生在你身上。"

"好在有幸。"季镜看着他们二人笑，"我的努力没有白费，所有的蹉跎都有了结果。"

谈念听见那些晦暗的过去，哭得直不起来身子。徐驰揽住她的腰，二人一起看向季镜那双含泪的眼睛。

她偏过头去听着窗外的寒风，轻声道："你们总说，感觉我离开之后，生活好像停滞在那个寒冷冬天。"

季镜说完停了一下，随即努力笑道："可是徐驰，冬天也是生命的一部分，从来都是。更何况现在，你们手里攥着彼此的爱，心怀不灭的火种。"

她拉着谈念的手放在徐驰手里："念念我就拜托你，你呢，我也要拜托给念念。今后，你们夫妻二人就相互扶持，相伴一生，直到白头。"

说到这里，她忽然湿了眼眶。她抬起头来看着谈念的婚纱，眼里写满了羡慕。

她对谈念道:"念念,这些年,你真的变得很坚强。你看,我就说我们念念很棒吧。"

季镜听着谈念的抽泣,伸手去给她擦眼泪。她说别哭,今天你是新娘。

徐驰看着季镜拉着谈念哄她,流着眼泪笑,时光跨越好多年,而这么久了,她还是这个样子,一点都没有变化。

远处传来悠远的钟声,季镜在这片钟声中止住眼泪,看着他们笑着说,来吧,新郎新娘,听我读誓言吧。

于是大礼堂前,她用一口流利的英语询问这对新婚夫妇是否愿意共度一生。

她看着徐驰和周念点头,看着他们交换戒指,看着他们新婚。

她看着谈念洁白的婚纱,徐驰合身的礼服,她看着徐驰和谈念眼里的爱盈满眼眶,相爱的人跨越十五年,终于有了一个圆满结局。

她看着有情人终成眷属。

季镜在一阵风声中,给了他们此生最深的祝愿。

季镜眼里的笑意再也藏不住。

她说:"念念,徐驰,我来参加你们的婚礼了。说话算话,我没有食言。"

大礼堂钟声敲响,季镜的身体逐渐变得透明,这个梦境好像也走到了尽头,可是徐驰还有许多话想要对季镜说。

谈念想要紧紧拉住季镜的手,不让季镜离开,可是她和徐驰一样都碰不到季镜。

无论怎么样做,依旧是徒劳。

季镜看着他们摇头,笑道:"没用的念念,婚礼结束了,我也要走啦。不要哭,能有机会再次见到你们,我已经很高兴了。"

她的眼睛里含着无数的不舍,可依旧是努力笑着,对徐驰道:"哥哥,这些年,我一直都在你们身边从未走远,窗外摇曳的树是我,路过枝头的风是我,滔滔不绝的流水也是我。"

她好像马上要消失不见,可依旧有许多的话想要对他们说,徐驰见她流着泪微笑道:"这些年,我从未离开。

"所以哥哥,好好珍惜现在所拥有的一切,不要在深夜痛哭,不要酩酊大醉,不要和爱人错过,不要再徒增遗憾,更不要去怨恨任何人。"

天光大亮,她流下了最后一滴眼泪,彻底消散在远去的风中——

"因为我和你一样,真的很想很想看你幸福。"

惟愿

Extra 3

04:11　　　　　　　　　　　　　　　　04:31

2024年的冬天，洛水很冷，天寒地冻，寒风直吹，是生火都烧不着，就算点燃也会眨眼间熄灭的程度。

　　平日里本地的慈恩寺行人不绝，近来冬日风雪，严寒天气下，寺庙又恢复了往日的冷清。

　　后来你想，扫雪的小沙弥或许就是在这个时候注意到你的。

　　因为只有这一天，寺庙里庄严清净，你有长跪佛前的机会。

　　但是你没有这样做。

　　灰暗天色下，寂静佛像前。

　　你只是虔诚地点了一炷香，三拜之后，盯着那香看了很久。后来你在暗影中平静地坐着，看着那一点微弱星火，直到那炷高香燃尽在洛水冬日。临死之前，你孤身一人前去寺庙，为心上人点了一炷香。

　　扫雪沙弥立住扫把，坐在你的身边陪你看了一会香烛。

　　又一会，他看着那四散的香火，认真地问你："即是虔诚心愿，为何不去佛前跪求。"

　　你没说话。

　　或许你也不知道为什么，此时此刻，你只想看着这一炷香燃尽。

　　你也只求这一炷香顺利燃尽。

　　旁边沙弥无奈摇头说你偏执，你却觉得没有。你在他的话里淡淡地敛下眼眸，心想，这一生几乎没什么遗憾的事情，现在出神也只是在怀念当年秋天北城雍和宫内烟火缭绕的盛大景象。

番外三 惟愿

那柱香燃得很慢，冬天的风也冷，你不觉得厌烦，就坐在台阶上，看着香灰一点点地落下。

这个过程很平静。

平静到可以把它归处为回到洛水后的每一天。

丝丝缕缕的烟发散到中间，偶尔你能看见跳跃的烛火。

冬日里天寒，前来跪拜的人少之又少，像这样枯坐在台阶上看着香燃完的，也只有你一人，你坐在那里，也不说话，只是静默地看着。

青石瓦，红香烛，烟飘散作十里雾。

佛祖低眉，金刚怒目，风雪残酷，草木荒芜。

你想，漫长难熬的时光，或许是佛祖在考验你是否心诚。

远处僧人撞钟，声波隔着楼宇传来。

你在香火缭绕中回过神来，抬起头看着面前的香即将燃尽。

你想，或许这一次佛祖怜悯，上天可以保佑你心想事成。

你终于红了眼眶，为了忍住眼泪，你选择抬头望天。

可抬头望天才发现，这一生里，竟然没怎么见过太阳。

旁边沙弥叹息离开，你也不说话，只是在香烛燃尽之后上前，对这香灰最终叩首。

从头到尾，你只是静默。

就像你这短暂的一生一样，在风雪中静默无波。

这一生寂静苦涩，心里太多无言。

你早已别无他求。

今世有缘，可今生无份。

命运让你们散作两路，你也认了。

只是踏上黄泉之前你难免盼望。

盼他安康。

望他命长，遥遥不见，此生金玉满堂。

—全文完—

后记

Postscript

各位亲爱的读者朋友，大家好，我是行迟。

这句极其正式的自我介绍从 2024 年说到现在，从微博到实体书出版后记，历经春夏秋冬，跨越这么长的时光，也还是没变。

很久很久之前我就在想，《十里雾》出版时的后记要写些什么呢？

我想过很多，也算是有所准备，但当这一天真正来临的时候，我却发现所有的预演全部消失，我的脑海里面只剩下一片空白。

下意识的激动是掩盖不住的，那就让我们借着这个机会，回到最初相遇的时候，聊聊故事，也说一说这么多天的心路历程。

2022 年 8 月我开始写文，由于个人不爱记录，再加上我觉得当时自己又会是三分钟的热度，于是并没有留意《十里雾》的开文时间。完成《十里雾》后，通过各种痕迹的推演，我得出来最终的结论是，2022 年 8 月 19 日。

2022 年 8 月 19 日，《十里雾》正式诞生。

2022 年 10 月 15 日，《十里雾》正式完结，当天晚上十点在晋江开始连载。

很久后我才发现，开文时间的发音居然有些像是"不要走"，而正文完结的时间是 2022 年 10 月 15 日，又像是对上了"十里雾"。

上天总会制造各种各样的巧合，就像是我取文名的时候，也没有想过"十里雾"恰好能解释季镜和赵遥在彼此生命中的意义。

我还记得开文那天《十里雾》只有三个收藏，分别是我，我的挚友程，我的朋友辛辛。

那一年冬天我做着一个美梦，梦想着能够出版，能够让人记住赵遥和季镜，但彼时只是说笑，读者提起来说日后会有这么一天的时候我心里只有惶恐，谁也没有想到这一天真的会来。

那段时间收藏疯涨，我甚至有些不知所措，就这样，我有了第一批读者，在2022年11月18日，接到了第一个出版邀约。

那段时间很多读者给我发私信鼓励我，有些读者也会向我叙述生活中的伤心事，但更多的其实是在问为什么赵遥和季镜之间有这么遗憾的结局。

像是无可避免的劫难一般。

然后我顺着这个问题也想，季镜和赵遥对于彼此来说是劫难吗？

几乎是下一秒我就否定了。

不，是礼物。

他们是彼此生命之中最好的礼物，直到现在我也还是这样认为。

两年半的时间过去了，越来越多的人看见了《十里雾》，许多人都为季镜和赵遥的爱情而哭泣，就连我也不例外。

说出来不怕大家笑话，我很少打开《十里雾》。

之前改文的时候总是眼泪汪汪，后来觉得这样不行啊，我可是作者，传出去别人怎么想啊，于是不信邪打开看，又在被窝里偷偷掉眼泪。

是的，作者自己看也会哭，甚至几天缓不过来。

我曾经问过我的挚友程对《十里雾》的评价，当时的我初出茅庐，很在意别人的看法，那时我问她是否觉得难过，又如何看待季镜的一生。

程说难过是有，但并不多，真正让她感受到的，其实是悲情。

而后者正如书里那句话，荒唐难言，一生不颂。

季镜这一生有苦有难有遗憾，但也有为数不多的快乐时光，这些时光对她来说究竟是直面苦难的基石还是如梦幻泡影的不可追寻，那就只有她自己知道了。

我觉得她还是一如既往地犀利。

亲情 be，爱情 be，季镜在友情的拯救下勉强活着，但她仍对这个世界抱有极大的希望，无论如何也不肯向命运低头。

我非常认同。

她对这个世界抱有希望，同时也有无尽的勇气去面对未知。

不知道大家有没有感受到，季镜是存在着一点回避依恋的。

这些来源于她的年少，她的经历，她为自己筑起来了四面高墙保护自己免受伤害，但当她感受到墙外有人会遇见危险的时候，她也会主动伸出援手。

她那以善良坚韧为底色的短暂一生中充满了复杂和矛盾，但她每一次站在命运的岔路口的时候，都能干脆利落地做出当下最有利的选择。

除了和赵遥在一起。

如你所见，那是她一生唯一的一次叛逆。

季镜是一个非典型的回避型依恋人格，她是不相信也不接受和旁人建立起来亲密关系的，所以我始终都无法想象她在接受赵遥告白的时候需要多大的勇气才能迈出那一步。

过去的认知让她明白命运会让她付出极为惨痛的代价，但她依然选择了这条通往幸福的路。

那是她一个人的窄门，也是她能为爱情付出的一切。

直到现在我也会想，季镜和赵遥，到底谁才是那朵玫瑰呢？我心里有答案了，我相信你也会有的。

与此同时，也有很多读者惋惜赵遥独自度过的二十年。

是啊，生离四年，死别二十年。

整整二十年。

心痛和相思随着年岁与日俱增，每每回忆起来当初都要失神很久。

人易老，事多妨，梦难长。

很多人说他想要的太多了，所以才导致了这个结局。

但我想说，不是的。

有些事情他能抗争到底，无论如何都不会放弃，但有些事情，比如疾病，又如死亡，他根本无力回天。

他对季镜从来都不是权衡利弊的取舍，而是违抗命运也会做出的选择。

所以他是季镜的爱人，他对季镜的爱，对季镜的守望始终和季镜势均力敌。

也正因此这二十年他一直在等，等这份誓言的终结，盼着和她早日团聚。

写到这里，脑海里不自觉地浮现出来了《窄门》流传最为广泛的一句话："因为抱着与你重逢的期待，在我眼里最险峻的小道也总是最好的。"

因为期待着和季镜的团聚，所以连人人畏惧的死亡，在他眼里也是通往幸福的路。

或许这就是爱情吧。

说出来或许大家不相信，写后记的时候我久违地打开了《十里雾》的歌单，点了随机播放，写到这里的时候，放的歌恰巧是《玫瑰窃贼》，漆黑的夜和熟悉的音乐带我重回创作《十里雾》的那段时光。

那是一段充满艰难，晦涩但与此同时又纯粹且不可复制的时光，是我生命里的特殊印记。

始终支持我，陪伴我，包容我的你们也是。

我非常、非常感谢大家。

在你们身上，我感受到了很多很多的爱和包容——你们会在我遭遇到人生难关的时候陪我一起度过，也会在我新文创作期间，压下去自己的期待，允许迷茫的我去停下脚步找自己。你们会给我很多鼓励，不停地肯定我，告诉我，我其实是一个非常好的人。

我时常会因为自己的停更而感到歉疚，但更多的时候，我会因为有你们而感到幸福。

再一次衷心地感谢喜欢《十里雾》的你。

2024 年 4 月 8 日那一天,我写公告的时候,看见了非常非常辽阔的大海,上面笼罩着淡淡的雾气,浮光跃金,一片绚烂,无数开阔。

那时候我说,不要哭,我们总会有相见的那一天。

而现在,这句话即将成真了。

行迟

2025 年 2 月 28 日

图书在版编目(CIP)数据

十里雾 / 行迟著. -- 南京:江苏凤凰文艺出版社,
2025.4. -- ISBN 978-7-5594-9385-9
Ⅰ. I247.5
中国国家版本馆 CIP 数据核字第 20253KB134 号

十里雾

行迟 著

责任编辑	项雷达
特约编辑	刘心怡
装帧设计	沐 沐
责任印制	杨 丹
出版发行	江苏凤凰文艺出版社
	南京市中央路 165 号,邮编:210009
网　　址	http://www.jswenyi.com
印　　刷	天津鑫旭阳印刷有限公司
开　　本	880 毫米 × 1230 毫米 1/32
印　　张	10.25
字　　数	276 千字
版　　次	2025 年 4 月第 1 版
印　　次	2025 年 4 月第 1 次印刷
书　　号	ISBN 978-7-5594-9385-9
定　　价	42.80 元

江苏凤凰文艺版图书凡印刷、装订错误,可向出版社调换,联系电话 025-83280257